# 남가일몽 南柯一夢

# 남가일몽 5

원도연 新무협 판타지 소설

초판 1쇄 찍은 날 § 2003년 3월 25일
초판 1쇄 펴낸 날 § 2003년 4월 10일

지은이 § 원도연
펴낸이 § 서경석

편집장 § 문혜영
편집책임 § 박영주
편집 § 장상수 · 김희정
마케팅 § 정필 · 강양원 · 이선구 · 김규진 · 홍현경

펴낸곳 § 도서출판 청어람
등록번호 § 제1081-1-89호
등록일자 § 1999. 5. 31
어람번호 § 제2-0198호

주소 § 경기도 부천시 원미구 심곡1동 350-1 남성B/D 3F (우) 420-011
전화 § 032-656-4452   팩스 § 032-656-4453
http://www.chungeoram.com
E-mail § eoram99@chollian.net

ⓒ 원도연, 2002

값 7,500원

ISBN 89-5505-453-X (SET)
ISBN 89-5505-641-9 04810

원도연 新무협 판타지 소설

남가일몽
南 柯 一 夢

5
광풍혈우(狂風血雨)

도서출판
청어람

목

차

⑤ 광풍혈우(狂風血雨)

제37장
# 삼원(三元)의 비밀은 벗겨지고

# 삼원(三元)의 비밀은 벗겨지고

향기로운 내음이 퍼지는 규방(閨房)에 사도나영과 독고자인이 마주 앉아 있었다. 적지 않은 시간 동안 꽤나 친해진 듯 보였지만 좀처럼 입을 떼지 않았다.

그들이 생각하며 말을 꺼내야 하는 화제의 중요성을 말해 주는 듯했다.

결국 먼저 말을 건 이는 사도나영이다.

"독고 공자의 말씀을 계속해서 생각했어요. 결국 결론은 하나이더군요."

어두운 표정으로 말하는 그녀의 고개는 숙여져 있었다.

"하지만 도저히 믿을 수가 없어요. 어떻게 오라버니께서⋯⋯."

말과는 달리 불안한 기색을 숨길 수가 없었던 그녀는 목소리에 떨림이 가득했다.

그러자 독고자인은 그녀를 진정시키려는 듯 차분한 목소리로 입을 열었다.

"소저, 이미 모든 것은 확실하오. 다만 천마사천회의 본모습이 금성(禁城)인지, 그것만이 남았소."

독고자인과 사도나영이 한자리에 같이 있는 본래 목적은 태현경 때문이었다. 하지만 사도나영은 몇 마디의 반복된 질문 이외엔 독고자인에게 신경을 쓰지 않았다. 그녀의 머리 속엔 태현경보다 더욱 중요한 것이 자리 잡고 있었기 때문이다.

어느 정도 시일이 지나자 독고자인 역시 대충 상황이 어떻게 돌아가는지 알게 되었고, 곧 이어 그녀의 목적을 알게 되었다.

그녀의 아버지, 즉 사도운의 행방을 찾기 위함이라는 것을.

태현경을 목적으로 내뱉는 질문보단 그녀 자신의 목적을 위해 내뱉는 질문이 많았기 때문이다.

독고자인으로선 무작정 침묵을 유지하는 것보단 일단 그녀를 도우며 천마사천회를 탈출할 기회를 엿봐야 한다고 생각했다. 그것이 지금의 상황을 만든 것이다.

"나에겐 그리 오랜 시간을 두고 사귄 사이는 아니지만 마음이 통하는 친우(親友)가 있소. 이름은 언무청이라 하오."

"아! 묵룡천왕(墨龍天王)!"

사도나영은 구대신성에 속한 언무청을 기억해 냈다.

"그렇소. 혹시 소저는 그의 사문을 아시오?"

"그의 사문이라뇨? 그는 언씨세가의 소가주가 아닌가요?"

눈을 동그랗게 뜨며 당연하다는 듯이 반문하는 그녀에게 독고자인은 그럴 줄 알았다는 듯 대소를 터뜨렸다.

"하하하, 그렇소. 그는 언씨세가의 소가주이오. 그리고 개왕 노삼야의 제자이기도 하오."

"개왕의 제자!"

사도나영은 그의 말에 깜짝 놀랐다.

'개왕의 제자라니!'

천하십오대고수 중 오왕(五王)의 한자리를 차지하고 있는 그는 괴팍한 성격 덕분인지, 자유분방한 성격 덕분인지 이제껏 제자가 없다고 알려져 왔었다. 현 개방의 방주인 천풍유개(天風遊丐) 사공릉 역시 그에게 전수받은 것은 방주로서 익혀야 하는 타구봉법뿐이라고 했다.

갑자기 이 이야기를 꺼낸 독고자인의 의도는 모르지만 뜻밖의 정보를 알게 된 사도나영은 그를 다시 보게 되었다.

독고자인의 별호가 혈성인만큼 그가 걸어온 길은 고독한 피의 흔적들만이 있었기 때문이다. 그런 그에게 언무청과 같은 친구가 있다는 것이 그녀에게는 매우 의외였다.

"다시 질문 한 가지만 하겠소. 근래에 들어 개방의 위세가 한풀 꺾인 이유를 아시오?"

"음… 모르겠어요."

"천하십일세(天下十一勢)의 개방이오. 한데 지금의 개방은 일반 무림세가보다 못한 실정이오. 문제가 있다고 볼 수 있는 것 아니겠소?"

그의 말에 사도나영은 이제야 알겠다는 표정으로 물었다.

"그럼 개방에 변고가 생긴 것인가요?"

"그렇소. 언무청 그 친구가 말하길, 방주인 사공릉의 두 다리가 누군가에게 잘렸다고 했소."

"아… 도대체 누가 감히……."

사도나영은 차마 뒷말을 잇지 못했다.

개방이 천하십일세에 속할 수 있었던 것은 그들에게 천하를 주름잡을 수 있는 고수가 많아서가 아니다.

물론 천장(天掌)이라 일컬어지는 강룡십팔장이 있지만 그것만으로 천하십일세에 속한다는 것은 무리였다. 게다가 강호에 알려지길, 강룡십팔장마저 실전되었다고 전해지는 형편이니 무력만으로 따진다면 손색이 많았다.

하나 강호제일의 방파인 개방의 무서움은 다른 곳에 있었다.

머릿수!

바로 어디서나 흔히 볼 수 있는 개방의 제자들에 있었다. 그 덕분으로 정보력 또한 천하제일이다. 호천맹의 대륙안과 천마사천회의 비영마와는 또 다른 차원의 정보 수집력이다.

게다가 개방의 타구대진(打狗大陣)은 소림의 백팔나한진과 더불어 강호이대절진(江湖二大絶陣)으로 불리고 있으니…….

사정이 이러하니 사도나영의 입에서 경악성이 흘러나오는 것도 무리가 아니었다.

독고자인은 사도나영의 궁금증을 풀어주기 위해 언무청으로부터 들은 이야기를 들려주었다.

"사공 방주가 암습을 당하고 난 뒤의 개방은 구심점을 잃어서인지 급격하게 무너지려 하였소. 게다가 개방의 막대한 정보력으로도 암습을 가한 범인을 찾지 못했으니 말 다한 것 아니겠소? 그때 개방을 이끄신 분이 바로 노삼야이시오. 언무청 그 친구가 노삼야의 제자가 된 때도 그 시기이고."

"아!"

"그렇게 놀랄 것은 없소. 이미 정해진 수순이었으니까. 다만 노삼야께서 전면에 나서지 않은 것이 의외였소. 개왕의 배분과 힘이라면 호천맹의 도움까지 얻어낼 수 있을 터인데. 아무튼 개방은 그 뒤로 표면상으로는 조용했소. 그러나 속 실정은 전력을 다해 사공 방주를 암습한 흉수와 흉수 뒤에서 버티고 있을 세력에 대해 조사를 하였소."

"그래서, 찾게 되었나요?"

사도나영은 다급히 물었다. 왠지 모를 불안감이 그녀를 지배했기 때문이다.

"전력을 기울인 그들의 노력 앞에 삼원(三元)이라는 세력이 나타났소. 혹시 삼원이라는 말 아시오?"

"삼원이라… 삼원이라면 삼라만상이 살아 움직이며 변화하는 이치를 말하는 것이 아닌가요? 무극(無極)과 태극(太極), 그리고 황극(皇極)."

"호오, 잘 아시는구려. 그렇소. 무극과 태극, 그리고 황극을 말하는 것이오. 즉, 삼원이라는 기치 아래 무극천과 태극천, 황극천 이 세 단체가 나타났소."

"아, 그럼 그들이 흉수였나요?"

흉수라는 단어를 사용한 그녀가 본래 말하려 한 것은 금성일 것이다. 독고자인 역시 듣지 않아도 알 수 있었다.

"그렇소. 그들이야말로 이제껏 강호에서 암중으로 활동하였던 금성의 본모습이오."

잠시 말을 끊은 독고자인은 사도나영의 두 눈을 똑바로 쳐다보았다.

"내 말 잘 들으시오. 이미 삼원 중에서 태극천을 제외한 두 단체는 정체가 밝혀졌소. 그리고 믿기 힘들겠지만 그중 하나는 바로 천마사천

회, 바로 이곳이오!'

"헛!"

사도나영은 평생 놀랄 일이 하루에 몰아쳐 다가오는 듯했다.

"바로 황극천의 실체가 천마사천회였소. 그리고 무극천의 실체는 속가사대세가의 연합체였소."

"확실한가요?"

사도나영은 재차 확인을 요구했다.

"그렇소. 일전에 있었던 삼보장의 혈겁은 무극천의 소행으로 밝혀졌소. 듣기로는 소천성탑에 의탁한 곤군 조진환 역시 때를 기다린다고 하더이다."

"아! 도저히 이해가 되지 않는군요. 그 사실을 먼저 호천맹에 알렸어야 하지 않나요?"

사도나영은 독고자인의 말을 들으면 들을수록 납득이 가지 않았다. 이 모든 것을 만천하에 알리면 모든 것이 명백해지지 않는가.

"후후후, 그것을 생각해 보지 않은 것은 아니었소. 하나 맹주를 제외한 호천맹의 모든 힘은 이미 사대세가에 집결되어 있소. 사파(四派)의 힘은 유명무실해진 지 오래고, 상관세가 역시 돌풍처럼 몰려오는데 어찌 호굴 속으로 들어간단 말이오?"

"음."

듣고 보니 그럴 듯한 말이었다.

"그렇다면 회의 일만은 밝혀야 하지 않았나요?"

"하하하, 소저의 말은 참으로 재미있구려. 어찌 사천회의 사람으로서 그런 말씀을 하실 수 있단 말이오? 아까 말하지 않았소, 황극과 무극은 이미 삼원이라는 테두리에 속해 있다고. 그리고 사도천세의 죽음으로 인해 명분과 승기는 이미 사천회에서 가져가 버렸소. 이 마당에 무슨 말이 필요하겠소. 모든 것이 음모라고 우겨 버린다면 끝이 아니오?"

평소 기재라고 평가받던 사도나영이었지만 독고자인 앞에서 둔재가 되어버린 듯했다

"그렇군요. 한데 이 모든 것이 아버님의 행방과 무슨 연관이 있다는 말씀인가요?"

"후후후, 정말 모르셔서 하는 말씀이시오? 분명 조금 전에 결론은 하나라고 말씀하신 것으로 기억하는데?"

독고자인은 충분히 사도나영의 마음을 읽을 수 있었다. 분명 그녀는 자신이 생각하는 것이 틀렸으면 하는 바람일 것이다.

"사도 소저, 나 역시 이 모든 것을 확실하게 확인하지는 못했소. 더구나 사도 회주의 행방과 관련된 일이라면 더욱 그러할 것이오. 하지만 분명 갑작스런 사도 회주의 폐관과 그대의 큰오라비인 사도천벽은 관련이 있을 것이오."

말을 끝낸 독고자인의 입술은 한일 자로 굳게 다물어져 있었다.

"그렇다면 할 수 없군요. 큰오라버니가 출타한 지금 확인하는 수밖에……"

사도나영 역시 그 말을 끝으로 독고자인과 같이 입을 굳게 다물었다. 하나 그녀의 눈동자에 맺힌 불안감은 더욱 커져만 갔다.


복마전이 이러한가.

숭산의 중턱에 위치한 호천사정맹, 그리고 맹의 중심에 우뚝 솟아 있는 전각 안의 대청에는 수많은 무림고수들이 대치하고 있었다.

압도적인 수적 우세로 이미 판가름이 났다고 여기는지 연신 미소를 머금고 있는 단목산청의 뒤로 남궁선과 모용황이 어깨를 쭉 펴고 호기롭게 서 있었다.

하지만 그들과 달리 장내에 감돌고 있는 긴장감을 역력하게 드러내고 있는 사파(四派)의 문도들은 내심 불안감을 감추지 못했다. 전면전까지 고려하여 준비한 사대세가와는 달리 현무자와 단목자성의 죽음만을 조사하기 위해 파견된 그들이기 때문이다.

그들이 단지 희망을 걸 수 있는 거라곤 그들과 함께 사대세가에 맞서는 두 청년뿐이었다.

청심 또한 그들과 함께 진현과 언무청 쪽으로 시선을 두었다. 하나 정확하게 말하자면 그녀의 흐린 시야 속에는 단 한 사람만이 존재하고 있었다. 진현이었다.

미인의 고운 눈에서 흐르는 눈물은 그 자체만으로 빛이 난다고 했던가.

비록 면사에 가려져 정확한 외모를 보여주진 않지만 청심의 두 눈에 맺히다 못해 흘러내린 이슬은 충분히 빛이 나고 있었다.

'운랑……'

가슴 깊숙이 숨겨두고 누구에게 들킬세라 조심스럽게 불렀던 이름이다. 그녀의 작은 가슴에 담아두려 했지만 결국 보내야 한다고 생각했던 이름이다.

그녀의 눈동자에 맺힌 이슬에는 계속해서 진현의 영상이 잡혀 있다.

곁에 서 있는 언무청과 상대적으로 비교되는 진현의 몸이지만 사방을 주시하는 그의 얼굴에는 당당함이 묻어 있었다. 그런 그의 귓속으로 언무청의 전음이 흘러들었다.

"지운, 지금 앞에 나서서 외치는 자는 단목세가의 가주 단목산청이며, 그 뒤에 서 있는 자는 남궁선이라는 자라네."

사실 진현은 동춘객잔에서 만난 장보삭 일행과 헤어지고 얼마 가지 않아 은밀히 다가오는 거지를 볼 수 있었다. 여느 거지와는 달리 비범해 보이는 그는 자신을 무영개(無影丐)라 소개했다.

그리고 그가 전해준 서찰 속에서 정겨운 이름을 발견할 수 있었다.

언.무.청.

진현은 급히 행로를 바꾸어 개봉(開封)으로 향했고, 개방 총타에서 자신을 기다리는 언무청을 볼 수 있었다.

그리고 독고자인이 사도나영에게 모든 것을 일러준 것처럼 언무청 또한 진현에게 모든 것을 밝혔다.


'저분이 외숙부이시구나!'

언무청의 전음에 진현은 단목산청을 다시 한 번 주의 깊게 쳐다보았다.

그는 언무청 덕분으로 적지 않은 정보를 알 수 있었다. 그중에 단목산청에 관한 소식도 있었다.

그토록 증오하던 금성의 정체와 그 집단에 포함된 단목가의 소식은 이루 말할 수 없는 놀람이었다.

"감히 개방이 맹 내의 일에 간섭하겠다는 말인가?"

남궁선은 결코 물러날 수 없다는 표정으로 자신을 바라보는 언무청을 향해 호통 쳤다.

"후후, 물론 개방은 호천사정맹의 일에 끼어들 자격이 없소. 그러나!

맹 내의 세력 다툼이 아니라 호천맹의 붕괴를 꾀하기 위한 음모라면 정도를 걷는 무림인으로서 충분히 끼어들 자격이 있다고 생각하오!"

언무청의 얼굴에는 굳은 의지가 엿보였다.

"푸하하하! 맹의 붕괴? 발칙한 소리를 하는구나. 어디서 해괴한 말을 듣고 와서 헛소리를 지껄이는 것이냐!"

남궁선의 뒤에 서 있던 모용황의 입에서 추상같은 호통이 터져 나왔다.

"헛소리? 당신이야말로 너무 뻔뻔한 것 아니오? 무당의 현무자 어른과 구양 맹주에게 어떤 조화를 부렸는지 모르지만 이것 한 가지는 알고 있소! 암중으로 갖은 음모와 계략을 꾸미던 금성의 존재가 바로 당신들이라는 것을!"

언무청은 처음엔 모용황의 말투를 따라하며 놀리려 하였으나 말을 할수록 노기를 감출 수 없었다.

미소로 일관하던 남궁선의 표정에 처음으로 미미한 변화가 일었으나 곧 그의 본래 모습으로 돌아왔다. 하지만 다시 한 번 놀라지 않을 수 없었다.

"이미 삼원의 존재를 알고 있소. 태극! 무극! 황극! 금성이라는 허울 아래 몸을 숨기고 있었던 당신들! 사대세가와 천마사천회야말로 지금까지 무림을 위협하고 있는 원흉이 아니오!"

"닥쳐라! 간녕이가 부운 모양이구나! 감히 증거도 없이 그런 말을 지껄이다니!"

남궁선은 인상을 구기며 벼락같이 호통을 쳤다.

조금 전과는 반대로 언무청의 입가에 미소가 그려지며 남궁선이 원하는 증거를 보여 쐐기를 박으려는 순간이었다.

"그건 제가 증명하죠."

영롱한 목소리가 대전 안에 울려 퍼지며 세 사람이 모습을 드러냈다. 이남일녀이며 이노일소(二老一少)였다.

말을 한 이는 그중 이십 대로 보이는 여인이었다. 궁장형의 머리에 금의(錦衣)를 입은 그녀의 미모는 가히 경국지색이라는 말이 무색할 정도였다.

"구중화성!"

"곤군과 검군이다!"

누군가 그들을 보며 부르짖었다.

그렇다. 대전 안에 새롭게 등장한 이는 구중화성 주설란과 곤군 조진환, 검군 육정방이었다.

남궁선은 그들의 얼굴을 보며 인상을 구겨야만 했다.

'대륙제삼계가 어디서부터 잘못되었기에 이다지도 변수가 많다는 말인가. 수월하게 끝날 것 같진 않구나.'

"이곳에 무슨 금은보화라도 있는 모양이구려. 보기 힘든 조 노사와 육 노사까지 보게 되다니."

모용황은 심기가 불편한지 뒤틀린 듯한 말투로 그들을 반겼다. 하지만 조진환의 입은 열리지 않았다. 마치 불공대천의 원수를 본 듯한 그의 얼굴에는 끓어오르는 노기를 참는 모습이 역력했다.

진현은 갑자기 나타난 조진환도 반가웠지만 그보다 주설란에게 더욱 신경이 쓰였다. 좋든 싫든 자신의 정혼녀가 아닌가.

주설란 역시 그의 마음을 짐작했는지 그에게 살며시 다가갔다.

"운랑, 오랜만이군요."

살짝 미소를 지은 그녀의 모습은 아름답기 그지없었으나 진현은 그저 쓴웃음을 지을 수밖에 없었다.

멀리서 선남선녀와 같은 그들의 모습을 지켜봐야만 하는 이가 있었으니 바로 청심이다.

금방이라도 눈물샘이 터져 버릴 듯한 그녀를 보며 주설란이 나타난 그 순간부터 청심을 지켜보고 있던 청운 도장이 그녀의 어깨에 손을 올렸다.

"진정해라, 사매. 우리에겐 더욱 큰 일이 기다리고 있다."

말과는 달리 청운 도장의 심정 또한 청심과 별다를 것이 없었다.

청심에게 있어 진현의 존재가 처음의 사랑이자 시련임을 모르는 그가 아니기 때문이다. 그러나 청운 도장으로서는 자신이 도와준다고 하여 될 일이 아니라는 것을 알기에 이렇게라도 마음을 다잡아줄 수밖에 없었다.

청운 도장의 상념은 그리 오래가지 못했다.

"남궁선, 이놈! 삼보장(三寶莊)을 피로 물들인 흉수가 네놈이라는 것이 언제까지고 감춰질 수 있다고 여겼느냐!"

조진환의 대갈일성(大喝一聲)이 대전을 뒤흔들었다.

"흐흐흐. 정말 대단하군, 대단해. 언무청! 이것도 네놈 짓이냐?"

생각지도 못한 조진환의 등장으로 어쩔 수 없음을 느낀 남궁선은 감춰둔 본색을 드러내고야 말았다.

"아니, 저런······."

사대세가의 사람들을 제외한 모든 사람들이 남궁선의 인정하는 듯한 말에 놀라 부르짖었다. 강호에 알려지기로는 삼보장의 멸문은 금성의 짓이라는 소문이 파다했기 때문이다.

한데 사대세가라니··· 다시 한 번 언무청의 말이 확인되는 그 순간이었다.

"후후, 나에겐 그런 능력이 없소이다. 다만 죄를 지으면 벌을 받는 것은 당연한 것 아니겠소?"

"좋다! 권주를 마다하고 벌주를 마시겠다는 것이군. 이로써 모든 것은 끝났다. 살아 돌아가는 자, 단 한 명도 없을 것이다!"

언무청의 능글맞은 대꾸에 남궁선은 손을 들어 사대세가의 무사들에게 신호를 보냈다.

그러자 남궁선과 함께 이곳에 온 은하십팔검수(銀河十八劍手)와 단목가의 자랑인 풍운십이랑(風雲十二郞), 상관세가의 광풍철검대(狂風鐵劍隊), 모용세가의 비룡십오객(飛龍十五客)이 삽시간에 흩어져 사파와 개방의 인원들을 둘러쌌다.

'단단히 준비를 하고 왔군. 하지만 인원 수가 많다고 하여 대수가 아니다.'

언무청 역시 신호를 보내어 상대를 맞을 준비를 하였다. 하지만 그의 생각과 달리 타구대진(打狗大陣)과 사대문파의 무인만으로 상대하기에는 인원이 너무 모자라 보였다.

순간 대전 안을 감돌던 긴장감이 극대화되었다.

서로의 칼끝을 쳐다보며 흐르는 땀조차 닦지 못했다. 누군가 조금의 틈이라도 보인다면 그것을 시작으로 피의 향연이 피어오른다는 것을 알기 때문이다.

서로가 팽팽한 실을 잡아당기는 것처럼 신경전을 벌이던 대전의 상황은 누군가의 나직한 한마디의 말로 인해 무너져 버렸다.

"잠시 멈추어주겠나? 먼저 빚을 갚아야 할 일이 있어서 말이야."

조진환은 천천히 앞으로 나서며 자신의 애병인 진천곤(震天棍)을 부여잡았다.

"남궁선, 그대의 눈에 삼보장이 그리도 거슬리던가? 모조리 죽여야
할 만큼?"

이 역시 나직한 말이지만 그 안에는 살기(殺氣)가 충만했다. 그의 붉
게 충혈된 두 눈이 그것을 증명하고 있었다.

"흐흐흐, 그러기에 진작 우리의 손을 들어주었으면 누이 좋고 매부
좋지 않았소, 조 노사. 당신은 너무 고집을 피웠소. 그것이 삼보장을
무너뜨린 것이오. 한데 한 가지만 묻겠소. 어떻게 아셨소?"

모든 것을 인정해서인지 만면에 여유가 흐르는 남궁선은 느긋한 눈
빛으로 조진환을 보며 말했다.

"어떻게 알았는지는 알 필요 없다. 다만 네놈이 저지른 짓이니 죗값
을 받아라!"

말이 끝나기 무섭게 조진환은 남궁선을 향해 노호(怒虎)처럼 달려들
었다.

그야말로 두 앞발을 치켜든 호랑이처럼 우수(右手)엔 진천곤을, 좌
수(左手)는 칼같이 꼿꼿하게 세워 찔러 나갔다. 바로 오늘날의 곤군을
있게 해준 개산팔곤(開山八棍)과 철비파수(鐵琵琶手)였다.

"흐흐흐, 어쩔 수 없게 만드는군. 좋다, 사군(四君)이 삼군(三君)이
되는지 두고보자."

장내의 사람들은 갑작스레 펼쳐진 두 사람의 대결로 인해 다시 두
편으로 갈라져 상황을 지켜봤다.

곤과 수법을 번갈아가며 펼치는 조진환의 공세는 가히 폭발적이라
남궁선은 처음의 여유만만했던 태도와 다르게 연신 뒤로 물러서며 간
간이 검으로 밀어내고 있었다.

"역시 조 노사이시군. 과연 수많은 무림인 중 천하십오대고수라 불리는 이유를 알겠어."

언무청은 조진환의 승세를 보며 연신 감탄을 하였다. 자신이 상대한다 하여도 쉽게 막아내지 못할 것 같았다.

"아니네, 노사께서는 남궁선에 대한 원한으로 인해 너무 강경일변(强硬一變)일세."

옆에서 같이 지켜보던 진현은 걱정스러운 투로 말했다.

지난날 그를 가르치던 조진환은 항상 유능제강(柔能制剛)이라는 말을 강조했었기 때문이다.

과연 조진환은 남궁선에 비해 상대적으로 공력의 소비를 많이 느껴야만 했다. 복수를 해야 한다는 일념으로 인해 판단 능력이 흐트러졌다는 것을 안 그는 그제야 공세에 여유를 생각하였다.

그러나 이미 적지 않은 공력이 소진된 그였다.

그것을 안 남궁선인가.

입가에 묘한 웃음을 띠며 검에 변화를 주었다.

"이것이 바로 창궁무애검법(蒼穹無涯劍法)이라오. 아마 잘 아실 것이오. 큭큭큭."

순간 조진환의 눈가에 불길이 이는 듯했다. 어찌 모르겠는가, 자신의 손녀 조소령을 죽인 검법을.

"이놈!"

이성을 잃다시피 한 조진환의 진천곤이 난무(亂舞)를 추며 남궁선의 전신 요혈을 노렸다.

남궁선의 창궁무애검법은 과연 남궁가의 비전다웠다. 수많은 곤의 그림자들 사이로 남궁선의 검이 빠져나와 조진환을 노렸다.

"헛!"

조진환은 급히 무유신보(無遊神步)를 펼쳐 신형을 틀었다.

"어림없다!"

남궁선이 한번 잡은 승기를 놓칠 리 만무했다. 끝없이 검기를 뿌리며 조진환의 활동 영역을 줄어들게 만들었다.

"개벽식(開壁式)!"

조진환은 뜯겨져 나가는 소매를 보며 곤을 후려쳤다. 푸르스름한 진천곤에 수많은 검기들이 부딪치며 굉음을 울리게 하였다.

"큭!"

조진환의 입에서 한줄기 선혈이 흘러내렸다. 이번 대결로 인해 적지 않은 내상을 입은 것이다.

"아직 시작도 하지 않았소이다. 천하십오대고수라는 말도 알고 보니 허명(虛名)이었군."

남궁선은 조진환을 비웃는 말과 함께 이번엔 검이 아닌 수법(手法)을 펼쳤다.

바로 구양 상인을 쓰러뜨렸던 고목산수(枯木散手)였다.

"구양 상인도 어쩌지 못했던 고목산수라오. 과연 조 노사는 어찌 막아내는지 봅시다."

퍼퍼펑!

곤과 손이 부딪쳤건만 들리는 건 폭발음이다.

그때였다, 남궁선의 갈고리 같은 손가락이 진천곤을 잡아챈 것은.

뿌드득.

남궁선이 잡은 진천곤의 앞부분이 부서져 나갔다.

"아니……."

자신을 월등히 앞서는 남궁선의 무위에 조진환은 놀라지 않을 수 없었다. 설마 자신의 진천곤이 부서지는 날이 올 줄은 꿈에도 생각지 못한 그였다.

"조 노사, 당신은 그동안 우물 안 개구리였소. 천하십오대고수라는 울타리에 스스로가 갇혀 지낸 것이오."

"……."

조진환은 대꾸하지 않았다. 아니, 할 수가 없었다. 그의 우수에서 진천곤이 빠져나와 바닥에 떨어졌다.

그의 두 눈은 허탈감이 가득했다. 복수의 칼을 갈고 있던 그에게 언무청의 소식은 한줄기 희망이었다. 드디어 흉수를 찾았다는 생각에 금방이라도 죽일 듯이 달려왔던 그였다.

하나 현실은 그에게 너무도 냉정했다.

흉수를 찾았건만 이제 자신의 손으로는 복수를 할 수 없었다. 온몸을 적시는 허무함으로 인해 밑 빠진 독에서 물이 새어 나가듯 그의 힘도 빠져나갔다.

"허허허, 이렇단 말이지. 아……."

"조 노사, 당신도 가족들 품으로 가시구려."

남궁선의 말이 끝나자 그의 검이 주인의 의지대로 조진환의 심장을 향해 찔러들었다.

펑!

남궁선의 검은 조진환의 심장 바로 한 치를 앞두고 갑자기 쏘아져 온 지력(指力)으로 인해 폭음과 함께 퉁겨져 나갔다.

남궁선은 급히 경력이 쏘아져 온 곳을 향해 고개를 돌렸다.

그곳에는 진현이 의연하게 서 있었다.

"이제부터는 내가 상대해 드리겠소."

진현은 천천히 한 발짝 한 발짝 나아갔다. 그리고 조진환 가까이 온 진현은 천천히 그를 품에 안고 언무청이 있는 곳으로 다시 돌아왔다.

"하하하, 제법 기개가 있는 청년이군! 내가 천하제일가를 두려워한다고 생각하면 큰 오산이다."

남궁선은 자신의 앞에서 여유있게 행동하는 진현을 신기한 물건 보는 것처럼 바라보았다.

"난 그렇게 말한 적도 없거니와 그렇게 생각한 적도 없소. 단지 조노사께선 지난날 내게 큰 도움을 주신 분이라 대신 나선 것이오."

"한데 언제부터 사대문파와 천하제일가, 그리고 개방이 힘을 합친 거지? 아! 검군도 이 자리에 있으니 소천성탑도 있는 것인가?"

전혀 예상하지 못한 남궁선의 물음이었다. 네 개의 세력이 연합을 함으로 인해 수월하게 끝날 줄 알았던 대륙제삼계가 차질을 빚었으니 그로서는 당연한 의문이었다.

하지만 남궁선은 자신이 원하는 대답을 얻을 수 없었다. 진현의 입에서 다른 질문이 내뱉어졌기 때문이다.

"혹시 이런 말 아시오? 사필귀정(事必歸正)!"

"흐흐흐, 그러니까 너희들이 말하는 정(正)을 이루기 위해서 자연스레 뭉쳤다는 말인가? 좋아, 좋아. 멋진 답변이군."

남궁선은 연신 고개를 끄덕이며 감탄했다.

"사필귀정이라… 한데 사필귀정이라는 취지를 이룰 사람이나 남았는지 모르겠군."

"그게 무슨 말이오?"

묘한 어투로 말하는 남궁선을 보며 심상치 않은 음모가 있다는 것을 눈치 챈 진현이 말꼬리를 잡았다.

"이왕지사 이렇게 된 것, 다 말해 주지! 조금 전 저기 언가 애송이가 말한 것처럼 삼원천(三元天)은 태극, 무극, 황극으로 이루어져 있다. 그 중 무극천은 바로 우리를 말하는 것이며, 황극천은 천마사천회를 말하는 것이지. 우리는 대륙의 천하 통일을 위해 뭉쳤다. 그리고 준비를 했지. 알고 있는 것처럼 제이의 금성이라는 존재를 조장하여 대륙제일계, 제이계를 성공시켰다. 이제 남은 것은 제삼계뿐이지. 그 삼계 중 하나가 바로 지금처럼 맹을 장악하는 것이며, 다른 하나는 바로 우리가 맹을 장악하는 사이 황극천에서 사대문파와 군소문파를 휩쓰는 것이다."

"음."

금성이라는 말에 노기가 끓어오르는 진현이었지만 그 뒤를 잇는 엄청난 사실에 그것마저 잊어야 했다. 비단 진현뿐만 아니라 사대문파의 사람들과 언무청마저 경악을 금치 못했다.

"아마 지금쯤 황극천에서는 천주가 친히 나서서 초토화시키고 있을 것이다. 들기로는 화산파가 제일 먼저라고 했었지?"

"네 이놈!"

남궁선의 말에 부상으로 인해 가만히 듣고만 있어야 했던 매양 산인은 그만 참지 못하고 버럭 소리를 질렀다.

"매양 산인! 이곳에 목숨이 붙어 있는 것을 그나마 다행으로 여겨라!"

매양 산인을 향해 소리치는 남궁선의 눈에선 만인을 제압하려는 광채가 흘러나왔다.

"단목 가주, 모용 가주, 장내를 부탁하오. 본인은 저 어린아이에게 교육을 좀 시켜야겠소."

이미 대전 안의 모든 사람을 죽이기로 결심한 남궁선이기에 더 이상 기다릴 것도 없었다. 그는 언무청과 검군, 청운 도장이 남아 있다곤 하지만 그 셋으로 어찌하지 못함을 알고 있었다.

오히려 더 이상 지체한다면 또 어떤 변수가 튀어나올지 모른다고 생각했다.

"알겠소이다. 모두 검을 들어라!"

"존명!"

단목산청과 모용황의 말에 사대세가의 무사들은 우렁찬 대답과 함께 비호처럼 신형을 띄웠다. 그러자 사대문파와 개방의 사람들 또한 무기를 들어 맞상대하였다.

남궁선은 잠시 전장을 둘러보더니 고개를 돌려 다시 진현을 쳐다보았다.

"쓸데없이 말만 많았군."

남궁선은 자신의 검을 바로잡았다. 그러자 순식간에 검경(劍勁)이 뿜어져 나왔다.

"한데 자네는 검을 쓰지 않을 생각인가? 장식품인가 보지?"

진현의 허리춤에 매달려 있는 검을 본 남궁선은 아직도 검을 뽑지 않은 진현을 보며 코웃음 쳤다.

"검을 사용할 때가 되면 뽑을 것이오."

"허허, 대단한 자신감이군. 좋다, 나 역시 검을 집어넣도록 하지. 이 참에 천하제일가의 일양지를 견식해 보자꾸나."

이미 자신의 검을 퉁겨져 나가게 한 진현의 지법이 일양지임을 안 남궁선이다. 하지만 그는 여유가 흐르는 표정으로 검을 검집에 집어넣었다. 권각(拳脚)에도 깊은 조예가 있는 듯했다.

"그럼 나 먼저 가겠네."

말을 마친 남궁선은 진현을 향해 벼락같이 일장(一掌)을 내질렀다. 남궁세가의 가전절학인 천뢰삼장(天雷三掌) 중 천뢰수혼(天雷搜魂)이라는 초식이었다.

그러나 남궁선은 얼마 가지 않아 눈앞의 상대가 조금 전의 조진환과는 다르다라는 것을 알아야만 했다.

진현은 남궁선의 공격을 왼쪽 겨드랑이 사이로 흘리며 그의 견정혈(肩井穴)을 노렸다. 절묘한 한 수였다. 하나 남궁선의 실력 역시 만만치 않았으니, 다리를 들어 진현의 회음혈(會陰穴)을 걷어차려 하였다.

두 사람은 한 번의 공방이 끝나자 순식간에 뒤로 물러섰다.

'단후명도 아닌 그의 아들에게 이런 실력이 숨어 있었다니… 정말 놀랍군. 과연 호부(虎父)에겐 견자(犬子)가 없구나.'

시기 적절하게 응수한 진현을 보며 남궁선은 감탄하지 않을 수 없었다.

"이제부터는 좀 다를 걸세."

마치 손자에게 글공부를 가르치는 듯 세심한 남궁선이지만 그의 두 손은 전혀 그렇지 않았다. 몇 번이고 선보인 적이 있는 고목산수를 펼치고 있었기 때문이다.

"헛!"

현문(玄門)의 현오한 무리가 숨겨져 있는 오행결의 신공은 과연 대단했다. 그래서 진현은 잠시나마 손속이 흐트러질 수밖에 없었다.

진현의 우수에서 일양지 신공이 뿜어져 나오며 남궁선의 어깨를 노렸다. 하나 남궁선은 그것마저 알고 있었다는 듯 수월하게 막아내며 다시 그의 손가락에 내력을 주입시키며 진현의 가슴팍을 쓸어갔다.

찌이익—

진현은 자신의 가슴 부분의 옷깃이 찢어진 것을 보며 천천히 두 손의 검지에 상반된 내력을 주입시켰다. 바로 청운 도장에게 선보인 적 있는 일양지와 일음지(一陰指)였다.

'최선의 공격만이 최선의 방어다. 어서 빨리 끝내야만 한다.'

어느 틈에 대전 안이 아수라장으로 되어 있음을 안 진현이기에 마음이 급했다. 그나마 개방의 타구대진이 제 역할을 해주고 있지만 언제 무너질지 모르는 형편이었다.

이번에는 진현이 먼저 선공을 하였다. 일양지와 일음지 공력을 번갈아 사용하며 남궁선의 요혈을 노렸다.

퍼퍼펑!

폭음과 함께 남궁선은 두 발짝 물러서야만 했다. 팔이 저린 듯 잠시 주무르던 그는 곧 이어 예의 고목산수를 펼치며 진현을 향해 달려들었다.

진현이 삼지(三指)를 찌르면 남궁선은 사수(四手)를 펼쳤다. 치열한 공방이 오가며 서로의 빈틈을 노렸다.

'정말 대단하군. 천하제일가에 잠룡(潛龍)이 있을 줄이야.'

적지 않게 놀란 남궁선은 더욱 내력을 끌어올리며 손속에 공력을 끊임없이 주입시켰다.

진현은 이번의 한 수에서 이득을 보았다고 생각하곤 더욱 일양지, 일음지에 힘을 실었다. 게다가 그 안에는 일양지의 폭(爆) 자 구결과 천룡삼검의 구주황(九州晃)의 초식이 어우러져 있었다.

순간 진현의 두 손가락에서 빛이 폭발하며 남궁선을 휩쓸어갔다.

"아이쿠!"

남궁선은 급히 고목산수를 휘두르며 가전(家傳)의 천풍신법(天風身法)을 펼쳐 벗어나려 하였다. 하지만 구주를 밝히는 빛을 모두 피하기엔 무리가 있었다.

순식간에 남궁선의 옷에서 족삼리(足三里), 양구혈(梁丘穴)이 있는 곳에 구멍이 났다.

"으윽!"

하지만 진현의 공세는 계속해서 뿜어져 나왔다. 그러자 남궁선은 낭패를 금치 못했다.

"크윽, 이건 무슨 수법이냐! 분명 일양지는 아니다."

결국 가슴팍에 일지(一指)를 맞은 남궁선은 울컥하며 피를 토했다.

"하하하, 천하제일가에 일양지만 있는 줄 아시오?"

"설… 마… 신검?"

"신검은 아니오."

"신검이 아니라는 말은 신검의 신공을 익히고 있다는 말이냐?"

진현의 말에 묘한 여운이 있음을 안 남궁선은 말꼬리를 잡았다. 그에겐 더없이 중요한 것이기 때문이다.

반정지란 당시 일양지 하나만으로 천하제일고수에 오른 단후명이다. 거기다 신검이 더해진다면 그들의 계획에 큰 차질을 빚을지 모른다고 생각했다.

하나 이번 역시 진현은 정확한 답변을 들려주지 않았다.

"이것 한 가지만 알아두시오. 이제부터 그대들 뜻대로 되지는 않을 것이오!"

금성이라는 존재와 함께 사마화련에 대한 그리움으로 인한 분노는 진현의 두 눈을 통해 남궁선에게 전달되었다.

"흥! 한번 득의를 보았다고 우쭐거리지 마라!"

남궁선은 이제까지 운용하던 가전의 심법인 창궁대연신공(蒼穹大衍神功)을 버리고 서서히 후토신공(后土神功)을 끌어올렸다.

진현의 공격에서 음양의 조화가 있음을 눈치 챈 그는 후토신공만이 진현을 제압할 수 있다고 여긴 것이다.

과연 후토신공을 끌어올리자 족삼리와 양구혈에 남아 있던 일양지와 일음지 내력이 서서히 중재하며 서서히 후토신공의 기운에 묻혀 버렸다.

진현 역시 그 사정을 어렴풋이 눈치 챌 수 있었다.

'기공(奇功)이로구나. 일양지와 일음지를 저리도 쉽게 대처하다니. 한데 이 느낌은 뭐지?'

진현은 갑작스레 온몸을 적시는 동질감에 묘한 기분이 들었다. 하나 더 이상 그것을 생각할 겨를이 없었다.

어느새 검까지 빼어 들고 좌수에 여전히 고목산수를 운용한 채 달려오는 남궁선을 상대해야 했다.

창궁무애검법인 듯하더니 벼락같이 섬전십삼검뢰(閃電十三劍雷)로 바꾸어 찔러오며, 좌수의 고목산수는 연신 진현의 요혈을 향해 수영(手影)을 그리고 있었다.

점점 압박해 오는 그를 향해 진현 또한 지공(指功)을 날렸지만 남궁선의 몸에 닿은 경력이 마치 모래에 스며드는 물줄기처럼 사그라들었다.

'음, 혹시?'

자신의 일양지와 일음지 공력이 먹히지 않음을 안 진현은 남궁선이 운용하는 신공에 강한 의문을 드러냈다.

그러면서 자신의 목 옆으로 스쳐 지나가는 검신(劍身)을 퉁기어내고 손가락을 찔러 남궁선의 어깨와 가슴을 동시 다발적으로 노렸다.

"어림없다!"

순간 남궁선의 좌수가 번개같이 날아와 진현의 왼쪽 갈비뼈를 때렸다.

언젠가 청심이 평한 오행결의 다섯 무공에서 목(木)의 기운은 끊임없이 뚫고 나가려는 성질이 있다고 했다. 그것이 남궁선의 이번 한 수에서 증명되고 있었다.

펑!

"윽!"

신음을 토해내는 이는 진현이 아닌 남궁선이다.

"설마… 호신강기(護身剛氣)?"

남궁선은 자신의 손을 퉁기어내는 진현의 반탄력에 경악을 금치 못했다.

호신강기란 순수한 내공의 힘으로 자신을 보호하는 무형의 막을 형성하는 걸 말한다. 하지만 내공의 힘이 출신입화지경(出神入火之境)이나 되어야 이룰 수 있기 때문에 남궁선이 놀라는 것도 무리가 아니었다.

"금왕기(金旺氣)외다."

진현의 몸을 보호한 것은 다름 아닌 금강문의 금왕기였다. 화후가 높아질수록 그의 금왕기는 완벽한 호신강기로 변해갔다.

"금왕기!"

남궁선은 진현의 말을 듣는 동시에 입이 벌어졌다.

'헌원당의 제자라는 놈이 바로 단후명의 아들이었다니…….'

그는 뜻밖의 소식에 순간 계책을 하나 떠올렸다. 하나 이것은 후일 더 좋은 조건에서 쓰일 계책이라 생각했다.

"금왕기라면 오행결 중 금에 속한 무공! 좋다. 금왕기가 강한지, 후토신공이 강한지 두고 보자."

호기롭게 외치는 남궁선은 진현이 금왕기뿐만 아니라 금단태극선공(金丹太極仙功)을 함께 운용하고 있음을 몰랐다. 게다가 오화지음쌍환(午火至陰雙環)으로 인해 내공이 심후하다는 것과 선천진기가 모여들어 이미 양화(陽火)가 쌓였다는 것은 더욱 몰랐다.

남궁선은 내력만을 순수하게 따지자면 자신이 우위에 있음을 짐작하고 변화를 일체 무시하고 일장(一掌)을 뻗었다. 내력의 대결을 하기 위함이었다.

진현 역시 남궁선의 의도를 알 수 있었다. 하지만 그의 의도대로 이끌려 갈 수는 없었다. 내공 대결에 대한 부담감도 있었지만 그 시간에 대전 안의 상황이 어찌 될지 모르기 때문이었다.

'벌써 반이 무너졌구나.'

잠시 둘러본 대전 안에는 이미 시산혈해(屍山血海)였다. 그중 사대문파와 개방의 사람들도 섞여 있었다. 진현과 함께 온 현천참마대 역시 뛰어난 무공에도 불구하고 고전을 면치 못하고 있었다.

'더 이상 여기에만 묶여 있을 수는 없다! 속전속결이다!'

생각을 마친 진현은 남궁선의 내공 대결을 피하며 드디어 검을 빼어 들었다.

차르릉―

맑은 검명(劍鳴)이 울리며 검경으로 인해 검이 파르르 떨었다.

"수류폭(水流爆)!"

순간 진현의 검에서 검기가 퍼지며 엄청난 위력의 내력이 남궁선을 향해 쏟아져 나갔다.

"윽!"

단순한 태산압정(泰山壓頂)의 식이건만 남궁선의 그 안에 숨겨진 잠력을 느끼곤 급히 모든 공력을 끌어올려야만 했다.

"크으윽!"

남궁선의 입가에 한줄기 선혈이 흘렀다. 억지로나마 삼키려고 했지만 결국 입 안에 머금고 있던 선혈들이 흘러내린 것이다.

결코 가볍지 않은 내상을 입은 남궁선의 얼굴은 붉게 물들었다. 계속해서 밀려드는 진현의 내력에 맞서기 위해 억지로 공력을 끌어올렸기 때문이다.

진현의 입가에 머금고 있는 미소가 짙어질수록 남궁선의 미간은 더욱 좁혀갔다.

그때였다, 진현에게 한줄기 암경(暗勁)이 쏟아져 온 것은.

"내가 도와주겠소!"

진현에게 암경을 흘리며 뒤를 노린 자는 바로 모용황이었다. 평소 같으면 남궁선의 성격상 남의 도움을 받는 그 자체만으로 수치감일 것이고, 모용황 역시 도와줄 일이 없을 것이다.

하나 상황이 상황인만큼 이것저것 따질 겨를이 없었다.

"이것도 막아보거라!"

일성과 함께 모용황은 소매를 흔들었다. 모용세가의 비전인 청수포천(青袖捕天)이라는 수법이다.

스스슥.

모용황은 자신의 눈앞에서 일어나는 일을 보며 입을 다물 수 없었다. 지난날 청수포천이라는 수법 하나로 얼마나 많은 고수를 격퇴시켰던가. 한데 지금은 허무하게 진현의 칼에 조각이 나서 너풀거리고 있었다.

이미 진현에게 있어 육맥신검을 운용하는 것이나 검을 통해 발현시키는 것이나 일맥상통한 것이다. 비록 수류폭이라는 초식을 통해 내력을 뿜어냈지만 그 또한 수류폭이 아니었다. 다만 수류폭이라는 형식만을 빌린 것이다.

그만큼 진현의 검은 날카로워졌다.

"죄를 지었다면 마땅히 죗값을 치러야 하는 법! 억울할 것은 없겠소."

진현은 망연자실해 서 있는 두 사람에게 다시 한 번 검을 날렸다. 진현의 검에 푸르스름한 기운이 맺혔다.

그리고 진현의 검에서 삼 척(三尺)이나 더 뻗어 나와 남궁선과 모용황의 심장을 노렸다.

바로 검강(劍罡)이다.

"헛!"

두 사람 모두 헛바람을 삼켜야만 했다. 그들은 자신들이 천하제일가에 대해 몰라도 너무 모르고 있었다고 생각했다.

이미 황극천에서 편왕을 보내어 천하제일가를 쓸어버려 하다 실패하여 전멸했다는 소식을 들은 바 있었다. 하나 그 안에는 황극천의 존재를 부정하는 편왕을 차도살인(借刀殺人)하려는 계책이 숨어 있었다.

그리고 편왕을 죽인 천하제일가라 해도 순전히 운이라고 여긴 그들이었다.

한데 지금 자신들을 몰아가는 진현의 무위를 어떻게 설명한 것인가.

"나를 봐서 그만두면 안 되겠나?"

진현의 귀에 갑자기 기억 속에 잠자코 있던 친숙한 목소리가 흘렀다.

바로 언무청과 함께 소천성탑에서 소중한 우정을 키운 모용자인이었다.

# 제38장

# 세 가지 지류(支流)는 하나로 뭉치고

## 세 가지 지류(支流)는 하나로 뭉치고

"자(子)… 인(仁)… 이… 친구."

진현은 검에 담긴 공력을 급히 회수하며 모용자인의 이름을 더듬었다. 몇 년이 훌쩍 넘어 만난 친구는 진현으로 하여금 반가움보다 당혹스러움을 느끼게 하였다.

'아… 자인의 본가가 모용세가임을 잊었구나.'

"그동안 잘 있었나? 자네, 나를 속였군 그래?"

모용자인은 웃는 얼굴로 진현을 다그쳤다. 하나 진현의 표정은 전혀 그렇지 못했다.

"자인, 자네도 사대세가의 뜻에 따르려 하는가?"

진중한 표정의 진현은 나직한 목소리로 물었다. 지금 이 순간에 가장 중요한 답변을 듣기 위해서.

"하하하, 잘 지냈냐는 말도 없이 뭐가 그리도 심각한가?"

"대답하게."

진현은 연신 모용자인을 보챘다. 그러자 모용자인은 할 수 없다는 듯 한숨을 쉬며 안타까운 눈으로 진현을 쳐다보았다.

그 안에는 친우(親友)를 잃기 싫은 갈망과 말 못할 사연이 숨 쉬고 있었다.

"후우… 내가 어찌 자네를 앞에 두고 말할 수 있겠나. 자네도 이미 짐작하고 있을 것을."

모용자인의 한숨 소리가 유난히 길어 보였다.

"그랬군, 그랬어. 좋아, 더 이상 말을 하지 마세. 이것만으로도 충분하네. 하나! 이것만은 확실하게 알아두게나. 자네는 분명 남으로부터 죽임을 당하기보단 죽이는 입장이었다는 것을! 그리고 나 역시 오늘만은 살계(殺戒)를 열어 자네와 같은 입장이 될 걸세."

진현의 의지는 확고했다. 비록 자신의 기억 중 소중한 부분을 차지하는 모용자인이었지만 금성에 대한 분노와 원한을 뛰어넘을 순 없었다.

이미 두 사람 사이엔 금성이라는 존재로 인해 보이지 않는 벽이 자리하고 있었던 것이다.

한동안 계속되던 그들의 침묵을 깨어버린 것은 바로 언무청이었다.

"자네도 왔군."

그의 반응은 이미 알고 있었다는 듯 별다른 여흥이 없어 보였다.

"어찌하겠나? 자네도 어울려 보겠나?"

소천성탑 시절 장난을 치는 듯한 언무청의 말이지만 그 의미를 모를 이는 아무도 없었다.

"아니네, 사양하겠어. 하지만 이쯤해서 멈추어주게나. 자네 쪽도 이미 많은 사람들이 손해를 본 것 같은데."

진현은 그제야 고개를 돌려 주위를 살폈다. 이미 많은 부상자와 적지 않은 시신을 만들어낸 그들은 숨을 헐떡거리며 서로의 진영으로 물러나 있었다.

"저기 있는 사람들의 눈을 보게. 마치 살려달라고 애원하는 것 같지 않나?"

모용자인의 말은 틀리지 않았다. 대전에 모인, 아니, 살아남은 생존자의 얼굴에는 하나같이 그만 멈추었으면 하는 바람이 역력했다.

"음……."

진현의 입에서 신음이 흘러나왔다. 갈등이 그의 머리 속을 뒤흔들고 있었기 때문이다.

"무청, 자네의 생각은 어떠한가?"

진현은 이 모든 것을 언무청에게 전가시켜 버렸다. 그것이 그의 솔직한 심정을 조금이라도 숨길 수 있다는 듯.

과연 언무청은 그의 기대를 저버리지 않았다. 진현의 입에서는 결코 나올 수 없는 말이 그의 입에서 나온 것이다.

"어쩔 수 없네. 중과부적이야. 우리야 살아남는다 하여도 저들은 어찌하나?"

결국 그들의 복수는 내일로 미루자는 것이었다.

곁에 서 있던 모용자인이 마지막 한마디를 더 함으로써 쐐기를 박았다.

"이미 산 아래에는 본 천의 모든 힘이 준비되어 있네. 자네들이 이곳을 제압할지는 모르지만 그 다음은 아니네. 그냥 포기하게나. 그것이 최선일세."

모용자인의 말은 곧 진현 일행이 이곳에 있는 사대세가의 무인들을 격퇴시킨다 하여도 또 다른 적도들이 기다리고 있다는 말이었다.

진현과 언무청의 눈에 의문이 서렸다. 그것은 바로 모용자인이 어떻게 자신들의 행로를 알 수 있느냐였다. 모용자인은 그들의 궁금증을 짐작하고 있었는지 질문도 하지 않았건만 답변해 주었다.

"이미 산중에는 소림파와 호천맹의 동태를 살피기 위해 많은 세작들이 숨어 있네. 그중 하나가 오늘 언무청, 자네를 보았다고 하더군. 그래서 혹시나 한 근방에 모여 있던 본 천의 주력이 이곳으로 올 수 있었네."

모용자인은 자신에게 비전신응(飛傳神鷹)을 날린 맹찬(孟贊)이라는 자를 떠올리며 언무청과 진현의 대답을 기다렸다.

"나 역시 본 천에서 이곳을 쓸어버리자는 것을 극구 말리며 온 것일세. 더 이상 시간이 없네. 어서 결정하게."

"음, 알겠네."

결국 진현의 입에서 힘없이 승낙이 떨어졌다.


어느덧 사대세가의 사람들이 물러간 지도 나흘이나 지났다. 그러나 진현과 언무청은 호천맹을 떠나지 않았다. 연일 맹으로 모여드는 사대 문파의 수뇌부들과 함께 앞으로의 계획에 대하여 토론과 회의를 하였기 때문이다.

며칠 전만 하여도 태극성검 구양 상인의 집무처로 무림 제일의 비처라고 알려진 창천각(蒼天閣)에는 열띤 논쟁이 일고 있었다.

"허어, 이보시게. 이미 본 파의 제자들은 이 눈 앞에서 태반이 죽어갔네. 그리고 수많은 세월을 이겨온 태을궁(太乙宮)과 옥녀궁(玉女宮)

등이 쑥대밭이 되고 말았네. 어찌 참으라는 것인가!"

화산의 제일 큰 존장이자 검도(劍道)의 기인인 육합노인(六合老人) 모장청(慕長淸)의 흰 눈썹이 파르르 떨렸다.

"그리고 저기 소림의 무원 상인(無圓上人)과 아미의 정혜 선사(淨慧 禪師)를 보시게. 저들의 얼굴을 보고도 그런 말이 나오는가?"

"아미타불."

육합노인의 참담한 현실을 떠올리게 하는 말에 무원 상인은 두 눈을 감으며 불호를 외쳤다.

하지만 정작 육합노인의 강렬한 눈빛을 받고 있는 진현의 입에선 아무런 말도 나오지 않았다.

"이보시게, 무슨 말이라도 해주게. 그대는 천하제일가의 가주가 아닌가."

진현의 얼굴에는 고민이 한가득 실려 있었다. 그리고 드디어 육합노인의 성화에 못 이겨 그의 입이 열렸다.

"후우… 알겠습니다. 고려해 보겠습니다. 더 이상은 바라지 마십시오."

"알겠네. 이 늙은 주책이 너무 떼를 부렸네그려."

한 발짝 양보하는 진현을 보며 육합노인 또한 더 이상 재촉하지 않았다.

"지운, 잘 생각했네."

곁에 있던 언무청은 진현의 어깨를 치며 보기 좋은 미소를 지었다. 그리고 고개를 돌려 좌중을 향했다.

"이미 겪은 분들도 계시고, 모든 분들이 아실 겁니다. 현 무림은 과거 금성이라고 불린, 그리고 이제는 삼원천이라는 단체로 불리는 자들로 인해 위협을 받고 있습니다."

언무청의 말에 모두 알고 있다는 듯 고개를 끄덕였다.

"사대세가! 천마사천회! 이 거대한 두 집단이 만났고, 아직 정체가 밝혀지지 않은 태극천 역시 그에 못지않은 세력임에 틀림없습니다. 이제 우리 역시 힘을 합쳐야 합니다."

"옳소!"

"좋소이다. 힘을 합쳐 그까짓 삼원천쯤 박살 내도록 합시다!"

언무청의 말 한마디에 좌중은 삽시간에 흥분이 되었다.

"사대문파와 많은 군소방파들이 큰 피해를 입었다고 하지만 아직 소멸된 것은 아닙니다. 게다가 개방과 여기 앉아 있는 단 가주의 천하제일가가 합친다면 전혀 꿀릴 것이 없습니다."

"와아아!"

세력만으로 따진다면 가히 엄청난 힘이었다.

천하제일방이라고 일컬어지는 개방과 무위 하나만으로는 단인 세력 중 최고라는 천하제일가! 호천사정맹의 절반의 힘을 가지고 있는 사대문파!

게다가 천하제일가와 곧 이어 인연을 맺을 태흥왕부를 생각한다면 연합 세력으로는 고금제일이 아닐까 싶을 정도였다.

하지만 진현의 두 눈에는 그리 반가운 기색이 없었다.

'분명 이들과 힘을 합치게 된다면 활동의 자유는 더욱 줄어들 것이다. 그렇다면 련 누이는 언제 찾는단 말인가!'

진현이 조금 전 육합노인의 말에 쉽게 동의를 하지 못한 것 역시 이 때문이었다.

진현의 이러한 심정도 모른 채 대전은 이미 언무청의 주도 아래 순

조롭게 회의를 진행하고 있었다.

진현의 머리 속에 불현듯 의문이 튀어나왔다.

'무청 저 친구는 언제부터 저렇게 똑똑해졌지? 좋은 약이라도 먹은 건가?'

어둠이 짙게 깔린 뇌옥이었다.

어둠을 밝혀야 할 횃불조차 없었고, 뇌옥에 당연히 있어야 할 간수조차 보이지 않았다.

끼이익—

마찰음과 함께 문이 열리며 나타난 일노일소(一老一少) 두 사람 사이로 달빛이 새어들었다. 그러자 한줄기 달빛이 가리키는 곳에는 피 칠을 한 괴인이 양손을 쇠줄로 묶인 채 벽에 걸려 있었다.

"잘 지냈소?"

노인의 입에서 상대의 안부를 여쭙는 정중한 인사가 흘러나왔다. 하나 괴인의 몸이 노인의 말 한마디에 부르르 떨리는 것을 보니 전혀 그렇지 않은가 보았다.

"허어, 그동안 밤 자리가 불편하셨던 모양이구려? 통 대답이 없는 걸 보니."

"크으윽, 이… 놈!"

괴인의 고개가 들리며 그의 두 눈에서 혈광(血光)이 새어 나왔다. 자세히 보니 그의 두 눈에 맺힌 피눈물이 달빛에 반사된 것이었다.

"어허, 그렇게 반갑게 맞이할 필요는 없소. 다만 오랜만에 이곳에 들른 이유는 그대에게 반가운 소식을 전하기 위해서요."

어느새 차갑게 얼어붙은 남궁선의 두 눈동자는 곁에 있는 모용자인을 향해 있었다.

"모용 소협, 할 수 있겠나?"

"……."

모용자인의 입은 굳게 닫혀 있었다. 하지만 그의 두 눈은 심하게 흔들리고 있었다.

"이 모든 것이 소협의 세가와 모두가 잘되기 위해서 하는 것일세. 정(情)에 흔들리지 말게."

남궁선은 마치 모용자인의 속마음을 들여다본 것처럼 말했다. 그리고 다시 괴인에게 고개를 돌려 좀 전에 하려고 했던 말을 꺼냈다.

"아, 미안하오. 소식을 전해준다고 해놓고는 금세 잊어버렸지 뭐요. 사실 다름이 아니라, 그대에게 제자가 한 명 있더구려? 실로 운이 닿아 알 수 있었소이다."

"갈(喝)!"

괴인의 입에서 피가 터지며 뇌성이 울리는 듯했다.

"크윽! 이… 놈, 사문을 뒤엎은… 것도 부족해… 이제 맥을 끊으려 하느냐!"

그의 목소리는 지난 세월 동안 가슴속 깊이 숨겨두었던 한(恨)이 담겨 있었다.

"푸하하! 사문? 본 가에서 아직까지 그런 굴레에 연연하고 있다고 믿나? 아님, 한 가닥 희망인 건가?

"음."

괴인과 남궁세가 간의 사정을 대충이나마 알고 있는 모용자인은 괴인을 비웃는 듯한 남궁선의 말에 침묵을 지킬 수밖에 없었다.

"얼마 후면 당신이 그토록 보고 싶어하는 제자가 찾아올 것이다. 그때 제자나 붙잡고 사정하도록."

남궁선의 비릿한 미소가 괴인의 가슴에 다가와 박혀 버렸다.

"모용 소협, 잘 보았는가? 이대로 전해주기만 하면 되는 것일세. 장
장 십오 년의 세월이네. 설마 하니 그것이 자네의 우정보다 못하다는
것은 아니겠지?"

남궁선이 이렇게 말하는 이유는 혹시나 하는 불안이 있었기 때문이
다. 모용자인이 무극천의 행사에 적극적으로 참여하지 않는다라는 것
을 풍문으로 들은 적이 있는 그이기에 더욱 확신을 받아야만 했다.

"비록 제가 철이 없으나 공과 사는 구별할 줄 압니다. 걱정 마십시
오."

모용자인은 마치 자신에게 최면을 걸듯 남궁선의 물음에 확신을 주
었다.

"그럼 다행이군, 다행이야. 이제는 절영곡(絶影谷)에 두 사제의 묘비
를 세우는 일만 남았군. 크하하하!"

남궁선의 입에서 뇌옥을 가득 채우는 파안대소(破顔大笑)가 터져 나
왔다.


"한 마리, 두 마리, 세 마리, 네 마리……."

작은 모래성의 조그마한 틈 사이로 계속해서 개미들이 줄을 지어 자
신들이 가져온 먹잇감을 운반하고 있었다. 그리고 개미들을 집어삼킨
입구에는 몇 마리의 병정개미들이 고개를 들어 자신들을 내려다보는
거인을 노려보고 있었다.

"휴우, 너희들의 신세나 나의 신세나 다를 바가 없구나."

긴 한숨과 함께 터져 나온 탄식은 곧 미풍(微風) 속에 사라져 버렸다.

진현은 살짝 손가락을 놀려 개미들의 행진 대열을 흐트러 놓았다. 그러자 개미들은 순간 당황한 듯 자신들이 가야 할 길을 헤매다 곧 대열을 이루어 자신이 해야 할 몫을 다하려 하였다.

진현은 다시 한 번 손가락을 놀리려 하였다.

"가주, 그런 미물과 사람은 다릅니다. 같을 수가 없지요."

진현의 뒤에서 사람의 그림자가 나타났다.

"뭐가 다른가요? 저런 미물조차 짜여진 틀 속에서 답답하게 살아야 합니다. 그렇지 않으면 낙오되어 버리겠죠. 그렇지 않나요?"

진현은 고개도 돌리지 않은 채 황 노공에게 따지듯이 말했다. 그가 바라보는 개미의 삶이나 자신이 생각하는 자신의 삶이나 그리 다를 바 없다는 것에 대한 투정 같아 보였다.

황 노공 역시 진현의 마음을 짐작하고 있음인가?

그의 짜증 섞인 말에도 빙그레 웃음 지으며 장난감을 사주지 않아 떼를 부리는 아이를 달래듯 토닥거렸다.

"이미 가주께서 답을 알고 계시지 않습니까? 다시 한 번 확인해 드릴까요? 저기 보이는 미물은 자신이 왜 저 일을 해야 하는지 모릅니다. 다만 본능에 의해서 움직이죠. 하지만 사람은? 자신이 해야 하는 이유가 있기 때문에, 목표가 있기 때문에 이성에 따라 움직이는 겁니다. 모르셨습니까?"

"……."

진현이 왜 모르겠는가?

답답한 마음이 쌓이고 쌓이다 보니 자신도 모르게 자신의 위치에 대한 불만이 표출된 것이다.

"역시 황 총관이시군요. 하지만 지금 같아선 저 미물이 오히려 부러워 보입니다."

순간 황 노공의 얼굴에 기이한 표정이 떠올랐다 사라졌다.

"아직도 못 잊으시는군요."

"……"

이번에도 진현은 대답을 하지 못했다. 언제나 자신의 마음을 읽는 황 노공은 속일 수가 없음이다.

"하지만 잊으시면 안 됩니다. 지난날 강호행을 시작하기 전 가신(家臣)들에게 하셨던 그 말씀을."

"하지만 천하제일가라는 현판은 그냥 지킬 수가 없는 것이오. 말로만 떠드는 천하제일가가 아닌 실제로 힘이 있는 천하제일가가 되고 싶다는 것이오."

"천하제일이라는 칭호를 받았다면 응당 그에 걸맞는 영향력과 힘이 있어야 한다고 말이오. 누구도 무시 못하는 그 힘을 본 가주가 만들어 보이겠소. 그리고 여러분에게 부탁하는 바이오. 그때까지는 어떤 일을 겪게 되더라도 참아주시기 바라오."

"지금부터 세가가 하는 행동이 정도가 될지, 사도가 될지는 모릅니다. 하지만 중요한 것은 본 세가가 진정한 천하제일가로 올라선다면 세가가 하는 것이 정의이며, 모든 사람 또한 그렇게 생각할 것입니다."

황 노공은 아직도 그때의 기억이 생생했다. 그렇기에 정(情)에 이끌려 대의(大義)를 포기하려는 진현을 안타깝게 생각했다.

"가주께선 이미 천하제일가의 주인이십니다. 부디 사사로운 정을 대의 위에 두려 하지 마십시오."

황 노공의 입에서 간절한 충언이 흘러나왔다.

"……."

하지만 진현은 황 노공의 말을 듣지 못한 것처럼 계속해서 묵묵부답이었다.

"가주, 좀 전부터 군주마마께서 기다리십니다. 그것을 알려 드리러 왔다가 허튼 말만 늘어놓았습니다. 아무래도 늙었나봅니다. 허허허."

화제를 돌리려는 황 노공의 말이었건만 그것 역시 진현에게는 또 다른 고민을 준 것이었다.

문인군주라는 고귀한 신분을 티 내지 않는 그녀는 현재 호천맹의 별원에 머무르며 간간이 곤군과 구양 상인의 문병을 한다고 전해졌다.

황 노공이 전해준 그녀의 행동은 진현에게 있어 반가운 소식이었지만 이렇게 한 번씩 찾아오는 날이면 여러 가지 면에서 부담스러웠다.

하지만 만나지 않을 수 없으니 더욱 심란한 것이다. 차츰차츰 그의 가슴속에 둥지를 틀려 하는 그녀였으니.


주설란을 맞이하기 위해 나간 자리엔 언무청 또한 함께 있었다.

"왜 이렇게 늦었나? 나야 괜찮지만 미인의 발걸음을 기다리게 하다니… 이 친구, 너무한 거 아닌가?"

진현의 어색함을 느낀 것일까? 언무청은 진현에게 장난스럽게 핀잔을 주었다.

"주 소저, 오랜만에 뵙소. 웬일인가, 무청?"

어느샌가 진현은 주설란을 문인군주라는 호칭 대신 강호인의 한 사람으로 대하고 있었다.

"어허, 사람 대하는 태도하고는. 꼭 무슨 일이 있어야 오는가? 며칠

동안 보이지 않기에 뭐 좋은 거라도 있는가 싶어서 왔네."

계속해서 장난스러운 언무청의 말이지만 말속에 뼈가 있었다.

"그래, 잘 왔네. 아, 우선 앉게나."

진현은 자리를 권하며 두 사람에게 차를 내어주었다.

"무척 향기롭군요."

"그렇소. 벽라춘(碧螺春)이라는 차라오."

진현은 주설란의 말에 차 이름을 말해 주었다. 한데 주설란은 벽라춘이라는 이름을 듣자 갑작스레 경직되는 듯 멈칫거렸다.

"벽라춘……."

벽라춘에 담겨진 그의 마음을 알 수 있었기 때문이다.

벽라춘(碧螺春).

아주 오랜 옛날 동정산 서쪽 꼭대기에 벽라라는 소녀가 살고 있었다. 예쁘고 총명한 벽라는 마음씨도 곱고 노래도 잘 불러 태호 인근에서 생활하는 어부와 농사꾼들에게 노래 소리를 들려주며 사랑을 받았다.

하지만 큰 재앙이 다가와 마을에 악룡(惡龍)이 현신하여 벽라를 원했다. 그러나 마을 사람들은 자신들에게 기쁨을 준 벽라를 허락하지 않았고, 마을은 풍비박산되었다.

그때 오래전부터 벽라를 사모하던 소년이 나타나 용을 쓰러뜨렸고, 자신 역시 큰 부상을 당해 죽을 처지에 놓이게 되었다. 벽라는 자신을 사모하는 마음에 자신의 몸을 고려치 않고 싸워준 소년에게 감동되어 그를 보살폈으나 끝내 소년의 병세는 차도를 보이지 않았다.

어느 날 벽라는 소년과 용이 싸운 자리에서 차나무를 발견하고 찻잎을 따다 소년에게 차를 끓여 먹였다. 한데 신기한 일이 벌어져 소년의 병세가 나날이 차도를 보이는 것이었다. 이 모든 것이 찻잎으로 인한 것임을 알고 벽라는 열심히 소년에게 차를 먹였다.

한데 이게 웬일일까. 소년의 병세가 좋아지는 만큼 벽라는 쇠약해져 갔고, 결국 벽라는 숨을 거두고 말았다.

소년은 벽라를 동정산에 묻었고, 벽라가 그에게 매일 먹여주었던 차나무를 정성껏 보살폈다.

그 뒤로 동정산에는 벽라의 노래와 함께 벽라춘이라는 차가 탄생할 수 있었다.

이것이 벽라춘의 유래였다.

'아직도 그리워하시는군요. 하지만 소녀는 실망하지 않아요. 언젠가는 저의 마음을 받아주실 거예요.'

주설란은 아직도 사마화련을 기다리는 진현을 애처로운 눈빛으로 바라보았다.

그녀의 상념은 뒤로하고 진현과 언무청은 삼원천으로 인해 새롭게 개편된 무림맹에 대하여 이야기하고 있었다.

"이제야 호천사정맹의 정(鼎)이 제 뜻을 찾았어."

언무청이 말하는 정(鼎)의 발은 본래 세 개다. 한데 지난날 호천사정맹의 기둥은 사대세가, 혹은 사대문파를 가리키고 있어 네 개를 의미했다. 세 개가 되어야 할 솥의 발이 네 개가 되었으니 당연히 분란이 있었다. 그 결과가 바로 삼원천 중 무극천이 아니겠는가.

"천하제일가, 본 방, 사대문파의 연합체 이제 제대로 된 솥을 이루게 된 것이야."

"후후후, 듣고 보니 그렇군."

진현은 언무청의 일리있는 말에 고개를 끄덕이며 슬며시 웃음을 지었다.

"삼 일 후면 정식으로 발호를 할 걸세, 단심맹(丹心盟)이라는 이름으로."

단심맹.

언무청의 말대로 천하제일가와 개방, 그리고 사대문파의 연합이 모여 새롭게 창궐된 무림맹의 이름이다. 현재 각 문파의 수뇌부들이 모여 개편된 각 부(部)를 점검하며 막바지 땀을 흘리고 있었다.

"자네는 궁가부(窮家部), 사문부(四門部)와 함께 삼부를 이끌어갈 신검부(神劍部)를 맡을 걸세."

"음."

"말 그대로 궁가부는 본 방이, 사문부는 사대문파의 연합이 담당하는 것이며 사문부의 부주(部主)는 소림파의 장문인이신 무상 대사(無上大師)께서 맡으시네."

놀러 왔다는 말과 달리 언무청의 입에서 본격적으로 집무에 해당하는 말들이 흘러나왔다.

"그리고 삼부 밑에 다시 삼각(三閣)을 두어 예전 호천맹 시절의 일월각, 성신각, 천지각을 되살렸네. 물론 각주들 또한 그대로이고."

"그 밖에 호법전(護法殿)도 있어요. 지난날 호천맹의 삼대봉공이셨던 건천삼존(乾天三尊)을 위시해 강호에 은거 중이시던 노기인들을 대거 영입시켰어요."

주설란이 언무청의 설명에 보강을 하였다.

"그럼 맹주는?"

"아직 공석일세. 단심맹의 개파대전이 있는 날 맹주 선출이 있을 거라고 하더군."

"그렇군. 한데 청운은 왜 보이지 않는가?"

"허어, 이 친구 보게."

진현의 말에 언무청은 혀를 찼다.

"자네가 두문불출한 것은 생각지 않고 청운 탓을 하는가? 너무하는군."

"청운 도장은 현재 구양 대협의 병세를 살펴 드리고 있어요. 그리고 남는 시간은 그의 사매와 함께 수련을 쌓는다고 하더군요."

언무청을 대신하여 알려주는 주설란의 말속에는 구양 맹주라는 호칭 대신 대협이라는 단어가 속해 있었다.

"아! 청심이라는 여도장을 말씀하시는 것이오?"

진현 또한 생각난 듯 외쳤다.

"그 여도사는 참으로 특이하더군. 무당의 제자로서 기가 막힌 한빙공(寒氷功)을 쓰다니. 듣기로는 신수현녀(神水玄女)의 절학을 이어받았다고 하더군. 신수현녀의 절학이라면 오행결 중 수(水)의 무학이 아닌가. 얼마 후면 그녀와 청운, 이 두 사람으로 인해 무당파는 다시 한 번 부흥기를 맞을 것이야."

진현 역시 청심에 대해서 혁천운으로부터 보고받은 적이 있었다. 그때는 무심코 지나갔건만 이상하게 오늘은 그렇지 못했다.

분명 그러했다.

'동춘객잔에서 본 그 눈동자 때문인가?'

진현은 나름대로 추측을 해보았지만 알 리가 만무했다.

"그건 그렇고 자네의 아버님은 어디에 계신가?"

언무청의 입에서 갑작스레 단후명에 대한 질문이 나왔다.

"그건 왜 묻는가?"

"그거야 단 대협께서 이곳에 계신다면 얼마나 큰 힘이 되겠는가. 이미 탄군(彈君) 신탄자(神彈子) 하후 노사께서도 우리와 뜻을 같이하기로 하셨네. 어떤가? 사군 중 삼군이 모였고, 오왕 중 개왕 노삼야 어르신과 창왕 양청수 어른뿐 아니라 기왕까지 계시네. 거기다 무황 어르신께서 깨어나시기만 한다면……."

그의 말대로 일은(一隱) 단후명까지 가세한다면 천하십오대고수 중 절반이 단심맹에 속한 것이나 마찬가지다. 가히 복마전이라 해도 과언이 아닐 정도였다.

"그렇지 않아도 아버님께서 이곳으로 오신다고 연락을 하셨네. 아버님께서도 이번 사태를 보시곤 더 이상 자신만을 위하여 은거하실 순 없다고 전해오셨네."

"아! 정말 다행이군, 다행이야. 실로 무림의 홍복일세."

언무청은 모처럼 환한 웃음을 지으며 진현이 전해준 소식을 반겼다.

"그동안 어머님과 함께 태홍왕부에 계셨다고 하더군. 나도 주 소저께서 전해주시어 알게 되었네. 아마 삼 일 후면 도착하실 것이야."

"음… 어머님과 함께 말인가?"

진현의 외가가 단목세가임을 아는 언무청이기에 조심스러워졌다.

"단 부인께서는 이번 사태를 어떻게 받아드릴실지 그것도 고민이겠군."

진현의 속마음을 마치 예상하고 있다는 듯 언무청은 진현을 위로했다.

"이보게, 어머님은 현명하신 분이네. 우리가 걱정하지 않아도 이해하실 거야."

진현은 언무청을 향해 아무렇지도 않은 듯 말하였지만 실상은 자신 역시 장담할 수 없었다. 오히려 자신의 말로 자신을 위로하는 듯했다.

순간 어두운 분위기를 간파한 진현은 밝게 웃어 보이며 화제를 돌렸다.

"그런데 말이야, 사공 소저와는 무슨 관계인가?"

"푸웁!"

사공혜의 사공이라는 말만 들어도 저절로 몸이 경직되는 언무청은 입 안의 차를 내뱉었다.

실로 간만에 나온 진현의 역습이라 할 수 있었다.

"아까 보니 사공 소저께서 언 소협을 찾으시던데……."

"헉!"

주설란까지 가세한 공격에 언무청은 그만 얼굴이 붉게 물들어 버렸다.

"이런, 무청이 붉게 변했구만. 상한 것 아닌가?"

한술 더 뜨는 진현이다. 하지만 진현의 여유도 오래가지 못했다. 너무나 오래되어서, 감히 자신의 앞에서 부르지 못해 그동안 언무청의 기억 한 저편에 숨어 있었던 '무청'이라는 말에 서서히 흰자위를 드러내는 그를 봐야 했기 때문이다.

"크어워!"


"전 가주(前家主)께서 오신다는 말씀이 사실입니까?"

"그렇습니다."

전 가주라고 함은 단후명을 말했다.

순간 진현으로부터 다시 한 번 확인받은 황 노공의 두 눈에서 묘한 빛이 감돌았다.

하자만 진현은 자신의 앞에 놓인 차를 마시기 위하여 고개를 돌렸기 때문에 볼 수 없었다.

"참, 단심향제(丹心向祭)에 녹림과 장강수로채의 사람들도 올 겁니다. 미리 연락을 해서 충돌이 없도록 해주세요."

단심향제란 개파대전과 함께 치러질 기혼제(祈魂祭)를 말했다. 얼마 전에 있었던 호천맹 내의 참사가 아니더라도 금성이라는 이름으로 희생된 넋을 그리기 위한 제사였다.

단심맹의 개파대전과 함께 시행하여 단심맹의 취지를 높이는 동시에 단결력을 극대화시키자는 의미였다. 크든 작든 강호의 무인치고 금성이라는 이름으로 손해를 보지 않은 이는 없다고 봐도 무방했기 때문이다.

"알겠습니다. 하나 정파의, 특히 사대문파의 사람들이 쉽게 허락할지가 문제입니다."

황극천으로부터 많은 타격을 입은 사대문파라곤 하나 그들의 자존심과 문파에 대한 자긍심은 여전히 하늘 밖의 구름[天外雲]이었다.

그런 그들이 그토록 멸시하던 녹림과 수채의 무인들과 어울린다는 것은 그 발상부터 어불성설일지도 모른다.

그것이 진현과 무림인들의 차이였다. 정확히 표현하면 가치관의 차이다.

솔직히 진현의 사고는 정파보다는 오히려 사파에 가까울지도 모른다. 사필귀정이라는 점에서 정(正)을 내세울지는 모르지만 목적을 위해서 수단을 가리지 않는다는 점은 보는 이에 따라서 사파의 사람으로 몰고 갈 것이다.

그것은 황 노공 역시 알고 있었다.

예전 황 노공이 진현에게 정과 사에 대하여 자신의 견해를 밝힌 적이 있었다. 그 당시 그는 지금의 진현과 그리 다르지 않은 입장을 보여주었다.

"그러니 황 총관께서 중간에서 잘 중재해 주세요. 전에 말씀드린 것처럼 녹림과 수채의 역할이 일 회성이라는 점을 강조한다면 그리 문제될 것은 없을 거예요."

"알겠습니다.

진현의 말에 황 노공은 그 문제에 대하여 더 이상 왈가왈부하지 않았다. 하지만 두 사람 모두 한 가닥의 우려는 없앨 수 없었다.

진현은 녹림과 수채에 대한 것은 접어두고 다른 화제를 꺼내며 말끝을 흐렸다.

"칠성동이라… 칠성칠요공(七星七曜功)을 익힌 기재들은 어찌 되는지……."

"아! 사대세가의 기재들을 말씀하시는 겁니까?"

"예, 그렇습니다. 아직 칠성동이 열리지 않았지만 그들의 폐관이 끝나면 칠성 중 삼성(三星)이 떠나가겠죠."

진현은 무척이나 아쉬운 듯 말했다. 지금같이 하나의 힘이라도 보태야 할 시국에 칠성의 무공 중 반이 떠난다는 것은 실로 안타까운 일이었다.

게다가 칠성칠요공은 모두가 모였을 때 더욱 빛을 발휘하기 때문에 문제가 심각하다 할 수 있었다.

"한데 이상한 것이 있습니다."

문득 생각났다는 듯 황 노공의 입에서 뜻밖의 소식이 흘러나왔다.

"뭔가요?"

"지난번 일도 그렇지만 칠성동의 신공들 역시 사대세가에서 미리 손을 뻗은 것이 아닌지 의심스럽습니다."

"칠성칠요공을 사대세가에서요? 그리고 지난번 일이라니요?"

진현은 알지 못한다는 눈빛으로 황 노공을 쳐다보았다.

"음, 사대문파 사람들의 말을 들어보니 남궁선의 무공이 오행결에서 유래되었다고 합니다."

"아……."

진현은 드디어 알 수 있었다. 남궁선과의 대결에서 느낀 묘한 동질감의 정체를.

"그가 펼친 수공(手功)은 고목산수라 하여 목에 해당하는 신공이며 그 밖에 후토신공까지 겸비하고 있다고 전해집니다."

"음, 그건 상관세가에서 비급을 공유한 것이 아닐까요?"

진현은 떠오른 생각대로 말했으나 금세 웃고 말았다. 실현 불가능한 일이기 때문이다.

자고로 신공이 적힌 비급은 무인에게 있어서 생명보다 소중했다.

무명기서(無名奇書)만 하더라도 충분한 예가 되는 것이다. 그것을 차지하기 위해 얼마나 많은 목숨들이 칼 아래 사라져 갔는가.

"그럼 이미 남궁세가에서 보유한 두 비급을……."

"그렇습니다. 그것을 창룡쟁투지회에 내놓았고, 상관세가로 돌아간 것이지요."

"결국 그들의 손을 떠난 기보(奇寶)가 그들 손으로 다시 돌아간 격이군요."

진현은 황 노공의 말에 한숨을 쉬었다.

"그런 셈입니다. 한데 사실 더욱 중요한 것은 남궁세가에서 어떻게 두 비급을 보유하고 있었냐는 것입니다. 분명 호천맹 시절에 획득한 것이라면 남궁세가에서 보유할 수 없는 노릇입니다."

듣고 보니 진현으로서도 의문스러운 부분이었다.

"남궁세가의 무서움을 짐작하겠군요. 그 오랜 시간 동안 준비해 온 그들의 저력을 어떻게 막을 수 있을지……."

"그리고 칠성칠요공 역시 그럴지도 모른다는 문제가 있습니다. 지난날 검군(劍君) 일행이 칠성동(七星洞)을 열기 위해 세가로 찾아와 취옥소불상과 화룡천검을 교환한 이유를 생각하십니까?"

"아!"

황 노공의 말에 진현은 그제야 무릎을 쳤다.

"그들이 화룡천검을 원한 이유는 칠성동을 열기 위해 마련한 취화선(翠花扇)과 칠보주(七寶珠)를 구두당이라는 괴마(怪魔)에게 빼앗겨 버렸기 때문입니다. 그리고 구두당은 금성의 하수인으로 판명되었지요."

"그러니 금성을 이루는 삼원천 중의 하나인 남궁세가에서 구두당을 이용하여 얻은 취화선과 칠보주를 사용하여 호천맹보다 먼저 칠성동을 열었다는 말씀입니까?"

"그렇습니다."

단순한 추측이지만 실로 놀랄 만한 문제였다.

"게다가 칠성동에 입동(入洞)한 사대세가의 기재들이 남은 네 명에게 어떤 암수를 썼을지 모르는 일입니다."

"아……."

만약 황 노공의 말이 사실이라면 그야말로 설상가상일 것이다.

"아직 단심맹이 결성되지 않아 본격적인 회의는 없지만 개파대전이 끝나고 나면 반드시 회부되어야 할 문제입니다."

　문득 진현은 황 노공이 천하에서 가장 머리가 뛰어나다는 기왕(機王) 천기수사가 아닌가 하며 고개를 갸우뚱거렸다. 그와 동시에 자신의 옆에 이토록 뛰어난 재사(才士)가 있다는 것을 천운이라고 생각했다.

　'천운이라고 생각하니 혁천운이 생각나는군. 준비를 잘하고 있는지 모르겠구나.'

　자신의 명으로 인해 아무도 모르게 홀로 준비하고 있을 혁천운을 생각하니 한편으로는 미안한 감정이 드는 진현이다.

　"이제 삼 일 후면 개파대전입니다. 다시 새롭게 시작할 때이지요."

　딱히 황 노공을 향하여 말한 것은 아니지만 진현은 자신의 말과 함께 다시 한 번 결의를 다졌다.

　'이 모든 것이 련 누이, 당신을 위한 것임을 알고 있기나 한 것이오?'


　숭산을 맴돌며 속까지 청량하게 만드는 찬바람도 얼마 전 있었던 호천맹의 혈사(血事)로 인한 피 내음을 다 지우지 못했다.

　오늘 있을 개파대전으로 인해 숭산을 오르는 이는 끝없이 행렬을 만들며 입산하지만 단심맹 내에 마련된 연무장에는 소란 하나 없었다.

　연무장 주위를 빽빽이 둘러싼 수많은 깃발들 중앙엔 각 문파를 의미하는 글자들이 수놓아져 있었고, 연무장의 중앙에는 '단심맹'이라는 글자를 붉은 수실로 그려놓은 금색 천이 펼쳐져 있었다.

　둥둥둥!

　단심맹뿐만 아니라 숭산 전체를 뒤흔드는 고명(鼓鳴)이 울리자 연무장 밖에서 서성대던 수많은 인파들이 연무장 안으로 들어왔다.

얼마 가지 않아 새로운 희망에 들뜬 많은 사람들이 연무장을 메우면서 북적거리고 있었다. 게다가 평소 만나기 힘들었던 강호의 기인들과 노협(老俠)들까지 모습을 드러내니 충분히 그들에게 힘을 실어줄 만하였다.

둥둥둥!

또 한 번의 북소리가 울리며 개파대전 이전에 시행될 단심향제의 시작을 알렸다. 그와 동시에 한쪽에 미리 준비된 제단에 불이 붙으며 연기가 피어올랐다.

개방의 제자들과 함께 단심향제를 준비한 언무청의 노고가 빛을 발했다.

제단에 불이 피어오르자 분향(焚香)을 하기 위해 사람들이 하나둘씩 모였다.

"대화산파의 제자들이여, 그대들의 숭고한 희생은 영원히 잊혀지지 않을 것이다. 조사(祖師)의 따스한 자비가 너희들의 넋을 감싸줄 터이니 사후(死後)에서나 편히 쉬며 지켜봐다오."

분향을 하던 매양 산인의 입에서 참담한 말이 흘러나오자 순간 분위기는 더욱 암울해졌다.

나이가 많은 노기인들 입에선 연신 탄식이 터져 나왔고, 혈사로 인해 사형제를 잃은 이들 중에는 참배를 하며 오열을 터뜨리는 이도 있었다.

그러는 동안에도 제문(祭文)을 읽어가는 천기수사 제갈화영의 입은 쉴 틈 없이 움직이고 있었다.

길고 긴 제문이 끝나고 분향을 하던 행렬이 보이지 않자 그제야 제단의 불은 사그라들었다.

둥둥둥!

드디어 단심향제의 끝을 알리는 북소리가 울려 퍼졌다.

"이것으로 수많은 넋을 기리기 위해 준비된 단심향제를 마치고, 그 혈기를 모아 단심맹의 개파를 선언하겠소!"

이미 호천맹 당시와 같이 단심맹의 군사로 역임된 제갈화영이 앞장서 개파대전을 알리는 선언식을 하였다.

둥둥둥!

조금 전과는 의미가 달라서인지 힘찬 북소리가 울려 퍼지자 순간 연무장 주위를 매우던 깃발들이 힘차게 솟아올랐다.

그와 함께 단심맹의 주축이 될 삼부(三部)의 부주들과 호법전의 전주로 초빙된 개왕 노삼야를 비롯한 여러 노고수들이 그 모습을 드러냈다.

그리고 제갈화영의 소개로 차례대로 포권을 하며 인사하였다.

아직까지 단심맹의 구성원에 대해서 모르던 이들은 천하제일가와 개방의 존재로 인해 놀람을 금치 못하면서 더욱 환호성을 지르며 반겼다.

"현 무림은 지난날 금성이라고 불리던 삼원천으로 인해 위협을 받고 있소. 그중에는 천인공노하게도 우리의 편에 서서 함께 싸웠던 사대세가 역시 포함되어 있소. 이에 천하제일가와 개방, 그리고 사대문파가 모여 호천맹의 취지를 이어 그 이름을 단심(丹心)이라 명하니, 이에 강호 동도들의 도움이 필요하여 많은 성원을 부탁드리는 바이오."

제갈화영의 개파선언문이 연무장 안을 울렸다.

"와아아!"

중인들의 환호성으로 연무장은 떠나갈 것 같았다.

"여기 모인 모든 이들의 협심(俠心)을 모아 삼원천을 척결하는 그날까지 이 한 몸 아끼지 않겠습니다."

단심향제의 제문만큼이나 긴 선언문이 제갈화영의 입에서 계속되었다.

"그렇다면 우리를 이끌 맹주는 누구요?"

이 자리에 모인 중인들 틈에서 누군가가 외쳤다.

"그렇소! 단심맹의 개파와 더불어 속히 맹주를 선출해야 하오!"

"난 소림의 무허 상인을 추천하오!"

"그럼 난 천하제일가의 단후명 대협을 추천하오! 천하십오대고수 중에서도 서열 일위이신 그분만이 단심맹의 맹주가 될 수 있소!"

"흥! 당치 않은 소리! 최근 불미스러운 일이 있었지만 구양 대협만이 진정한 맹주감이오!"

일순간에 불거진 맹주 선출에 대하여 제각기 중구난방이었다. 자신이 지지하는 사람이 맹주로 선출되었으면 하는 바람이 그들을 흥분의 도가니로 몰고 간 것이다.

"아, 아, 모두 자중해 주시오. 단심맹을 이끌어갈 맹주의 선출은 공정하게 추대할 것이니 모두들 지켜보도록 합시다."

장내가 시끌벅적하자 제갈화영이 나서서 중재를 했다.

"우선 단심맹의 취지가 삼원천을 대적하기 위함에 있는 것인만큼 맹주 또한 그들에 맞서 피와 땀을 흘릴 사람이라야 하오."

"옳소!"

"그리고 지난날 호천맹의 맹주이셨던 구양 대협께선 사대문파의 출신이라는 점으로 인하여 사대세가의 무리들에게 심한 반발을 번번이 겪으셔야만 했소."

"음."

제갈화영의 한마디가 끝날 때마다 모두가 공감하며 고개를 끄덕였다.

"해서 이번에 선출된 맹주는 모두의 신임을 얻을 수 있는 분이 되어야 한다고 생각하는 바이오. 그의 명에 진심으로 따를 수 있도록 만드는 것이야말로 맹주의 자격이 아니겠소?"

서론이 긴 만큼 사람들의 기대는 계속해서 커져만 갔다. 그들의 관심사 또한 누가 과연 단심맹의 맹주 자리에 앉을 것인가에 대해 집중되었다.

"본인은 그런 자격을 지니고 있는 분들을 알고 있소이다."

"그분들이 누구요?"

누군가의 외침에 제갈화영은 슬며시 미소 짓더니 그에 해당하는 답변을 해주었다.

"바로 천하제일가의 전대 가주이신 단후명 대협과 무림의 활불(活佛)로 여겨지는 무허 상인이시오!"

"와아아!"

단후명과 무허 상인이라면 모두가 어느 정도 예상하고 있던 후보들이었다. 그들이라면 모두가 공감할 만한 자들이기에 제갈화영의 말은 탁월한 데가 있었다.

"맞소이다. 단 대협께서는 지난날 반정지란 당시 금성을 격퇴하기 위해서 몸을 아끼지 않으셨소. 게다가 무허 상인은 일대고승이시오. 나 역시 동감하외다."

제갈화영의 말에 화산파의 장문인인 낙일검존(落日劍尊) 만춘추(滿春秋)가 동의했다.

그의 생각으로는 구양 상인으로 인하여 사대문파의 명예가 어느 정도 실추한 감이 있기 때문에 소림의 무허 상인이 맹주의 자리에 앉았으면 하는 바람이 있었다. 그를 통하여 사대문파의 위상을 다시 한 번 드높이고 싶었던 것이다. 하지만 단후명이라면 그로서도 인정하지 않을 수 없는 거인(巨人)이었다.

"그 밖에 다른 분들도 계시지만 이미 단심맹의 요직을 맡으신 관계로 후보에서 제외된 것이니 오해가 없었으면 하오."

즉, 제갈화영의 말은 이미 맹주의 후보가 단후명과 무허 상인으로 제한되어 있다는 말이었다.

중인들 역시 제갈화영의 의도를 짐작하고는 어느 정도 억지가 있다고 생각했지만 워낙 단후명과 무허 상인의 지명도가 높기에 그다지 불만은 없었다.

하지만 중인들의 머리 속에는 공통적인 생각이 있었다.

'추천이 아니라 통보로군. 소림의 위세가 천하제일가를 따르지 못하니 한동안 천하제일가의 위명이 천하를 떨칠 것은 분명하겠군.'

단심(丹心)이라는 혈기를 모은 이곳마저도 시작부터 작은 틀어짐이 있었다.

# 제39장

# 마음의 파문

## 마음의 파문

단심향제와 개파대전으로 인해 인산인해를 이루었던 단심맹은 시간이 흐를수록 보다 체계적인 운영으로 틀을 잡아갔다.

많은 사람들의 예상대로 단후명이 맹주에 오른 이후, 그는 무공만 천하제일이 아님을 보여주는 듯 감탄을 자아내게 할 정도로 경영에도 일가견을 보였다.

그의 뒤에서 그를 보필하는 부맹주 무허 상인과 군사 제갈화영의 도움이 크기도 했지만 그의 경영 능력은 무시할 수 없었다.

지난날 호천맹의 눈이 되었던 대륙안의 존재가 없어져 한동안 정보 수집에 어려움이 있었지만 개방이라는 막대한 정보통을 얻음으로써 대륙 내의 모든 것을 눈 아래로 둘 수 있었다.

게다가 삼부와 삼각, 그리고 새롭게 영입된 녹림의 수장인 녹야우림(綠野芋林)과 장강십팔타(長江十八舵)는 행로(行路)에 있어서 엄청난 활력을 불어넣었다.


"영호림주(令狐林主)의 능력은 생각 밖이군요. 일개 녹림의 비적들이 사대세가의 친위대를 맞서다니."

진현이 말하는 이는 녹야우림의 림주인 적성표(赤星豹) 영호학(令狐鶴)을 말하는 것이다.

오 일 전 구화산(九華山)에서 녹림의 비적들과 모용세가가 충돌이 있었다. 모용세가의 무인인 줄 모르고 무작정 덤벼들었던 비적들의 목은 모용세가의 비룡십오객의 손에 잘려 나갔다.

곧 이어 그 소식을 듣고 달려온 녹야우림의 무력단 십오혈랑(十五血狼)이 달려왔고, 죽은 동지들을 대신하여 모용세가의 무인들과 맞선 것이다.

비록 머릿수가 많은 비적 떼라고 하지만 비룡십오객의 명성으로 봤을 땐 어림도 없으리라 예상되었다. 하나 결과는 이변이었다.

십오객 중 칠객이나 목숨을 잃은 것이다. 물론 그에 상응하는 대가를 녹야우림으로선 치러야 했지만 비적과 무림세가의 충돌이란 점을 감안한다면 놀랄 만한 결과였다.

이에 자존심이 꺾인 모용세가는 구화산과 가까운 남궁세가에게 도움을 청했고, 남궁세가는 은하십팔검수를 동원하여 녹야우림을 짓밟으려 하여 녹야우림과 같은 노선을 걷고 있는 단심맹으로서도 응원군을 보낼 수밖에 없었다.

그래서 응원군으로 나온 이가 바로 진현이다. 녹림과 수채의 영입을 주장한 그이기에 몸소 실천을 보여야 했던 것이다.

묘유이분기(妙有二分氣).

영산개구화(靈山開九華).

시성(詩聖) 이백이 쓴 명구(名句)로 인해 구자산은 구화산이라 바뀌었다. 본래 구화산은 오대산(五臺山), 아미산(峨嵋山), 보타산(普陀山)과 함께 불교사대명산에 속한다.

그래서인지 구화산 곳곳에는 불상과 사찰들이 있었고, 신성한 영기(靈氣)마저 숨 쉬고 있는 듯했다. 그러나 요 근래 벌어진 무림인들의 충돌로 인해 구화산에는 피 내음이 그치지 않았다.

"저들이 상대하는 사이 모용세가의 무인들이 덮쳐 오면 어쩌죠?"

숭산에 모습을 보인 이후 항상 진현과 함께 있으려는 주설란은 오늘도 어김없이 진현 곁에 서 있었다.

"음, 하나 걱정할 것 없소. 모용세가의 무인들이 구화산까지 오려면 적어도 이틀은 걸릴 것이오. 그 안에 속히 저들을 친다면 걱정할 것 없소이다."

진현의 말에는 자신감이 묻어 있었다. 이미 은하십팔검수나 비룡십오객 등과 일전을 벌인 적 있는 현천참마대가 그의 뒤에서 버티고 있었고, 이번에 알게 된 녹림의 힘도 만만치 않았기 때문이다.

"그렇소! 솔직히 단 가주께서 오시지 않았다 하더라도 저들을 막아내는 것에는 무리가 없었소이다. 하하하!"

영호학은 큰소리를 치며 호탕하게 웃었지만 진현을 대하는 태도를 보니 진현만을 믿는 눈치였다.

"그렇소? 그럼 이번 기회에 림주의 활약을 눈 씻고 보겠소이다."

"푸하하하!"

진현의 말에 영호학은 파안대소하며 맞장구를 쳤다. 하나 그를 보는 진현의 두 눈동자는 차갑기 그지없었다.

구화산의 기암괴석과 수려한 절경은 밤이 되니 또 다른 운치를 보여 주고 있다. 진현 역시 그 속에 동화되어 절애(絶崖)의 끝 자락에서 산의 영기를 폐부 속으로 끌어들이고 있었다.

그의 옷깃이 밤이슬에 젖어 촉촉한 것을 보니 그곳에 있은 지 꽤 시간이 흐른 듯했다.

사박사박.

누군가 작은 족적을 남기며 그에게 다가왔다.

"운랑, 걱정거리라도 있으신가요? 안색이 좋지 않군요."

구화산의 맑은 밤 공기를 마시는 진현을 보며 주설란이 물었다.

"……."

"혹… 시… 사마 소저 생각을 하시나요?"

주설란은 잠시 머뭇거리며 자신의 솔직한 생각을 밝혔다. 이에 진현의 몸이 잠깐 주춤거렸지만 곧 아무 일 없다는 듯 대꾸하였다.

"내일 있을 황극천과의 결전이나 생각합시다."

"아……."

주설란은 자신을 사무적으로 대하는 진현이 야속했다.

"운랑, 저를 한 번만 똑바로 봐주시겠어요?"

"……."

주설란과 함께 있으면 언제나 벙어리가 되는 듯한 진현이지만 왠지 그녀의 이번 부탁만은 거절할 수 없었다.

몸을 돌려 그녀를 쳐다본 그는 그녀의 두 눈에 맑은 이슬이 고여 있음을 볼 수 있었다.

"음."

"왜 저를 계속 멀리하시려는 거죠? 얼마 후면 저와 혼약을 맺으실 것 아닌가요?"

조용히 절규하는 그녀의 목소리에는 애잔함이 간절했다. 그것을 안 진현은 고개를 숙이며 잠시 침묵했다.

천천히 고개를 들어 올린 진현의 눈에는 한 가지 결심이 서 있었다. 이제는 주설란과 자신의 관계를 확실하게 해야겠다는 결단이.

"난 소저의 얼굴에서 면사가 벗겨졌을 당시 그 안에서 어릴 적 본 적이 있던 아름다운 소녀의 모습을 볼 수 있었소."

진현은 차마 주설란의 얼굴을 보지 못하겠다는 듯 고개를 돌리며 천천히 운을 뗐다.

"그 소녀는 참으로 아름다웠소. 고귀한 그 모습은 마치 백합과도 같았지. 물론 그 당시 나는 소저도 아시다시피 련 누이를 생각하는 처지였기에 딴마음을 품지 않았소. 한데 그녀는 그 백합과도 같은 외모로 나를 죽이려 하였소."

"……."

주설란은 진현의 이야기가 왠지 자신과 관련있는 것 같아 말을 할 수가 없었다. 그리고 그녀의 불안감은 곧 사실로 드러났다.

"그때 나는 아무것도 모르고 있었소. 가야 할 곳이 있기에 무작정 찾아갈 뿐이었소. 험악한 세상 인심을 알고 새롭게 시작하려 찾아가는 길이었소. 한데 그 소녀는 천사 같은 얼굴로 나를 마치 물고기를 낚는 미끼와 같이 사용하였소. 자신의 어려움을 피하기 위해 나 같은 사람쯤은 죽어도 된다고 생각했나 보오."

나직한 목소리에는 수많은 상념들이 젖어 있었다.

"끝날 줄 알았던 나의 운명은 천우신조로 다시 한 번 생명을 부여받을 수 있었소. 그때 난 결심했소. 어떠한 시련이 닥친다 하더라도 피하지 않을 것이며, 굴복은커녕 전부 맞서 싸울 것이라고!"

진현은 천천히 고개를 돌려 주설란을 보았다. 하나 이번에는 그녀가 진현의 눈을 쳐다보지 못했다.

"그녀의 이름이 뭔지 아시오? 강호인들은 그녀에게 무척이나 아름다운 별호를 붙여주었더이다. 구중화성이라는 별호를!"

"아!"

"난 오히려 당신에게 고맙소. 당신이 아니었다면 아직도 강호의 협(俠)이니 의(義)니 하면서 착각 속에서 살아갔을 것이오. 그러다 누구에게 뒤통수를 맞고 헤어날 수 없는 나락으로 빠져들어 다시는 회생되지 못했겠지."

"운… 랑, 아… 니… 에요. 정말 그런 뜻이 아니었어요……."

그녀 역시 진현의 이야기가 자신과 관련있음을 알고 진현과의 기억을 더듬기 위해서 무척이나 애를 썼다. 그리고 어렵게나마 기억 저편에서 끄집어낼 수 있었다.

벽력마를 피하기 위해 한 소년을 미끼로 삼았던 것을.

"그땐 정말 어쩔 수 없었어요. 취옥소불상을 지키기 위해선 그것이 최선이었어요."

이슬을 머금었던 주설란의 두 눈은 어느새 눈물로 범벅이 되었다.

"최선? 후후후. 최선이라… 그렇소, 그것이 최선이었겠지. 하나의 생명쯤 우습게 여기는 무림인으로선 당시 그 방법만이 최선이었을 것이오."

주설란의 눈물을 보니 진현의 격앙된 마음이 점차 누그러진 것인가?

"하지만 말이오, 나를 죽음으로 몰고 간 이와 평생을… 평생을 함께 한다는 것은 더욱 우스운 일일 것이오."

진현은 감히 혼인이라는 말을 하지 못했다.

혼인(婚姻).

아내의 친정과 사위의 집이 합하여 만들어낸 말이다. 그만큼 집안끼리의 만남이라는 점을 중시하였다. 만약 진현이 이 시대에서 살아온 인물이었다면 어떤 사정이 있다 하여도 단후명의 말을 따랐을 것이다.

하나 진현은 집안의 만남도 중요시 여기지만 그보다 당사자의 마음을 더욱 중요하다고 여겼다.

"이 마음을 이해하겠소?"

"아뇨! 그대는 그대를 죽음으로 몰고간 화산오수 역시 용서했어요! 한데 전 왜 안 된다는 거죠? 당신의 마음에 제가 들어갈 자리는 없나요? 그런 건가요?"

주설란은 이렇게 물러날 수 없었다.

이대로 물러난다면 다시는 기회가 없을 것 같았다.

그녀 역시 처음 태중혼약이라는 굴레가 못 견디게 싫었다. 태흥왕부의 천금으로서 자라온 그녀였지만 구중화성이라는 이름으로 강호를 주유하자 또 다른 세상이 있음을 알게 되었다.

그리고 강호의 자유분방함과 수많은 호남아들을 본 그녀이기에 더욱 태중혼약이라는 자신의 운명이 저주스러울 정도로 싫었다.

하지만 자신의 평생 동반자라는 단지운에 대하여 호기심이 피어오르는 것까지 막을 순 없었고, 호기심이 극에 달한 그녀는 정혼자에 대해 몇 가지 조사를 해보았다.

그리고 결국 진현과 사마화련에 대한 이야기까지 듣게 된 그녀였다.

얼씨구나 좋다 해도 모자랄 그녀는 사마화련이 생사도 알 수 없는 채 실종되었다는 말에 가슴이 쓰러움을 느껴야만 했다.

아마 무의식 중에 자신의 낭군이라 여긴 진현의 아픔과 슬픔이 그녀에게도 전해진 것인가? 진현이 세가로 돌아왔다는 소식을 듣고 방문이라는 핑계로 진현을 보기 위해 달려갔다.

그리고 차츰 진현의 아픔을 자신이 쓰다듬어 주고 싶은 마음과 진현의 마음 한자리에 자신이 있었으면 하는 마음이 커져 갔다.

한데 이제 그럴 기회마저 없어지려 하고 있었다.

주설란은 붙잡아야 한다고 생각했다.

"운랑······."

말하고 싶지만 목이 메어와 쉽게 입이 열리지 않았다. 하지만 필사적으로 입을 열려고 하자 마음속에 담아두었던 수많은 말들이 봇물처럼 터져 나왔다.

"그대의 말이 맞아요. 그대의 말처럼 저는 당신을 사지로 몰았어요. 그에 대하여 변명은 하지 않겠어요. 하지만 한 번이라도··· 단 한 번이라도 기회를 주시면 안 되나요? 그대에게 진정한 나의 마음을 보여줄 수 있는 기회를 주시면 안 되나요? 전 믿지 못하겠어요. 그대의 마음이 그토록 굳게 닫혀 있다는 것을 못 믿어요."

"소··· 저······."

"어서 대답해 보세요! 그대의 마음이 그토록 차가웠나요? 그런 기억 하나만으로 저를 거부할 만큼 마음이 좁나요? 아뇨! 절대 그렇지 않아요! 당신은 그것을 핑계로 저를 멀리하려는 것이에요. 틀린가요? 어서 말을 해봐요! 흑흑흑······."

주설란의 말들이 진현의 가슴속으로 파고들었다. 냉정해지려는 자신의 마음이 자꾸만 봄날 따스한 태양 아래 녹아내리는 눈처럼 사그라들려고 하는 것을 느꼈다.

"제발… 그러지 말아요. 사마 소저가 당신에게 그랬던 것처럼 저에게도 기회를 주세요."

이 순간 주설란의 모습에는 고귀한 신분이나 여인으로서의 부끄러움을 전혀 찾아볼 수 없었다.

오직 진현의 마음을 갈구하고 있을 뿐이다.

"제발… 흑흑흑."

무너지듯 바닥에 주저앉은 그녀의 어깨는 쉼없이 떨리고 있었다. 너무도 애처로운 모습에 진현은 자신도 모르게 그녀에게 다가가려 하였다.

그의 손이 그녀의 어깨로 다가갔다.

하지만 결국 그녀의 어깨를 한 치 앞에 두고 멈추고 말았다. 그리고 슬며시 손을 거두었다.

주설란이 진현을 향해 소리없이 다가온 것처럼 진현 역시 주설란을 뒤로하고 소리없이 떠나갔다.

"흑흑흑……."

텅 빈 공간에 홀로 남은 주설란의 애처로운 울음만이 더해갔다.

스스슥.

"윽!"

진현의 검이 빛날 때마다 어김없이 신형은 무너졌다.

진현의 존재로 인해 이미 사기가 떨어진 은하십팔검수와 비룡십오객은 칼끝이 무뎌졌다.

신이 난 것은 영호학이다.

얼씨구나 좋다며 자신의 애병인 혈륜(血輪)을 날리며 무차별적으로 공격해 나갔다.

평생 녹림이라는 이유로 억압받고 멸시받은 한풀이를 하려고 했다.

"죽어라! 네놈들이 죽어야 내가 산다, 이놈들아!"

어느새 진현의 검은 멈추었고, 슬며시 전장을 빠져나와 관전자의 자세를 취했다.

'녹림인들은 어쩔 수가 없구나. 아무리 적이라고 하지만 저토록 피를 반겨 하다니.'

적도를 쓰러뜨리는 것만큼 자신의 동료가 죽어가는 것을 보면서도 칼을 멈추지 않았다.

어느새 차륜전(車輪戰)을 펼치며 비룡십오객, 아니, 비룡팔객을 맞서는 녹림도는 지난밤 영호학의 말처럼 진현이 오지 않았다 하더라도 적도를 쓸어버렸을지 모를 정도였다. 아무리 고수의 대결에서 숫자는 의미가 없다고 하지만 시간이 갈수록 줄어드는 체력을 감당할 수는 없는 법이다.

게다가 지난밤의 아픔을 씻기 위함인지 주설란까지 합세하여 적을 몰아가고 있었다.


좌립(左立)은 그야말로 당혹스러움에 치를 떨어야만 했다.

언제부터인가 은하십팔검수라는 단체에 속한 이후로 그는 한 번도 낭패를 본 적이 없었다.

다만 호천맹에서 개방의 타구대진에 맞서 혈전을 벌일 그때만이 유일했다. 한데 그 경험을 또다시 맛봐야 했다. 게다가 이번에는 개방의 타구대진도 아닌 녹림도들에 의하여.

처음 현천참마대와 단지운을 제외하고 자신을 가로막는 자들은 단칼에 베어버렸다. 그러다 단지운이 사라지자 더욱 활개를 치려 하였다.

하지만 한 명을 죽이면 두 명이 나타나고, 오른팔을 베어버리면 왼팔로 자신의 심장을 노리니 실로 중과부적이었다.

죽어 나가는 자는 녹림도들로 가득했지만 자신의 체력까지 갈수록 떨어진다는 것을 실감하고 있었다.

앞으로 반 시진도 버티기 힘들 것 같았다. 검을 잡은 손아귀는 저리다 못해 마비가 올 정도였고, 두 다리는 천근같이 무거웠다.

그는 문득 현천참마대와 대결을 벌이는 자신의 동료가 부러웠다. 그나마 죽더라도 무인답게 죽어갈 것이기 때문이다. 그와 반대로 자신은 점차 힘이 빠져서 비적들에게 난도질당할 것을 생각하니 참담해져 갔다. 그것은 이미 먼저 저세상으로 간 동료들이 증명해 주고 있었다.

'한낱 비적들에게 죽임을 당하다니… 믿을 수 없다! 좋다, 죽더라도 몇 명 더 끌고 가마!'

그는 우수(右手)의 검을 포기하고 자신의 품속에서 은하십팔검수에 가입하면서 익혔던 은린폭우망(銀鱗暴雨芒)을 꺼내 들었다. 그 도중 왼쪽 어깨와 등에 몇 개의 혈흔을 입었다.

"죽어랏!"

좌립은 벼락같이 외치며 두 손 가득 잡힌 은린폭우망을 전방을 향해 쏘았다.

은린폭우망은 강호오대금용암기 중 하나로서 남궁세가에서도 비밀리에 만든 비밀 무기다. 그리고 정파의 세가가 이런 금융암기를 사용했다는 불명예를 쓰기 싫어 이제까지 사용을 못했지만 모든 것이 백일하에 밝혀진 이상 거리낄 것이 없었다.

"크아악!"

순간 수많은 은빛 바늘들이 허공을 가득 뒤덮었고, 그의 앞에 있던 녹림도들의 입에서 비명 소리가 터져 나왔다.

은린폭우망은 총 세 번을 운용할 수 있는 기관 장치가 되어 있어 두 번 더 쏠 수 있는 기회가 있었다. 좌립은 암기를 모두 쓰고 나면 끝이 어떻게 될지 모르기 때문에 신중하게 목표물을 조준했다.

녹림도들은 갑자기 나타난 은린폭우망에 당황하며 진열을 갖추지 못했다. 동료의 죽음을 뒤로하면서까지 어렵게 몰아갔는데 갑자기 튀어나온 은린폭우망은 삽시간에 다수를 죽음으로 몰아갔다.

게다가 좌립을 시작으로 하나둘씩 은린폭우망을 꺼내어 사용하니 얼마 되지 않은 시간에 수많은 녹림도들이 죽어갔다.

"이런……."

영호학은 뒷말을 채 잇지 못했다. 녹림을 행하면서 갖은 경험을 한 그이지만 이번만큼 짧은 시간에 많은 수하를 잃어보긴 처음이었기 때문이다.

사실 녹림도들이 정파인들에게 멸시를 받으면서도 도전할 수 없는 이유는 그들에게 이렇다 할 무공이 없기 때문이었다. 영호학만 하더라도 이인(異人)과의 인연이 없었다면 총표파자까지 오르지 못했을 것이다.

간혹 칼이나 낭아곤을 기가 막히게 쓰는 이들이 나타난다 하더라도 그들에게는 정파와 같은 심후한 공력을 만들어줄 내공심법이 없다. 영호학처럼 이인의 도움이 없다면 고수가 되는 길은 전무할 정도였다.

그런 그들이 일반 암기도 아닌 강호오대금용암기 중 하나인 은린폭우망을 어떻게 피하겠는가.

영호학이 생각하길, 대충 눈치로 보아 사용 횟수가 제한적이긴 하지만 그전에 자신들의 수하가 모두 죽어 나갈 것 같았다.

영호학은 급히 고개를 돌려 진현을 쳐다보았다.

"단 가주!"

영호학의 다급한 외침이 진현을 강타했다.

진현 역시 영호학의 외침이 아니라도 그의 다급한 심정을 짐작하고 있었다. 은린폭우망을 피하기 위해 주설란과 현천참마대 역시 한쪽으로 비켜나 있을 정도였으니.

'음, 대단하군. 하지만 진정한 힘 앞에서는 잔재주에 불과한 것!'

진현은 온몸에 호신강기를 끌어올리고는 비호(飛虎)같이 날아갔다. 어느새 빼어 든 검날에는 무른 강기(罡氣)가 실려 있어 허공을 꽉 채운 은린들을 검의 폭풍 속으로 몰아넣었다.

폭풍 속으로 빨려 들어가지 않은 몇 가닥의 은린들은 진현의 몸으로 쏟아졌으나 그의 호신강기에 퉁겨져 나갔다.

"수류폭!"

거대한 물줄기가 형상화된 것인가.

장강의 도도한 물줄기가 휩쓸어 버린 것처럼 진현의 검이 지나간 자리엔 풀 한 포기 남아 있지 않았다.

이에 살아남은 좌립을 비롯한 은하십팔검수와 비룡십오객은 압도적인 실력의 차이에 망연자실해하였다.

그들의 눈앞에서 진현의 검에 휩쓸려 버린 자신의 동료들이 아직도 눈에 선할 지경이었다.

이것이야말로 칠대무서의 위력이라고 할 수 있었다.

그렇기에 천하의 무인들이 칠대무서를 찾기 위해 그토록 발버둥을 치는 것이리라.

하지만 진현은 자신이 더욱 어리둥절해 있는 것 같았다.

'한데 강호오대금용암기라고 칭해지던 은린폭우망치고는 위력이 부실하군!'

진현이 자신의 능력에 대해서 어느 정도 맹신한 것도 있지만 사실 강호에 알려진 은린폭우망의 위력은 가히 공포라 할 수 있었다. 한데 지금 진현이 겪은 은린폭우망은 위력적이긴 하지만 진현이 알고 있는 것과는 달랐다.

은린폭우망의 진정한 위력은 망(芒)에 있었다. 실처럼 가느다란 은침(銀針)은 만 번을 정련(精鍊)하여 만든 것으로 호신강기로도 막아내지 못하는 것이다. 게다가 그 끝에는 치명적인 부시독(腐屍毒)이 발라져 있어 격침 즉시 그 부위가 썩어버릴 정도였다.

하지만 좌립을 위시로 은하십팔검수가 운용한 은린폭우망은 그 위력의 반도 되지 않을 뿐더러 은침 역시 녹림도들에게나 위협을 가할 정도였다.

'이상하군. 하나 이만한 것이 다행!'

생각을 마친 진현의 눈에 은하십팔검수를 향해 달려가는 영호학과 그의 부하들이 보였다.

이미 은린폭우망의 무서움을 잃은 은하십팔검수는 사기가 바닥에 떨어져 있었다. 망연자실하게 서 있는 그들에게 녹림도의 수많은 칼이 쏟아졌다.

은린폭우망으로 인해 겪었던 공포심과 죽은 수많은 동료의 복수심이 뒤엉켜 광기(狂氣)를 빚어낸 것이다.

금성에 대한 원한이 뼈에 사무친 진현이지만 눈앞의 상황은 목불인견(目不忍見)이었다.

어느덧 상황은 해제되고 진현과 영호학 일행 앞에는 목불인견(目不忍見)의 상황이 펼쳐져 있었다.

"음, 지독하군!"

어느새 진현의 곁으로 온 영호학은 피로 번들거리는 혈륜(血輪)을 옷에 닦으며 중얼거렸다.

"무엇이 지독하다는 것이오?"

"그야 이 피 내음을 말하는 것이 아니겠소. 한동안 구화산은 영산(靈山)이 아니라 혈산(血山)으로 불리겠소이다."

금세 부하들의 죽음을 잊은 것일까? 영호학은 진현의 물음에 타인의 일인 양 대답했다.

그것을 안 진현은 미간을 찌푸리며 아무런 말 없이 신형을 돌렸다.


낮에 있었던 살육의 현장이 아직도 진현의 머리 속에 남았던 것인가. 그의 표정은 계속해서 어두워 있었다.

"아무리 죽고 사는 것에 초월할 수밖에 없는 무림인이라고 하지만 너무도 많은 이들이 희생을 당해야 하는군요. 그들 역시 그들의 상관이 시키는 대로 할 뿐일 텐데."

진현이 말하는 그들이란 은하십팔검수와 비룡십오객을 말했다. 누구 못지않게 금성의 무리에게 원한이 맺힌 진현이지만 죽음 앞에서는 숙연해질 수밖에 없었다.

"어쩔 수 없습니다. 그것이 무인의 운명이 아니겠습니까!"

술잔을 비우며 말하는 마각은 때때로 여린 듯이 말하는 진현을 보며 고소(苦笑)를 금치 못했다.

"하지만… 아무래도 황 총관 역시 대동하여 왔어야 하지 않았나 후회가 됩니다. 그가 있었다면 보다 좋은 방법이 있었을 터인데."

매사 황 노공의 도움을 받는 진현은 오늘도 역시 그의 지혜를 필요로 했다. 하지만 마각은 그렇지 않았다.

"아닙니다. 이미 가주께서는 천하제일가의 가주라는 고귀한 신분을 가지고 계시며 삼원천에 맞서기 위하여 탄생한 단심맹의 큰 기둥이십니다. 이렇게 약한 말씀을 하시면 안 되지요."

혈기왕성한 젊은 나이의 진현이 계속해서 나약한 말을 하는 것이 못마땅했던 마각은 말을 돌려 간접적으로나마 꾸짖었다. 무림에서의 잔뼈가 굵은 그이기에 진현의 말에 자연스럽게 불만이 생긴 것이리라.

"가주, 제가 감히 충언을 드리자면, 무림은 먹지 않으면 먹히는 곳입니다. 협의(俠義)! 이 두 자를 통해서 명성을 얻지만 실리는 경쟁을 통해 얻습니다. 생사를 건 경쟁! 바로 그것입니다. 무인이란 칼로 살아가는 인간이며, 칼을 통해서 삶을 얻어가는 사람입니다. 아무리 칼을 씀에도 활검(活劍)의 묘(妙)가 있다고 하지만 우선적으로 살검(殺劍)이 앞설 수밖에 없습니다."

마각의 진정 어린 두 눈이 진현의 얼굴에 박혔다.

"그 살검을 통해 자신이 살아야 활검을 사용할 수 있습니다. 죽고 난 뒤에는 아무 소용이 없는 것입니다."

말을 잇는 마각은 여느 때와 다른 표정이었다. 심지어 그 속에 비장함마저 내포되어 있는 것 같았다. 하지만 진현은 자신을 강하게 만들려는 채찍질이라 생각하고 단순하게 받아들였다. 그래서인지 너무 분위기가 심각하게 빠지자 먼저 이야기를 꺼낸 진현이 서둘러 화제를 돌리려 하였다.

"하하하, 너무 분위기가 암울해져 있군요. 적을 물리친 오늘 같은 날은 술이 제격인데 너무 쉬고 있었어요. 자! 어서 잔부터 채우시죠."

진현은 마각의 빈 잔에 술을 채우며 자신의 잔에도 역시 술을 가득 부었다.

"참! 주 소저께서도 잔을 비웠구려. 제 술을 받으시오."

어젯밤 이후로 침묵을 유지하는 주설란에게 진현은 먼저 말을 걸며 술을 채워주었다.

"자, 모두 한 잔 쭉 들이킵시다."

말을 마친 진현이 먼저 입에 술잔을 가져갔다.

사실 그는 너무나도 목이 말라 있었다. 마르다 못해 탈 지경이었다.

언제나 그렇듯 사마화련에 대한 그리움, 갑자기 찾아온 주설란으로 인한 파문, 이상과 현실의 괴리. 이 모든 것이 그를 목마르게 한 것이다.

다른 이보다 먼저 술잔을 비운 그는 다시 술을 채우려 하였다. 한 잔으론 그의 타는 갈증을 적셔줄 수 없었다.

"아."

주설란은 진현의 눈치를 보며 어느 정도 감을 잡을 수 있었다. 다른 것은 몰라도 자신으로 인해 진현에게 심중의 변화가 찾아왔다는 것은 알 수 있었다. 진현의 행동이 그것을 증명하고 있었다.

주설란의 탄성으로 마각은 이내 쓴웃음을 지을 수밖에 없었다.

"아이고, 주책 맞은 늙은 것이 눈치가 없었습니다. 그저 늙으면 죽어야지요. 하나 아직 못다 한 일이 있으니 죽지는 못하고 잠이나 자야겠습니다그려."

아직 불혹을 넘지 않은 마각의 입에서 늙은이라는 말이 나오자 진현과 주설란의 입에서 동시에 웃음이 새어 나왔다.

진현과 주설란의 어색함을 풀어주려고 한 마각은 자신의 의도가 성공하자 자리에서 일어나 방문을 나섰다. 자신의 말을 행동으로 옮긴 것이다.

마각이 떠나자 진현과 주설란 사이에는 방 안을 밝히는 등불만이 바람에 살랑거리고 있었다. 가끔씩 술을 먹기 위해 진현이 손을 움직일 뿐이다.

오랜 침묵을 깨고 먼저 말을 한 것은 언제나 그렇듯 주설란이었다.

"운랑, 어제 저의 말 때문이라면 너무 신경 쓰지 마세요."

"어제 소저께서 하신 말을 곰곰이 생각해 보았소. 비록 일주야(一晝夜)였지만 많이 생각했소."

진현의 나직한 목소리가 방 안을 울렸다.

"사실 아직도 혼란스럽소. 솔직히 말하자면 소저의 말대로 내가 소저를 멀리하려 하는 이유가 핑계일지도 모르오. 아니, 핑계일 것이오."

"음."

진현이 말한 핑계가 무엇인지 아는 주설란이기에 그 이유를 생각하곤 잠시 탄식을 했다.

"그대가 알다시피 난 아직도 련 누이를 잊지 못하오. 그것엔 이유가 있소."

"그게 뭔가요?"

처음으로 진현의 깊은 속마음을 알게 된 것이라 생각한 주설란은 조바심을 냈다.

"난 아주 오래전 나에게 아주 소중한 사람을 떠나보낸 적이 있소. 너무도 소중했기에, 너무도 아꼈기에 떠날 수 없는, 보낼 수 없는 아이였건만 난 떠나야만 했었소. 그 당시 난 너무도 나약했었기 때문이오. 나 자신조차 돌볼 수 없을 정도로 나약하여 그 아이에게 행복한 미래를 주겠다고 약속했건만 그 약속을 지킬 수 없었소."

진현은 지현의 얼굴을 떠올리며 목에 메어오는 것을 느꼈다.

"그 아이를 그렇게 보내고 다시는 그런 일이 없으리라 여겼소. 이제 다시는 소중한 이를 잃지 않으리라 생각했었소. 한데 또다시 그런 일이 되풀이되었소."

"그 사람이 사마 소저인가요?"

진현의 안타까운 마음이 주설란에게까지 전이되었는지 그녀의 눈시울이 어느새 붉어져 갔다.

"그렇소. 그녀 역시 나의 나약함으로 인해 떠나보내야만 했소. 하지만 먼젓번과 다른 점이 있다면 이번만큼은 다시 되돌릴 수 있는 기회가 있다는 것이오."

"아!"

"난 나 자신에게 한 약속을 지키기 위해서라도 그 기회를 살리기 위하여 부단히 노력했소. 그리고 모든 조건이 갖추어진 것이오. 한데 그때 내 앞에 나타난 이가 있었소."

주설란은 진현이 말한 이가 자신임을 직감적으로 알 수 있었다.

"난 불안했소. 이제 모든 것을 되돌릴 수 있는 기회를 가졌건만 당신으로 인해 모든 것이 허사가 될 것 같았소. 그대와의 인연이 련 누이와 나와의 인연을 끊어버리는 한 자루의 칼처럼 여겨졌소. 날이 시퍼렇게 선 칼날 말이오."

주설란은 밀려드는 서글픔을 참을 길이 없었다. 진현이 자신과의 인연을 이렇게까지 여기고 있을 줄은 상상도 하지 못했기 때문이다.

"하지만 인연이란 인력으로 어쩔 수 없는 존재인가 보오. 이으려 해도 이을 수 없는 것이 인연이고, 자르려 해도 자를 수 없는 것이 인연인가 보오."

"아!"

진현의 말은 주설란에게 한 가닥의 희망처럼 다가왔다.

"앞서 말했지만 아직은 혼란스럽소. 그대를 받아들일 수 있을지 모르겠소. 하지만 확실한 것은 소저와의 인연을 생각하기 전에 먼저 해야 할 일이 있다는 것이오. 련 누이와의 인연의 고리를 먼저 해결한 후에 그대를 생각하겠소. 그 다음 우리의 인연을 생각합시다."

주설란의 두 눈에서 또다시 눈물이 글썽거렸다. 그러다 기어코 한줄기 눈물이 흘러내리고 말았다. 그리고 그것을 시작으로 두 눈에 눈물이 끊이지 않았다.

"흑흑, 고마워요. 정말 고마워요."

"고마워할 것 없소. 앞으로 그대와의 인연이 어떤 식으로 다가올지나 역시 모르겠소. 내 감정이, 내 이성이 어떻게 그대에게 다가갈지 모르겠다는 말이오. 그러니 자신할 수 없소이다."

"아니에요. 흑흑흑. 이것만으로도 고마워요."

결과가 어떻게 나타날지 모르는 상황이지만 주설란은 진심으로 진현의 한마디에 기뻐했다.

"주 소저……."

진현은 이토록 감격스러워하는 주설란을 보며 슬며시 그녀의 이름을 불렀다. 불같이 찾아온 그녀에 대한 연민을 참을 수 없을 것만 같았다.

"주 소저……."

다시 한 번 진현은 그녀의 이름을 불렀다.

하지만 그는 뒷말을 잇지 못했다. 갑자기 들려온 한줄기의 전음 때문이었다.

*"나를 따라오게."*

진현은 전음을 듣자마자 방문을 뛰쳐나갔다.

과연 자신을 기다리는 흑영이 있음을 알 수 있었다. 온통 검은 천으로 둘러싼 그이지만 그의 전음으로 인해 진현은 그의 정체를 알 수 있었다.

진현이 나올 때까지 기다린 흑영은 진현이 나타나자 갑자기 신법을 펼치며 담을 넘어 사라졌다. 그러자 진현 역시 발을 굴려 경공을 펼쳤다.

흑영은 내력이 상당한 듯 매우 빠른 속도로 나아갔다. 하지만 진현 역시 만만치 않았다.

그들에게는 자신들을 가로막는 나뭇가지나 숲들이 전혀 문제 되지 않았다. 마치 노루마냥 이리저리 뛰어다니는 그들은 빠른 시간 안에 구화산의 봉우리 중 하나인 취암봉(鷲巖峯)에 도착할 수 있었다.

"대단하군. 내력이나 신법, 어느 것 하나 모자라는 것이 없군. 그래."

흑영은 감탄하듯 내뱉었다.

"하하. 자인, 자네가 더 대단하이. 과연 잠룡(潛龍)은 잠룡일세."

그랬다.

진현에게 전음을 보낸 흑영의 정체는 바로 모용자인이었다.

"한데 무슨 일인가, 자네가 나를 다 찾아오고?"

진현의 입가에 어느새 웃음은 사라지고 냉랭한 기운만이 감돌았다.

"너무 그러지 말게나. 그래도 우리는 친구였지 않은가."

고소를 머금은 모용자인은 자신의 얼굴을 가린 두건을 천천히 벗으며 진현에게 투정 부리듯 말했다.

"사실은 자네에게 한 가지 소식을 전해주기 위해서 이곳에 왔다네."

"그것이 뭔가?"

진현은 얼음장같이 차가운 말투로 대꾸했다. 모용자인의 얼굴에서 떠올려지는 소천성탑의 추억이 그를 심란하게 만들었기 때문이다.

"허허, 뭐가 그리 급한가. 너무 안타깝구만. 우리 사이가 최소한 안부 정도는 물어보는 사이인 줄 알았는데."

"……."

모용자인의 자조 섞인 말에 진현은 잠시 고개를 숙여 취암봉 주위를 감싼 안개를 쳐다보았다. 그리고 그 상태 그대로 모용자인에게 가장 의문이었던 그의 생각을 물었다.

"자네… 왜 그런 건가?"

"후후, 뭘 말인가?"

"왜 그랬냐는 말일세."

쓴웃음을 뱉으며 되려 물어보는 모용자인을 향해 진현은 계속해서 같은 질문을 했다. 그 물음의 본질을 그도 알고 모용자인 역시 알고 있기 때문이었다.

"그것이 궁금했나?"

모용자인은 더 이상 진현의 물음을 피해갈 수 없음을 알았다.

"그렇네. 그것이 궁금했네. 왜! 왜 자네를 이렇게 만나야 했는지가 무척이나 궁금했네. 무청 그 친구를 만날 때 느꼈던 그 반가움을 왜 자네에게서는 느끼지 못해야 하는가?"

"후후후, 이해해 달라고 하지는 않겠네. 하지만 나에게도 사정이 있어."

"사정? 무슨 사정? 자네, 아니, 모용세가가 금성의 무리로 전락해야 하는 사정이 어디에 있는가? 아니지. 그래, 어쩔 수 없었겠지. 세가의 어른께서 시키니 당연히 따라야 하겠지. 하지만 자네는⋯ 자네는⋯⋯."

제자가 사문의 율법을 따라야 하듯이 세가에서 존장의 명에 따라야 함은 지극히 마땅한 일이다. 진현만 하더라도 단후명의 명으로 인해 주설란과의 정혼을 표면적으로는 거부하지 못했으니.

"그 이야기는 그만 하세, 끝이 없을 테니."

모용자인은 진현의 말을 끊으며 자신이 이곳에 온 진정한 목적을 상기했다. 목적을 떠올린 그의 얼굴은 잠시 일그러져 있었다. 그러나 진현은 모용자인의 의도를 알면서도 그의 뜻을 따를 수 없었다.

"아니! 그만 할 수 없네. 자네는 오늘 낮 얼마나 많은 사람들이 죽은 줄 아는가?"

진현은 말을 할수록 격앙되는 심기를 참을 수 없는 듯 목소리를 높였다.

"그중에는 모용세가와 남궁세가의 무인들도 있었네. 그래도 그만 하고 싶은가? 그것도 자네들이 말하는 대의(大義)를 위한 것인가?"

마치 조금 전 자신을 꾸짖은 마각에게 반항하듯 진현은 모용자인을 향하여 노성을 터뜨렸다. 하나 모용자인은 아무런 감흥이 일지 않았다.

오히려 진현이 부럽다는 것을 느낄 수 있었다.

모용자인 자신은 진현과 같은 생각을 하더라도 그것을 입 밖으로 꺼낼 수 없기 때문이었다.

"후후, 천하제일가의 가주라는 신분을 지닌 자네답지 않군. 이렇게 나약한 말만 해서야 어떻게 큰 일을 하겠나? 아! 말이 길어졌군. 내가 자네를 부른 용건을 말함세."

모용자인은 차마 진현을 보지 못하고 고개를 돌리며 본론을 꺼냈다.

"자네는 이번 충돌에 대해서 어떻게 생각하는가?"

녹야우림과 사대세가, 두 단체와의 충돌을 말했다.

"혹시 이런 생각은 안 해보았는가, 너무도 작위적이라는?"

진현은 갑자기 알 수 없는 말을 하는 모용자인을 보며 눈만 멀뚱거렸다.

"작위적이라니? 그게 무슨 말인가?"

"솔직하게 말하겠네. 사실 이번 구화산에서의 혈사(血事)의 근원적인 목적은 자네를 끌어들이기 위함이었네."

"응? 그게 무슨 말인가? 알아듣기 쉽게 이야기해 주게."

진현은 왠지 모를 불안감에 모용자인을 다그쳤다.

"자네를 단심맹에서 빼내기 위해 이번 사태가 벌어졌다는 것이네. 간단하게 말해서……."

모용자인은 끝까지 말을 하지 못했다. 진현에 의해 말이 차단되었기 때문이다.

"그럼 이 모든 것이 나를 빼내기 위해서! 나를 불러들이기 위해서 저지른 짓이란 말인가?!"

진현은 심중의 노화를 참기 힘든 듯 그의 주먹은 부들부들 떨리고 있었으며 발이 닿은 지면은 푹 들어갔다.

"그렇네."

"왜? 왜! 무엇 때문에 그랬는가?!"

"자네에게 한 가지 소식을 알려주기 위해서 그랬네. 바로 내가 지금 자네를 만나는 목적이지."

"목적? 푸하하하! 정말 영광스럽군. 나 하나 때문에 그 많은 사람들이 희생되다니, 정말 영광이야. 내가 그리도 값비싼 사람이었던가?"

진현은 너무도 어이없는 상황에 오히려 대소를 터뜨렸다.

"이제부터 내가 하는 말을 들으면 그 웃음도 사라질 걸세. 헌원당이라는 노인을 기억하는가?"

"헉! 그것을 어떻게……?"

갑작스레 찾아온 그리운 이름이 모용자인에게 불려지자 반가움과 불안감이 교차했다. 그 뒤를 이어 강한 의문이 들었다.

"자네가 그 이름을 어떻게 아는가?"

"어떻게 아느냐고? 알다 뿐이겠나, 모시고 있기까지 하는걸."

"그게 무슨 말인가? 모시고 있다니? 그럼 그분도 삼원천의 뜻과 같이하신다는 말인가?"

진현은 믿을 수 없다는 듯 급히 반문하였다.

"아니네, 내가 너무 말을 순화했구만. 현재 감금 중이시네."

진현과 헌원당의 관계를 알고 있는 모용자인은 이런 사실을 자신의 입으로 해야 하는 이 상황이 너무도 저주스러웠다.

"감금? 무슨 이유로 감금을 한다는 것인가?"

"음, 자세한 것은 나도 모르네. 그분에게 직접 듣게."

"그래, 어디 계신가? 어디에 계시냐는 말일세."

진현은 어서 빨리 헌원당을 구출해야겠다는 일념으로 모용자인의 옷깃을 부여잡았다.

"여산(廬山)의 절영곡(絶影谷)에 계시네. 하지만… 부탁이네. 가지 말게."

"그게 무슨 소린가?"

"거긴 사지(死地)이네. 자네를 잡기 위해 만반의 준비를 한 곳이네. 아마 자네가 그곳으로 간다면 십중팔구 죽음을 면치 못할 걸세."

모용자인은 갑자기 생각을 바꾸어 진현을 만류했다.

"자네를 없애기 위해 무극천의 많은 고수들이 기다리고 있는 곳일 세. 가지 말게나. 처음에는 세가의 명으로 어쩔 수 없어 자네에게 이 소식만 전하려 했네. 그럼 자네는 뒤도 돌아보지 않고 달려갈 친구이 니 앞뒤 상황 가리지 않았겠지. 죽음의 덫인 줄도 모르고 말이야."

"도대체 그 이야기를 하는 이유가 뭔가?"

어느새 냉정을 찾은 진현은 모용자인을 쏘아보며 말했다.

"아직도 모르겠나? 자네가 나를 어떻게 생각하든 상관없네. 다만… 다만… 친구가 죽는 모습은 보기 싫을 뿐이네. 단지 그것뿐이야."

마치 긴 한숨을 끝없이 내뱉는 듯한 모용자인의 말은 안개에 스며드 는 것처럼 작아졌다.

"난 아직도 현공탑에서 같이 수련받던 그때를 그리워하네. 그때의 기억을 떠올려 보면 언제나 즐거웠네. 그래서 더욱 안타까우이. 왜 무 청과 자네를 이런 식으로 만나야 하는지 정말로 안타깝네. 그런데 이 제 세가에서는 자네를 사지로 내몰려고 하네. 그럴 수 없어. 절대 그럴 수 없어."

"자… 인."

"아까 물었나? 수하들의 죽음에 대해서. 후후, 자네의 검에 죽은 비룡십오객 중 어느 분 하나 나를 아끼지 않은 분이 없으셨네. 왜 슬프지 않겠나. 나 역시 피눈물이 날 정도로 슬프네. 하지만 말일세, 세가에서 그들은 하나의 수단으로밖에 취급이 안 되네. 절영곡에서 자네를 죽일 수 있다면 그들의 열 배가 된다 하더라도 희생시킬 수 있다는 것이 무극천일세."

"후우……."

진현은 모용자인의 말을 들으면 들을수록 한숨밖에 나오지 않았다.

"내가 이렇게 말한다고 해서 자네가 가지 않는다는 것은 아니겠지. 자네 성격이라면 무슨 일이 있다 하더라도 가려고 할 걸세. 그래, 가지 말라고 하진 않겠네. 하나 조심하게. 부디 조심하게. 정말 자네를 죽이기 위해 많은 준비가 되어 있는 곳일세. 이미 자네는 천(天)에서도 특급으로 분류되어 있다네."

모용자인의 두 눈엔 수많은 상념이 묻어 있었다. 그것을 본 진현은 모용자인의 진심을 알 수 있었다.

"알겠네. 그렇게 말해 주니 고맙다고 해야겠지? 하지만 난 예전의 내가 아니네. 내 주위의 사람을 허무하게 잃었던 내가 아닐세. 오히려 내가 미안하게 될 걸세. 그곳에는 자네와 친분이 많은 사람도 있겠지? 이번에는 호천맹에서의 일처럼 되진 않을 걸세. 이미 내 마음속에는 살심(殺心)이 섰네. 이해하게."

나직한 말이지만 그 안에 숨어 있는 결의를 모를 모용자인이 아니었다.

"그래, 알겠네. 자네 뜻대로 하게. 이 모든 것이 운명 아니겠는가. 빌어먹을 운명."

"그래, 운명이야. 어디 한번 운명이 시키는 대로 가보세."

그 말을 끝으로 잠시 모용자인을 쳐다보던 진현은 서서히 신형을 돌려 왔던 길로 되돌아갔다.

"잘 가게, 친구."

만월(滿月)이 가득한 가운데 모용자인 역시 자신이 왔던 길을 찾아 취암봉을 떠나갔다.

제40장

# 한껏 치켜든 날개는 꺾어지고

## 한껏 치켜든 날개는 꺾어지고

"합!"

청심은 숲 속의 작은 공터에서 구궁검(九宮劍)의 구궁이형(九宮移形)이란 초식을 펼쳤다. 그녀의 검에서 검풍(劍風)이 휘몰아쳐 주위를 쓸어버렸다.

그녀의 발은 팔괘(八卦)의 괘를 따라 움직이고 있었고 검은 중궁(中宮)을 찌르고 있었다. 그러다 어느새 팔문(八門) 중 상(傷)을 찔렀다.

그 뒤를 이어 구궁변환(九宮變幻), 구궁변의(九宮便意)를 펼치며 검법의 극의(極意)를 찾고 있었다.

그녀가 펼치는 초식마다 오묘한 이치가 담겨 있어 무당파의 오랜 역사를 느끼게 하였다. 게다가 순간 구궁의 묘(妙)가 극에 닿아 구궁검의 참뜻을 보여주는 듯했다.

구궁검을 다 펼치고 난 뒤에야 그녀의 검은 멈출 수 있었다.

"휴우……."

숨을 가다듬으며 내기(內氣)를 조절하던 그녀의 귀에 자신을 부르는 소리가 들려왔다.

"사매, 정말 절묘한 검법이었다."

청운이었다.

한데 청심의 눈에는 반가움보다 의혹이 앞섰다.

그녀는 며칠 전부터 수련을 위하여 이곳에 자리를 잡고 홀로 지냈기 때문이다. 청운 역시 이것을 알기에 청심의 시간을 방해하지 않은 터였다.

그런 그가 이곳에 왔다는 것은 무언가 급한 일이 있음을 의미했다.

"무슨 일인가요, 사숙님은 어쩌고?"

그녀가 이곳에 있는 동안 구양 상인의 수발을 청운이 맡아야만 했다. 구양 상인의 외상과 내상은 날이 갈수록 차도를 보였지만 그의 의식만큼은 웬일인지 돌아올 기미가 보이지 않아 누군가 항상 그를 옆에서 돌봐야만 했다.

"아, 그것 때문에 왔다. 당분간 사매가 사숙을 보살펴 드렸으면 한다."

"무슨 급한 일이라도 있으신가요?"

웬만해선 이런 부탁을 하지 않는 청운이라 청심은 의혹이 가득한 눈으로 물었다.

"음, 그런 일이 있다. 아니, 사실 사숙의 병을 고칠 영약이 있다는 곳이 있어서……."

"아! 그거 잘됐군요."

슬며시 말을 흐리는 청운을 보며 청심은 반가운 듯 소리를 질렀다.

청심에게 있어서 구양 상인은 은인이나 마찬가지이기에 그의 모습을 보며 매번 안타까워하던 그녀였다.

"누군가 강남에서 건곤이화과(乾坤離火果)를 봤다는 정보가 들어왔다. 아마 오래 걸릴 것이다."

"예, 알겠어요. 그럼 언제 떠나시죠?"

"지금 당장 떠나야지."

무슨 일인지 청운의 눈동자에는 슬픔이 묻어 있었다. 그러나 반가운 소식에 기분이 들뜬 청심은 전혀 눈치 채지 못했다.

'그래, 정말 사매에게 반가운 소식을 들고 오겠다. 기다려라.'

청심의 즐거워하는 표정을 보며 청운은 다시 한 번 결의를 다졌다.


"그게 무슨 말씀이십니까!"

마각은 탁자를 주먹으로 치며 자리에서 벌떡 일어났다. 평소의 그라면 진현 앞에서 절대 하지 못할 행동이었지만 지금의 상황은 그것까지 생각할 여유가 없었다.

"진정하세요."

"여산에 오신 이유가 바로 그것 때문이셨습니까?"

진현 일행은 구화산을 떠나 바로 숭산으로 가지 않고 진현의 주장에 의해 여산으로 왔다. 마각 등 일행은 진현의 행보에 의문이 들었으나 주인의 결정에 따라야 하기 때문에 이곳까지 군소리 않고 온 것이다.

"이제까지 가주께서 명하신 것은 모두 받들었지만 이것만은 안 됩니다. 잊으셨습니까? 가주는 우리를 이끌어가는 주인이십니다!"

진현은 여산 근처의 객점에서 짐을 풀었다. 그리고 그제야 일행에게 자신이 이곳에 온 진실된 목적을 말해 준 것이다.

"그래서 이렇게 말씀드리지 않았습니까. 이제 그만 진정하세요."

"허어……."

진현의 말에 마각은 탄식을 했다.

"그럼 저희들도 함께 가겠습니다. 그것까지는 말리지 마십시오."

"음."

진현 역시 그 생각을 안 해본 것이 아니다. 현천참마대의 힘이라면 자신에게 아주 큰 힘이 되어주리라는 것을 알고 있었다. 하지만 그곳은 생사를 장담할 수 없는 곳이기에 망설였던 것이다.

죽는다 하더라도 그 혼자 죽는 것과 모두가 죽는 것은 엄연한 차이가 있다고 생각한 그였다.

게다가 진정으로 힘이 필요했다면 단심맹의 힘을 빌렸을 것이다. 하지만 맹에서 나선다면 그들 역시 전면전을 고려하거나, 아님 숨어버릴지도 모르는 일이었다.

"모르긴 몰라도 그곳에는 죽음의 덫이 준비되어 있을 겁니다. 가주 혼자 가신다는 것은 불빛을 좇아 날아가는 불나방과 다를 바 없습니다."

"하나……."

진현은 계속해서 망설였다. 마각은 그를 보며 답답해했다.

"저희는 가주를 위해 죽고 사는 몸입니다. 뭘 그리 망설이시는 겁니까?"

"그렇습니다. 명을 내려주십시오!"

마각의 외침에 남은 참마대원들은 머리를 숙이며 진현의 명을 기다렸다.

"후우, 좋습니다. 그럼 다 함께 가도록 합시다."

긴 한숨과 함께 드디어 허락이 떨어졌다. 그러자 마각과 현천참마대원들의 얼굴엔 흥분이 가득했다.

"우리를 기다리는 그들은 모두 무극천의 적도들이라 들었습니다. 단 한 명도 살려두지 마십시오."

진현의 입에서 살기(殺氣)가 가득한 말이 튀어나오자 마각의 눈에는 묘한 빛이 떠올랐다.

"저도 가겠어요."

"그건 안 되오. 그대는 황실의 천금이오. 어찌 그 험한 곳을 간다는 말이오."

자신도 함께 가겠다는 주설란을 향해 진현은 단박에 말을 잘랐다. 그러나 주설란 역시 전혀 물러섬이 없었다.

"왕부를 떠난 이상 저는 황실의 사람이 아니라 강호의 여인이에요."

"어허, 그곳은 당신이 갈 곳이 못 되는 곳이오. 구화산과 같은 곳이 아니란 말이오. 그곳에는 수많은 절정의 고수들이 즐비할 것이오. 그대의… 그대의 실력으론……."

"짐만 된다는 것인가요? 그래도 상관없어요. 전 당신을 도와야겠어요. 좀 전에 말씀하셨죠? 살기충천한 곳이라고. 그렇다면, 정말 그렇게 위험이 가득한 곳이라면 만약에… 만약에… 당신을 다시는 못 보면 어떡해요?"

두 눈에 눈물을 글썽이며 주설란은 매달렸다. 그녀도 자신의 실력이 어떤지, 자신이 가면 짐만 될 뿐이라는 것을 알고 있었다. 하지만 이대로 진현을 떠나보낼 순 없었다.

"만약 운랑을 다시 못 보게 된다면 전 지금 이 결정을 평생 후회할 거예요. 그러니 제발, 제발 부탁이에요."

"주 소저, 왜 내 말을 이해하지 못하는 것이오?"

애타게 매달리는 주설란의 심정을 알면서도 진현은 뿌리칠 수밖에 없었다.

"그래요, 전 이해하지 못해요. 저에게도 당신을 사랑할 기회를 주신다고 했잖아요! 저도 갈 거예요. 죽든 살든 그건 상관없어요. 나중에 후회할 거라면 차라리 그곳에서 운랑과 함께 죽을 거예요!"

주설란은 끊임없이 눈물을 흘리며 소리쳤다.

그 마음이 진현의 가슴을 울렸다. 애절한 한마디 한마디가 진현의 닫힌 문을 두드렸다.

"주 소저, 잘 들으시오. 난 꼭 살아올 것이오. 그러니 걱정하지 마시오. 그렇소, 련 누이에게 가버려 모두 없어진 줄 알았던 마음에 당신이 조금씩 피어나기 시작하오. 그리고 꽃이 필지도 모르오. 그러니 기다려 주시오. 다녀와서 그 꽃을 피워보도록 합시다."

결국 진현은 마음 깊은 곳에 숨겨두었던 말을 끄집어내고야 말았다.

"운랑!"

진현의 말이 끝나기 무섭게 주설란은 진현의 품으로 안겨들었다.

너무도 아득한 공간이라 생각했다.

영원히 이대로 있다면 죽어도 좋겠다고 생각했다.

어렵고도 어렵게 찾아와, 너무도 힘들게 찾아와 다시는 놓치기 싫다고 생각했다.

"운랑……"

"란… 란매(蘭妹)… 꼭 돌아오겠소. 나를 믿으시오. 그대에게 말하지 않았소, 다시는 힘없이 소중한 사람을 뺏기지 않겠다고!"

"하지만… 하지만……."

주설란은 진현의 품에서 도리질을 했다.

"나를 보시오. 비록 그 길이 순탄치 않겠지만 꼭 돌아오겠다고 약속하겠소. 그리고 란매의 마음을 받아… 들이겠소."

고개를 올려 쳐다보는 주설란에게 진현은 마지막으로 환한 웃음을 보여주었다.

"알겠어요. 하지만 정말 돌아오셔야 해요. 약속하셨어요."

주설란은 몇 번이고 다짐을 받고 약속을 한다 하여도 모자를 것 같았다. 한순간 찾아온 행복이 너무도 불안했기 때문이다.

그런 그녀를 보며 진현은 행방을 알 길 없는 사마화련을 떠올렸다.


아직 해가 지지 않았건만 삼 장(三丈)은 족히 넘는 나무들이 빽빽이 둘러싸 사방이 어두웠다. 그나마 나뭇가지 틈 사이로 간간이 비치는 햇빛으로 인해 겨우 시야를 확보할 수 있을 정도였다.

절영곡(絶影谷).

가히 이름에 걸맞은 곳이라 할 수 있었다.

음침함과 습함이 물씬 풍겨나는 계곡의 입구에 진현을 필두로 마각과 현천참마대원들이 서 있었다.

"입곡필사(入谷必死)라… 대단한 위용이군요."

진현이 입구에 세워진 비석을 보며 중얼거렸다. 비석 뒤로 좁은 소로(小路)가 있어 그곳을 통해야만 들어갈 수 있을 것 같았다.

긴장감으로 가득 찬 참마대원들을 보며 진현의 얼굴에는 수심이 가득했다.

'오늘이 지나고 나면 몇 명이나 살아 있을까?'

물론 정답은 없거니와 알 수도 없었다. 이 길을 지나 절영곡 안으로 들어가면 상황이 어떻게 될지 아무도 몰랐다. 하지만 언제까지고 이렇게 서 있을 수는 없었다.

"자! 이제 들어갈 볼까요?"

말과 함께 진현은 발끝에 힘을 주며 땅을 박찼다. 그러자 참마대원들 역시 경공을 펼쳐 비조(飛鳥)처럼 뒤따랐다.

그들이 경공을 펼쳐 다다른 곳은 계곡 안에 형성된 작은 분지였다. 입구는 좁지만 막상 안으로 들어가니 넓은 공간이 형성되어 있어 마치 호리병의 모습을 닮아 있었다.

사방은 절벽으로 둘러싸여 있어 입구를 제외하고 또 다른 출구는 없어 보였다.

하지만 그것 역시 곡 내에 자연적으로 형성된 안개로 인하여 식별이 어려웠다.

"흠, 이건 장독(瘴毒)입니다. 조심하십시오!"

장독이란 수많은 세월 동안 쌓인 낙엽이 썩어 만들어진 것.

그것을 눈치 챈 마각은 주의를 주며 호흡에 각별히 조심했다.

"아! 저곳에 건물이 있습니다."

참마대원 중 하나의 외침에 바라보니 과연 삼층 높이의 전각이 세워져 있었다. 한 채의 전각이라곤 하나 그 크기가 엄청나 마치 성(城)처럼 보였다.

"가주, 이곳에 저 건물을 제외하곤 별다른 것이 없으니 바로 저곳인가 봅니다."

"그렇군요. 한데 이곳은 전부터 어떤 용도로 쓰던 곳 같군요?"

건물의 외양을 보니 세월의 많은 풍파를 겪어온 것처럼 낡아 있었지만 외벽에는 이끼 하나 보이지 않았다.

그것은 곧 오래전부터 사람이 살아왔다는 것을 의미했다.

그리고 이런 조건 속에서 생활했다는 것은 무언가 특별한 용무가 있다는 것을 의미했다.

그것을 짐작한 진현의 마음은 더욱 무거워졌다.

"저곳이 입구입니다."

가리킨 곳을 보니 커다란 철문 두 개가 열려 있었다. 그리고 열려진 틈으로 보이는 건물 내부는 매우 어두워 안이 보이지 않았다.

"음… 만년한철(萬年寒鐵)이군요. 누군가 우리가 들어간 뒤 문을 잠가 버린다면……."

"꼼짝없이 갇히는 꼴입니다."

진현의 짐작에 마각이 확신을 주었다.

"후후후, 이제는 물러설 수도 없습니다. 우선 들어가 봅시다. 어떤 준비를 했는지 봐야 하지 않겠습니까?"

진현은 호기롭게 외치며 모두를 다독였다. 하나 경험이 풍부한 마각은 철문 안을 조심스레 살피며 나직이 주의를 주었다.

"아무래도 내부에 기관이 설치되어 있는 것 같습니다. 암흑의 공간에서 암기라도 쏟아진다면 큰일입니다."

"음, 그렇군요. 하지만 우리에겐 선택 사항이 없습니다!"

진현은 말과 함께 두 철문에 장력(掌力)을 가해 안으로 밀치며 참마대와 함께 뛰어들었다. 그와 동시에 마각의 말을 떠올리며 온몸에 호신강기를 끌어올렸다.

파파팟!

과연 마각의 짐작대로 문이 열리자마자 안쪽에서 강노(强弩)와 투

전(投箭)들이 쏟아져 나왔다.

어둠 속에서 쏟아져 나온 암전(暗箭)들이 위력적이었지만 진현의 몸에는 닿지도 못했다. 어느새 빼어 든 그의 검이 검풍을 일으켜 날려 버렸기 때문이다.

하나 그것은 끝이 아니었다.

탈혼망(奪魂芒), 자모독사(子母毒梭), 백호정(白虎丁), 비어자(飛魚刺), 벽린침(碧燐針) 등 수십 가지의 암기들이 쏟아져 나왔다.

마치 좀 전의 암전은 장난이었다고 시위하듯 맹렬한 기세로 진현 일행에게 쏟아져 갔다.

이에 진현 일행의 고투(苦鬪)는 상상을 초월했다. 게다가 어둠에 휩싸인 공간이라 식별이 어려워 청각에만 의존하다시피 하니 갈수록 그들의 몸에는 혈흔이 생겨났다.

"윽!"

이곳저곳에서 쏟아지는 암기에 신음을 터뜨렸다.

진현은 아랫입술을 꼭 깨물며 검력(劍力)을 더욱 실어 회오리처럼 몰아쳤지만 이대로는 끝이 없음을 알았다.

'이렇게 막고만 있다간 고슴도치가 되겠군. 암기가 발사되는 기관을 찾아야 해.'

하지만 어두운 공간에서 암기가 나오는 기관을 찾기란 그리 쉬운 일이 아니었다.

'불만 밝힌다면… 불만 밝힌다면……'

솔직히 청력에만 의존하는 것도 더 이상은 무리였다. 미세한 파공음과 공기의 흐름으로만 판단해야 하는 지금의 상황에선 속수무책으로 쏟아지는 암기의 세례를 타개하지 못하기 때문이었다.

그것을 증명하듯 진현의 옷에는 많은 구멍이 나 있었다. 분명 암기를 맞은 흔적들이었다. 하지만 그의 호신강기를 뚫을 순 없었고, 더구나 금왕기(金旺氣)까지 그의 호신력을 더해주는 이상 상처를 입히기란 어려운 일이었다.

문제는 그를 제외한 다른 이들은 그렇지 않다는 것이다.

"아!"

순간 떠오른 생각에 진현은 탄성을 내질렀다.

'내가 왜 이제야 그것을 생각한 거지?'

사실 진현은 지난날 등천무동(騰天武洞)에서 도제(刀帝)의 무공이자 오행결 중 화(火)에 속하는 이화신공(離火神功)을 얻을 수 있었다. 비록 시간이 부족해 극성까지 익히지 못했지만 이화(離火)의 묘는 살릴 수 있을 정도였다.

게다가 그의 팔목엔 오화지음쌍환이 차여 있지 않은가.

그 정도의 건양진력(乾陽眞力)이라면 어두운 공간을 밝히기엔 충분할 것이라 생각했다.

"합!"

기합성을 내지르며 진현은 오화지음쌍환 중 오화(午火)의 힘을 빌어 검을 잡은 손에 이화신공을 돋우었다.

그의 건양진력에 오화의 양기(陽氣)까지 더해지자 순간의 열기가 엄청나게 폭발하여 사방으로 뻗어 나갔다. 그의 검은 화르르 타올랐고, 계속해서 주입되는 공력으로 인해 불길은 점점 번져 갔다.

하지만 겨우 그의 주위로 삼 장(三丈) 정도밖에 밝히지 못했다. 일반 무림인과 비교한다면 상대적으로 엄청난 화공이며 양강지력(陽剛之力)이어서 비교 자체가 어불성설일지도 모른다. 하지만 그의 의도대로 되기 위해서는 아직 부족했다.

'좋다!'

"모두들 제 뒤로 오세요!"

급하게 소리친 진현은 참마대원들이 자신의 뒤로 왔는지 확인도 하지 않고 극한으로 주입된 진력을 검을 통해 방출시켰다.

"구주황!"

진현의 검에 마각이 탄성을 질렀다.

가히 구주를 밝힐 등불이었다.

진현의 검에서 후방을 제외한 전(前), 좌(左), 우(右) 세 방향으로 찬란한 빛이 터져 나왔다.

진현 일행을 괴롭히던 수많은 암기들은 찬란한 빛과 조우하자 그 자리에서 소멸해 버렸고, 잠시 동안 정지된 것처럼 내부를 밝히고 있었다.

'저곳이다!'

진현은 결국 기관이 설치된 곳을 찾을 수 있었다.

과연 그곳에는 수많은 구멍이 뚫려 있어 그곳을 통해 암기가 튀어나오는 듯했다.

'저곳만 파괴하면 암기가 나오지 않겠구나.'

생각을 마친 진현은 구주황을 펼치던 공력이 채 회수되기도 전에 남은 진력을 모아 기관 장치가 있는 곳으로 강기(罡氣)를 뿌렸다.

퍼퍼펑!

검끝에 맺힌 검환(劍丸)은 그의 의지대로 쏘아져 나갔고, 기관 장치에 부딪친 검환은 폭발음을 내며 터져 버렸다. 게다가 수류폭의 구결까지 숨어 있어 벽 내부의 기관 장치를 모조리 부숴 버렸다.

그러자 과연 비 오듯 쏟아지던 암기의 세례는 씻은 듯이 사라졌고, 그제야 진현 일행은 한숨을 돌릴 수 있었다.

"성대한 환영식이군요."

일행 중 사상자가 없음을 확인한 진현은 한숨을 몰아쉬며 탄식처럼 내뱉었다.

"대단합니다. 이 많은 암기들을 보유한 것만 해도 엄청납니다."

마각은 무극천의 준비가 생각 이상이자 진현의 말에 맞장구를 치며 자신의 옷을 내려다보았다.

찢겨진 틈 사이로 혈흔이 가득했고, 다른 참마대원들 또한 그보다 나을 것이 없어 보였다.

그때였다.

순간 양쪽 벽에 걸려 있던 등(燈)에서 동시에 불이 환하게 타올랐다. 그와 동시에 변성된 것처럼 보이는 탁한 목소리가 내부를 울렸다.

"그대가 천하제일가의 가주라는 단지운인가? 오랫동안 기다렸네."

"윽!"

미처 내기(內氣)를 다스리지 못한 현천참마대원들은 심후한 내공이 실린 목소리에 피를 토했다.

"누구냐!"

한편으론 진탕된 내기를 다스리며 진현은 목소리의 근원을 찾기 위해 소리쳤다.

"흐흐흐, 내가 어디에 있는지 알고 싶으냐? 포기하는 것이 좋을 것이다. 이것 또한 너희들이 당했던 기관으로 울리는 것이니까."

그랬다.

육합전성(六合傳聲)과 같다면 분명 진현의 내력으로 찾지 못할 것도 없었다. 하나 기관을 통하여 사방에서 울려대니 진정한 근원을 찾기란 불가능했다.

이러는 동안에도 목소리의 사이(邪異)한 공력으로 인해 참마대원들의 입에선 계속해서 피가 흘러내렸다.

"우우우……."

순간 기지를 발휘한 진현은 창룡음(蒼龍吟)을 흉내 내며 사이한 음공(音功)에 맞서려 하였다.

그러나 들려오는 것은 비웃음이 가득한 냉소였다.

"흐흐흐, 그런다고 나의 탈백천마후(奪魄天魔吼)를 벗어날 수 있을 것 같으냐?"

"탈백천마후!"

암중의 괴인이 한 말에 마각은 놀라 부르짖었다.

탈백천마후라면 지난날 강호를 어지럽게 했던 탈심마존(奪心魔尊)이 즐겨 쓰던 사공(邪功)이기 때문이다.

"흐흐흐, 놀라는 것을 보니 나에 대해서 아는가 보구나. 그럼 언제까지 견딜 수 있을지 보자꾸나."

산 넘어 산이라고, 암기의 세례를 벗어나니 이제는 음공이 기다리고 있었다.

괴인은 탈백천마후를 본격적으로 운용하며 진현 일행의 진력을 소비시켜 나갔다. 그렇지 않아도 적지 않게 소비된 진력이라 이대로 간다면 탈진해 버릴지도 모르는 상황이었다.

'탈심마존이라면 오래전 은거했다고 알려진 거마(巨魔)가 아닌가. 그렇다면 탈백마령인(奪魄魔靈人)까지?'

마각은 탈심마존의 진정한 무서움은 그의 일신절학이 아니라 그가 제조한 탈백마령인이라는 것을 상기했다.

독왕(毒王) 사득천의 벽혈독인(碧血毒人), 천마교의 수라마인(修羅魔人)과 함께 오래전부터 강호에서 두려움의 대상으로 군림하던 탈백마령인이다.

거기까지 생각이 미치자 마각의 마음은 더욱 무거워졌다. 그러는 동안에도 현천참마대의 고통은 늘어만 갔다.

음공(音功)이란 음이 가지는 물리적 파동을 극대화시킨 무공이다. 공기의 파동을 높여 그 속에 진동(振動)을 만들고, 그 진동이 상대방에게 물리적인 타격을 주는 것이다.

고음을 내어 청각(聽覺), 즉 귀를 고통스럽게 하는 것이 일차원적인 음공이라면, 그보다 높은 단계의 음공은 진동을 통해 몸 전체를 압박하여 상대를 파멸시키는 것이다.

피부에 닿은 진동은 세맥(細脈)을 파괴시키고 대맥에 영향을 주어 기혈을 엉키게 만든다. 그리고 진동이 강할수록 물리적 타격은 몸 안으로 흡수되어 장기까지 파괴시켜 버린다.

"크윽!"

조금 전 암기에 의해 상처가 심했던 참마대원은 결국 탈백천마후를 견디지 못하고 쓰러져 버렸다. 쓰러진 그의 칠공에서 피가 새어 나왔다.

'젠장! 어떻게 하지? 이대로 가다간 모두 전멸이야.'

진현은 탈백천마후에 대항할 마땅한 대안이 떠오르지 않았다. 속히 이 상황을 타개할 방도를 생각해야만 했다. 그러나 마음이 조급하니 더욱 떠오르지 않았다.

'역시 이번에도 힘으로 부딪쳐야 하나?'

진현은 마땅한 대안이 떠오르지 않자 무리수를 둬야겠다고 생각했다. 자신의 공력이라면 탈백천마후의 음공을 전달시키는 사방의 기관을 한 번에 부술 수 있을지도 모른다고 생각했다.

생각을 마친 진현은 자신의 몸을 둘러싼 호신강기를 극대화시켰다. 그리고 호신강기가 탈백천마후를 차단하는 동안 온몸의 공력을 끌어올렸다.

진현은 등천무동을 나와 지금까지 한 번도 전신의 공력을 선보인 적이 없었다. 사정이 이러하니 그 자신 역시 자신의 진정한 능력을 모르고 있었다.

그럴 만한 상대를 못 만난 탓도 있지만 그 자신이 조심하려는 이유가 더욱 컸다.

이미 선천진기의 대약(大藥)이 금단(金丹)의 형(形)을 이루어 그의 단전에 머무른 그 순간부터 그의 공력은 가히 상상을 초월한 경지였다.

바로 금단태극선공의 놀라운 효과였다.

지지부진하던 처음의 증진과 달리 일정량의 선천진기가 모여 대약을 이루면 그 다음부터는 일사천리였다. 마치 눈덩이가 불어나듯 계속해서 대자연의 진기를 끌어 모으는 것이다.

그리고 금단태극선공의 마지막 단계를 거치면 금단의 형이 갈수록 작아져 결국 사라져 버린다. 대자연에서 얻은 진기를 대자연으로 돌려보내 모두를 공유시키는 것이다.

그야말로 진정한 천인합일(天人合一)이었다.

진현은 바로 그 전 단계에 있었다. 신검을 얻기 전부터 대약을 이룬 그인지라 갈수록 늘어만 가는 진기를 모두 하단전에 모아두었다.

지금 그의 능력이라면 한순간의 힘으로 자신이 서 있는 건물을 붕괴시키는 것도 그리 어려운 일이 아니었다.

하지만 문제는 강약(强弱)의 조절이었다.

조금 전 암기를 쏟아내던 기관 장치를 부숴 버리는 것처럼 음공을 내뿜는 기관을 부숴야만 했다. 문제는 사방에 설치된 기관인지라 자칫하면 건물 자체가 무너져 버릴지도 모른다는 것이었다.

'딱 한 번이다. 강중유(强中柔)의 구결만 이용하면 된다.'

진현은 기관을 부술 방도로 검보다는 지공(指功)을 택했다.

'신검이라고 꼭 검을 이용하라는 법은 없지!'

"받아라!"

극성으로 끌어올린 그의 공력은 순간 수태음폐경(手太陰肺經), 수소음심경(手少陰心經), 수태양소장경(手太陽小腸經), 수소양삼초경(手少陽三焦經), 수양명대장경(手陽明大腸經), 수궐음심포경(手厥陰心包經)을 통해 빠져나갔다.

바로 육맥신검(六脈神劍)이다.

수태음폐경을 통해 소상혈(少商穴)로, 수소음심경을 통해 소충혈(少衝穴)로, 수태양소장경을 통해 소택혈(少澤穴)로, 수소양삼초경을 통해 관충혈(關衝穴)로, 수양명대장경을 통해 상양혈(商陽穴)로, 수궐음심포경을 통해 중충혈(中衝穴)로 빠져나온 무형의 검기는 일수유의 시간에 사방을 휩쓸었다.

퍼퍼펑!

폭발음이 여기저기서 터지며 사방에서 벽이 무너져 내렸다. 특히 조금 전 암기를 쏟아낸 기관 장치가 있던 곳은 완전히 폐허가 되고 말았다.

벽이 뻥 뚫려 버려 육맥신검의 힘을 느끼게 해주었다.

"허헉!"

삽시간에 모든 것을 부숴 버린 진현은 숨을 몰아쉬며 빙그레 미소를 지었다.

그렇게도 괴롭히던 탈백천마후가 들리지 않기 때문이다.

그런데 현천참마대원과 마각의 눈은 아직도 휘둥그레져 있었다.

"가주, 그것이 바로 신검입니까?"

마각은 아직도 믿을 수 없다는 듯 진현에게 재차 물었다.

"육맥… 신검을 두 눈으로 보게 되다니……."

마각은 마치 그렇게도 원하던 장난감을 얻은 어린아이처럼 만면에 웃음을 지었다. 조금 전 그렇게도 괴롭던 음공으로 인한 고통은 씻은 듯이 잊어버린 듯했다.

백오십 년 전 검황이 검황이라 불릴 수 있었던 이유는 바로 육맥신 검에 있었다.

단씨세가가 천하제일가로 불릴 수 있었던 이유도 역시 육맥신검에 있었다.

그리고 오늘날의 단씨세가가 천하제일가로서 빛을 발휘하지 못한 이유는 육맥신검의 부재에 있었다.

그러나 이제는 상황이 달랐다.

달라져야만 한다고 마각은 생각했다.

'이제 육맥신검을 보유하고 있는 이상 무림의 역사는 새롭게 쓰여져 야 한다!'

사실 마각은 진현이 등천무동을 통해 신검의 유학을 얻었다는 걸 알 고 있었다. 하지만 알고 있는 것과 익혔다는 것은 엄청난 차이가 있기 에 내심 불안한 감이 없지 않았다.

그런데 오늘 그의 두 눈으로 확인한 것이다.

게다가 마각이 본 육맥신검은 하나의 맥에서 터져 나온 검기가 아니라 육맥에서 터져 나온 거대한 힘이었다.

과거 검황도 두 개 이상의 맥을 사용하지 못한 이상 육맥 모두를 사용한다는 말은 곧 검황을 뛰어넘었다는 말을 의미했다.

하지만 마각은 곧 이어 떠오른 한 가지 생각에 다시 표정이 굳혀야 했다.

'가주! 가주가 신검을 보유했다는 사실이 확인된 이상 일이 더욱 복잡하게 되었구려.'

한편 진현은 내기를 다스리며 무너진 벽 사이로 느껴지는 보이지 않는 위압감에 신경을 쏟고 있었다.

'또 다른 위험이 다가오고 있다. 이번에는 또 무엇이란 말인가?'

얼마 가지 않아 그는 곧 위압감의 정체를 알 수 있었다.

바로 마각이 염려한 탈백마령인들이었다. 그리고 그 뒤를 이어 한 노인이 걸어나왔다.

오 척 단구의 그는 풀어헤친 백발 사이로 혈안(血眼)을 번뜩이고 있었다. 그리고 좌수에는 교룡편(蛟龍鞭)을, 우수에는 세 개의 방울이 달린 작은 막대를 들고 있었다.

"탈심마존!"

마각은 그를 보자, 아니, 그의 신물인 탈심혼백삼령봉(奪心魂魄三鈴棒)을 보자 그가 바로 조금 전 탈백천마후를 이용하여 자신을 괴롭히던 탈심마존임을 알 수 있었다.

"호오, 네가 방금 전 나를 알아본 그 아이로구나."

예의 탁한 음성으로 말하는 탈심마존은 마각과 비교하여 한 배분 반이나 차이가 나기 때문에 아이라는 말을 쓰는 것이 지극히 마땅했다.

탈심마존은 다시 고개를 돌려 진현을 바라보았다.

"네가 조금 전 펼친 것이 혹시 신검이더냐?"

호기심 가득한 혈안을 번뜩이며 물어보는 그의 입가엔 음흉한 웃음이 걸려 있었다. 그에겐 설사 신검을 보유했다 해도 쉽게 어쩌지 못할 탈백마령인이 든든하게 버티고 있기 때문이었다.

게다가 이곳엔 그뿐만 아니라 그의 친구까지 기다리고 있었다.

"허어, 확인해 봐야 무슨 소용인가? 어차피 죽을 아이들인데."

"그래요. 한데 저 아이는 저에게 꼭 넘기셔야 해요. 마음에 쏙 드는 아이군요."

진현을 가리키며 교태를 부리는 사십 대 요부(妖婦)와 학창의(鶴衣)를 입은 노인이 탈심마존이 지나온 길을 통해 장내에 나타났다.

"중주삼사(中州三邪)……."

마각은 더 이상 놀랄 힘도 없었다. 하지만 눈앞의 상황은 다시 그를 충격으로 몰아가고 있었다.

탈심마존.

귀유(鬼儒) 종곡(宗谷).

독수음희(毒手淫姬) 화소소(華素素).

모두 칠십 년 전에 활동하던 이들로 강호인들은 이들을 중주삼사라 불렀다.

'왜 내가 그것을 생각 못했을까? 탈심마존이 있다면 귀유와 독수음희까지 함께 있을 터인데.'

마각은 순간 머리가 띵하며 울릴 정도로 아찔해졌다. 하지만 진현은 그들의 정체보다도 우선 자신이 이곳에 온 목적을 생각했다.

"너희들이 감금하고 있는 분은 어디 계시냐?"

"엥? 너희들? 캬캬캬캬! 오랜만에 재밌는 놈을 보는구나."

존칭을 생략하고 급히 물어보는 진현을 보며 탈심마존은 화를 내기보다는 오히려 즐기는 듯했다.

"그렇군요, 대가."

화소소는 진현의 모습을 훑어보며 계속해서 입맛을 다셨다.

겉은 사십 대로 보이는 그녀지만 실상은 그렇지 않았다. 이미 고령을 바라보는 그녀는 그녀의 특기인 채음보양술로 젊음을 유지하는 것이다.

소소(素素)라는 이름과는 너무도 동떨어진 그녀였다.

그녀의 눈에 진현이란 한낱 제물로밖에 보이지 않았다. 자신의 공력과 젊음을 유지시켜 줄 제물.

"화매(華妹)는 저 아이를 보니 회가 동하나보군."

탈심마존은 화소소의 행각을 바라보며 입가에 비웃음이 가득했다. 하나 화소소는 전혀 개의치 않고 진현을 향해 고혹적인 말투로 유혹하려 했다.

"아이야, 이리로 오너라. 이 누나의 품에서 조금만 즐기거라. 어서."

그녀의 말과 미소에는 그녀가 자주 사용하는 미혼대법(迷魂大法) 중 하나인 소녀심향공(素女心香功)이 펼쳐져 있었으나 진현의 정력(定力)을 무너뜨릴 수는 없었다.

진현은 그녀의 행동이 역겨운지 인상을 구기며 계속해서 탈심마존에게 헌원당의 행방을 물었다.

"너희들이 감금한 분은 어디에 계시느냐?"

나직하게 울리는 말이지만 그 안의 살기(殺氣)는 가히 짐작조차 하지 못할 정도였다.

"호호호, 그것은 우리를 꺾는다면 알려주도록 하지. 물론 그럴 일은 없겠지만 말이야."

동시에 그는 탈심혼백삼령봉을 흔들었다.

딸랑딸랑.

그러자 맑은 방울 소리에 탈백마령인들이 서서히 움직였다. 처음엔 매우 부자연스럽게 움직이던 그들이었지만 시간이 갈수록 원만한 동작을 보여주고 있었다.

그리고 이내 차츰 진(陣)을 이루어 진현 일행에게 다가갔다. 바로 탈백마령인으로 이루어진 귀혼상문진(鬼魂喪門陣)이었다.

"아이야, 너는 이 누나랑 놀아보자꾸나."

탈백마령인을 목전에 둔 진현의 앞에 어느새 화소소가 나타났다. 그녀의 손에는 칠채화대(七彩花帶)가 들려 있어 그것으로 진현과 손속을 나누려 하였다.

진현과 화소소가 서로 대립하는 동안 장내는 이미 현천참마대와 탈백마령인들의 대결이 시작되었다.

참마대 역시 현천참마대진을 펼쳐 귀혼상문진에 대항하려 했으나 이미 적지 않은 손실을 입은 그들이라 힘에 부쳐 버거워했다.

실혼인(失魂人)이라 믿기 힘들 정도의 영민한 움직임을 보여주는 탈백마령인은 탈심마존의 방울 소리에 맞춰 참마대를 계속해서 압박했다. 탈맥마령인 특유의 마기(魔氣)는 점차 배가되어 참마대진이 만들어 낸 정기(正氣)를 소멸시켜 갔다.

슈우욱—

마각의 검에 검기가 서리며 탈백마령인의 가슴을 쓸어갔으나 신음

소리 하나 내지 않는 그들은 되려 육장(肉掌)을 휘둘렀다.

검과 육장이 부딪치고 마기와 정기가 부딪쳤으나 당하는 것은 현천참마대였다.

갈수록 진열이 흐트러지고 그들의 검끝도 무뎌져만 갔다.

그것을 보고 있는 진현의 속마음도 타들어만 갔으나 화소소의 칠채화대가 그를 가만히 두지 않았다.

"오호호호!"

연신 요사스런 웃음을 날리며 채대를 휘두르는 그녀는 진현이 사랑스러운 듯 마치 춤을 추는 듯했다.

바로 산화비천무(散花飛天舞)였다.

사실 그녀는 처음부터 마도를 걷진 않았다. 오히려 정파 중에서도 유래 깊은 신녀궁(神女宮)의 촉망받던 제자였다. 그러나 사문의 명을 받고 강호행을 하던 그녀에게 당시 강호를 위협하던 흉마에게 강간을 당하는 불상사가 생기고 만 것이다.

순결을 원칙으로 하는 신녀궁의 율법에 의해 파문당한 그녀는 그 뒤로 세상의 모든 남자들에 대한 원한을 가지게 되었다. 그리고 우연히 얻은 채음보양술로 남자들을 유혹하여 정기를 빨아낸 뒤 잔인하게 죽여 지금의 독수음희가 된 것이다.

사정이 이러하니 비록 그녀가 요마(妖魔)라 하더라도 그녀의 산화비천무는 정파의 현기를 품고 있는 것이다.

너풀거리는 춤사위 속에 담긴 날카로운 채대의 손길이 끊임없이 진현을 위협했다.

진현은 계속해서 검기를 이용해 그녀의 채대를 끊어보려 했지만 소용이 없었다. 부드러운 그녀의 채대가 진현의 검을 휘감아 버리려 했기 때문이다. 게다가 재질 또한 천잠(天蠶)의 실을 이용해 만든 것이라 검기로는 잘리지 않았다.

'젠장! 정말 역겹군.'

진현에겐 그녀의 산화비천무보다 자신을 유혹하려는 그녀의 몸짓이 더욱 못 견디게 괴로웠다.

'좋아, 언제까지 여기에만 매달릴 수는 없지.'

살심을 굳힌 그는 어느새 좌수의 검지와 중지에 일양지 공력을 돋우었다. 기회만 되면 그녀의 몸에 구멍을 내버리겠다는 심산이었다.

하지만 그의 생각처럼 쉽지가 않았다.

정도의 추적에도 살아남을 수 있었던 것은, 그녀의 무공이 높았던 이유도 있지만 눈치가 기가 막히게 빨랐기 때문이었다. 이미 그녀는 진현의 좌수를 간파하고 있었다.

"오호, 동생. 누나에게 일양지 맛을 보여주려고? 호호호, 귀엽기도 하지."

"이런, 누가 동생이라는 말이냐!"

순간 신형을 틀어 검을 검집에 넣은 그는 두 손을 휘둘러 일양지와 일음지를 마음껏 찔러댔다.

슝. 슝. 슝.

진현의 주위로 지풍(指風)이 난무했다. 일정한 초식도 없는, 그야말로 광룡난무(狂龍亂舞)의 묘를 보여주고 있었다.

신형을 돌리며 허리를 숙여 다리 틈 사이로 화소소의 기해혈(氣海穴)을 노리다가, 어느새 철판교를 펼치던 그 자세로 튀어 올라 그녀의 두 어깨를 노렸다.

숨 쉴 틈 없이 몰아치는 진현의 눈동자는 너무도 집요했다. 계속되는 진현의 공세에 어느새 화소소의 옷에 뚫린 구멍의 개수도 많아져 갔다.

하지만 정작 화소소의 신형엔 그리 큰 탈이 없어 보였다. 일양지와 일음지를 막던 두 손이 저린 듯 틈을 이용해 주무르긴 했지만 움직임엔 이상이 없었다.

오히려 계속해서 역습을 노렸다.

생각지도 못한 진현의 공세에 속으로 깜짝 놀란 그녀는 눈빛을 고쳐야만 했다.

'이러다 애송이에게 망신을 당하겠구나.'

그녀는 결국 산화비천무를 접고 자신의 진신절학을 꺼내기로 마음먹었다.

"소협, 제법이군요. 하지만 이번은 좀 다를 거예요."

진현을 자신의 적수로 생각한 그녀는 동생에서 소협으로 칭호를 바꾸고는 채대를 두 손으로 마주 잡았다. 그리고 그녀의 미소는 더욱 짙어졌다.

소녀심향공을 극성으로 펼치던 그녀는 자신이 알고 있는 최고의 무공인 옥녀윤회삼절(玉女輪廻三絶)을 펼쳤다.

옥녀라는 말이 무색할 정도의 지독한 사기(邪氣)가 진현에게 다가갔다.

"흡!"

급격하게 몰아치는 그녀의 채대에 순간 헛바람을 집어삼킨 진현은 채대의 변화를 좇았다. 너무도 변화무쌍한 그녀의 채대는 천의무봉(天衣無縫)의 경지에 다다라 있어 틈이 없어 보였다.

'하나 모든 것에는 결(缺)이 있는 법!'

진현의 검은 그녀의 변화에 따라 움직였다.

바람에 의해 너풀거리는 수양버들의 가지처럼 흐느적거리듯 부드럽게 움직이는 진현의 검은 그녀의 결을 찾고 있었다.

이에 진현의 의도를 알아챈 화소소는 눈에 이채를 띠며 놀라워했다.

'허어, 이 정도까지? 과연 천하제일가군. 과연 소공자가 저 아이를 막을 수 있을까?'

그녀는 자신을 비롯한 중주삼사의 오랜 은거를 벗어버리게 만든 이를 떠올리며 그를 걱정했다.

'이미 이 아이는 내 밑에 있지 않다!'

화소소는 시간이 갈수록 진현의 무공을 읽으며 그가 자신보다 위에 있다고 확신했다. 그렇다면 다음 단계를 위해서 조금이라도 진현의 몸에 손실을 입혀야 한다고 생각했다.

그렇게 생각하던 그녀의 눈에 멀리서 웃고 있는 귀유 종곡의 모습이 들어왔다. 그녀는 종곡과 함께 연수합격을 원했으나 그는 그저 서 있기만 했다.

'저 사람이 왜 저러는 거지?'

하지만 이런 생각도 진현의 검에 의해 멈추어야만 했다.

"윽!"

진현의 검이 그녀의 옆구리를 가르고 있었다. 순간의 방심이 불러온 혈흔이었다.

"나와 겨루면서 딴 곳을 쳐다보면 안 되지. 그런 의미에서 본다면 정말 그대는 형편없군. 오히려 편왕보다 못해!"

진현은 지난날 자신을 향해 전력으로 편을 휘두르던 편왕 순우평을 생각하며 화소소에게 비웃음을 날렸다.

이미 승기는 진현이 가지고 있었고, 전세는 기울어져 있었다.

그녀의 옆구리에는 계속해서 피가 흐르고 있었고, 생각보다 상처가 깊어 벌어진 틈으로 그녀의 장기가 보일 지경이었다.

'아마 이대로 둔다 하더라도 운신하기 힘들 것 같군.'

그렇게 생각한 진현은 고개를 돌려 현천참마대 쪽을 바라보았다.

진현과는 달리 현천참마대의 패색이 짙어 보였다.

"받아랏!"

진현은 비조처럼 신형을 날려 현천참마대와 탈백마령인의 틈으로 들어갔다.

진현의 기세로 인해 잠시 주춤거리던 탈백마령인은 탈심마존의 방울 소리가 더욱 커지자 흉흉한 눈빛으로 진현에게 달려들었다.

"어디 한번 해보자!"

달려드는 탈백마령인을 보며 호기롭게 외친 진현은 다시 검을 빼 들었다.

'이런 놈들에겐 검강의 맛을 보여주는 것이 최고지!'

속전속결을 생각한 진현은 처음부터 검에 공력을 주입시켰다. 그러자 그의 검에 푸르스름한 기운이 맺히더니 곧 검끝에서 삼 척이나 솟아올랐다.

바로 검강이었다.

진현은 검강을 이용해 파죽지세로 몰아갔다. 조금 전 현천참마대원들을 몰아가던 탈백마령인의 육장도 검강 앞에선 별다르지 않았다.

팔을 내밀면 팔을 잘라 버리고, 손을 내밀면 손목을 잘라 버렸다.

이 상황을 본 탈심마존은 경악을 금치 못하며 서둘러 탈백마령인을 자신의 주위로 불러들였다.

'아니, 저런 놈이 다 있다니.'

탈백마령인을 어린아이 다루듯 하는 진현을 보며 깜짝 놀란 그는 최후의 수법을 떠올렸다.

어차피 그의 임무는 진현을 죽이는 것이었기 때문에 탈백마령인이 아까워도 어쩔 수 없었다. 그렇다고 그의 무공을 앞세우자니 이미 상황은 불을 보듯 뻔했기 때문이다.

생각을 마친 그의 혈안은 더욱 붉게 타올랐다. 그의 입은 연신 오물거리며 사술을 펼치기 위한 주문(呪文)을 외우고 있었다.

순간 그의 눈에서 혈광(血光)이 빛을 발하더니 그의 입에서 벼락 같은 호통이 튀어나왔다.

"수라폭멸(修羅爆滅)!"

그의 명에 따라 탈백마령인은 뇌전같이 솟구쳐 오르더니 곧바로 진현에게로 자신의 신형을 던졌다.

탈심마존은 예전 종곡, 화소소와 함께 중주삼사로 불리기 전 화소소처럼 정도의 무림인들에게 쫓겨 다녔다. 그의 탈백마령인이 너무도 위력적이어서 합동으로 죽이지 않으면 별다른 방도가 없었기 때문이다.

일대 추격전을 벌이던 그들은 끝내 황산의 절애(絶崖) 앞까지 몰 수 있었고, 그때 탈심마존은 자신이 보유한 탈백마령인들을 이용하여 수라폭멸을 선보였다.

결과는 정도 무림인으로 이루어진 추격대의 전멸!

탈백마령인을 이용한 자폭이 모두를 죽음으로 몰고 간 것이다. 탈백마령인의 신형이 폭발하듯 터지며 뿜어낸 마기(魔氣)와 혈육들이 그들의 몸을 꿰뚫고 지나간 버렸다.

지금 탈심마존은 진현을 상대로 또다시 그것을 선보이려 하였다.

탈백마령인의 공세로 인해 진력을 모두 소진한 마각은 혼미한 가운데 탈심마존의 외침을 들을 수 있었다. 그리고 그것이 무엇을 뜻하는지도 알 수 있었다.

"안 돼! 피하십시오!"

어디서 갑자기 그런 힘이 나왔는지 마각은 건물을 울릴 정도의 큰 소리를 외쳤다.

수라폭멸이 무엇을 말하는 것인지 몰랐던 진현은 마각의 외침에 눈앞의 탈백마령인들이 조금 전과 다르다는 것을 알 수 있었다.

뭔가 위험하다는 신호를 받은 진현은 조금 전과 같이 탈백마령인을 베어버리겠다는 생각을 버리고 신형을 틀어 몸을 피했다.

펑!

"크아악!"

그 자리에 신형을 던진 탈백마령인의 몸이 터져 버리자 순간 지독한 악취와 함께 반경 이 장(二丈) 안은 탈백마령인의 혈육으로 뒤엎어졌다.

그리고 미처 피하지 못한 현천참마대원 중 하나가 그 틈에 비명을 지르며 잔혹스럽게 죽고 말았다.

"빌어먹을!"

진현의 입에서 자신도 모르게 욕이 튀어나왔다. 그러는 동안에도 탈백마령인은 계속해서 몸을 던져 자폭을 꿈꾸고 있었다.

진현이 신형을 옮길 때마다 그 자리엔 어김없이 혈육의 흔적이 남았고 현천참마대원 역시 하나둘씩 죽어갔다. 아무리 넓은 공간이라 하여도 한계는 있기에 진현만큼 영민하게 피하지 못한 그들의 결과였다.

진현은 이대로 가다간 참마대원 전부 탈백마령인에 의해 소멸될 것 같았다.

'그래, 이것들은 탈심마존의 명령으로 움직인다. 탈심마존부터 없애면 된다!'

마침 자신을 향해 몸을 던진 탈백마령인을 피하기 위해 공중으로 신형을 띄운 진현은 그 자리에서 직선으로 탈심마존을 향해 걸어나갔다.

전설상으로 전해지는 팔보등공(八步騰空)을 위에서 아래로 펼친 것이다.

"이놈이!"

탈심마존은 자신을 향해 날아오는 진현을 보고 기겁하며 수중의 교룡편을 휘둘렀다. 이미 진현의 의도를 짐작하고 있었기 때문이다.

"어림도 없다."

탈심마존은 급하게 방울을 울려 탈백마령인들을 부르는 한편 교룡편을 이용하여 영사편법(靈蛇鞭法)을 펼쳤다.

진현은 살아 있는 듯 자신을 휘감아오는 탈심마존의 교룡편을 교묘하게 피하면서 연신 탈백마령인을 주시했다. 동시에 손가락을 놀려 일양지를 쏘아 탈심마존의 방울을 노렸다.

팟!

몇 번을 피한 탈심마존은 결국 유(柔) 자 구결을 응용한 진현의 일양지에 의해 탈심혼백삼령봉을 떨어뜨리고 말았다.

방울 소리가 멈추고 탈심마존의 입에서 흘러나오던 주문이 멈추자 탈백마령인들의 움직임 역시 자연히 정지되고 말았다.

이에 진현은 번개같이 검을 휘둘러 탈백마령인을 쓸어갔다.

"아… 나의 자식들이……."

피와 땀의 혼합체나 마찬가지인 탈백마령인들이 쓰러지자 탈심마존은 허탈감을 숨길 수 없었다. 아무리 시간을 들여 다시 제조한다 하더라도 그에게 탈백마령인은 자식이나 마찬가지였다.

탈백마령인을 모두 베어버린 진현은 검끝을 돌려 탈심마존을 노렸다. 이번에는 화소소와 달리 목을 베어버리겠다고 작정한 그였다.

슈우욱―

진현의 검이 번쩍하자 탈심마존의 머리가 목에서부터 분리가 되었다. 강호를 종횡하던 거마의 최후치곤 너무나 어이없는 죽음이었다.

이제 남은 이는 귀유 종곡밖에 없었다.

진현은 그를 노려보며 서서히 걸어갔다. 그의 눈은 종곡의 목을 원하고 있었다. 진현에게는 휘하의 참마대원을 죽인 탈심마존이나 종곡이나 다를 바가 없었다.

진현은 서서히 출수할 준비를 하였다.

한데 그와는 달리 종곡은 그럴 마음이 없는 것 같았다. 우수의 섭선을 들어 연신 부채질하며 사람 좋아 보이는 웃음을 흘리고 있었다.

"어서 덤벼라!"

종곡의 행동을 보며 이상하게 여긴 진현은 호통 치듯 말했다.

"허허허. 소협, 그만두시게. 난 소협과 다툴 마음이 없으니 그만두게나."

"그게 무슨 말이냐? 수작 부리지 말고 어서 덤벼라!"

종곡의 말을 믿지 않는 진현은 그에게 무슨 꿍꿍이가 있는지 의심했다.

"어허, 내 말을 못 믿나보군?"

"흥! 저기 있는 두 사람은 너의 동료가 아니냐!"

"흐흐흐, 소협은 뭔가 착각하고 있군. 우리는 서로의 이익을 위해 뭉쳐진 사이지. 의리로 맺어진 사이가 아니네. 그들의 죽음이 나와 무슨 상관 있겠나? 게다가 소협과 다투어봐야 죽을 것이 뻔한데. 불 속에 뛰어드는 불나방처럼 나는 멍청하지 않다네."

결국 자신은 한발 물러나겠다는 말이다. 또, 진현의 행보에 상관하지 않겠다는 말이다.

하나 진현으로서는 그의 말을 전적으로 믿을 수 없었다.

그사이 진현의 곁에 남은 참마대원과 마각이 다가왔다. 탈백마령인의 자폭으로 인해 현격하게 수가 준 참마대는 고작 네 명이 남아 있었다.

천하에 위명을 떨치던 현천참마대가 이곳에서 전멸하다시피 한 것이다.

"나의 사부님은 어디에 감금하였느냐?"

탈심마존은 이미 저세상으로 떠났기에 대답해 줄 사람은 종곡밖에 없었다. 한쪽에서 옆구리를 움켜쥐며 떨고 있던 화소소는 결국 분기탱천한 참마대원에게 목이 잘리고 말았기 때문이다.

"음, 나를 따라오게."

종곡은 화소소의 죽음을 보며 슬쩍 미간을 찌푸리더니 신형을 돌려 무너진 벽 사이로 걸음을 옮겼다.

그리고 진현과 일행은 주위를 살피며 그 뒤를 이었다.

# 제41장

# 죽음의 문턱

## 죽음의 문턱

"바로 여기네."

암도(暗道)를 걷던 종곡이 어느 한곳을 가리켰다. 그곳에는 고풍스러운 문양이 새겨진 석문(石門)이 있었다.

"저곳이 바로 사부님께서 감금된 곳이냐?"

"그렇네."

진현의 물음에 재차 대답을 한 그는 석문 옆에 교묘하게 가려진 검은 줄을 잡아당겼다.

크르릉……

굉음과 함께 석문이 올라갔다. 그리고 석문 안으로 또다시 암도가 보였다.

"이 길을 걸어가면 뇌옥이 있다네."

말과 함께 종곡이 먼저 석문 안으로 들어갔다. 그의 시범으로 위험이 없음을 확인한 진현 일행은 그를 따라 석문 안으로 들어갔다.

천장에 박힌 야광주를 불빛 삼아 걷던 그들에게 뇌옥이 나타났다.

그곳은 총 다섯 개의 뇌옥으로 이루어져 있었다.

한 개의 등불만이 외롭게 타오르는 뇌옥 안은 여기저기 거미줄이 사방을 두르고 있었고, 철문의 군데군데엔 이끼가 가득했다. 게다가 사람의 출입에 놀란 쥐들이 비명을 지르며 도망가기 바빴다.

이런 곳에 헌원당이 갇혀 있었다고 생각하니 진현의 눈에 불이 일었다.

"이 중 어디에 계시오?"

심중의 노화를 참기 힘든 듯 진현은 고성을 터뜨리며 물었다.

"이 방에 있다네."

진현의 말에 순순히 대답하는 종곡은 등불을 들어 뇌옥 안을 비추었다. 과연 철문의 작은 틈 사이로 쇠줄에 매달린 괴인이 보였다.

고개를 숙이고 있어 과연 헌원당인지 확인이 되진 않았지만 이것만으로도 진현의 가슴은 뛰기 시작했다.

"어서 열쇠를 주시오!"

"가주……"

답답한 마음에 종곡을 다그치는 진현을 향해 등 뒤에서 마각이 나직이 불렀다.

"왜 그러십니까?"

어서 빨리 헌원당을 빼내야겠다는 생각이 강했던 진현은 짜증스럽게 마각을 쳐다보았다.

이에 마각은 조심스러운 표정으로 자신이 진현을 부른 이유를 설명했다.

"가주, 너무 간단하지 않습니까?"

"뭐가 말입니까? 뭐가 간단하다는 말씀입니까?"

"분명 무극천에서는 가주를 이곳에서 죽이기 위해 많은 준비를 했다고 했습니다. 한데 너무 수월하게 끝이 나고 말았습니다. 분명 이것은 함정입니다."

강호의 경험이 풍부했던 마각은 자신의 경험을 빌어 진현에게 말했다. 하지만 눈앞의 괴인이 헌원당이라 확신한 진현은 마각의 걱정이 단순히 기우라고 생각하며 그의 말을 부정했다.

"대체 수월하다는 말의 의미가 무엇입니까? 현재 여기 온 현천참마대 중 고작 네 명만이 남았습니다. 그리고 마 숙부의 모습을 보십시오. 이래도 수월했습니까?"

"아닙니다, 이건 아닙니다. 분명 함정이 있습니다. 헛! 귀유가 없어졌습니다."

주위를 보며 뇌옥을 살피던 마각은 어느새 종곡이 사라졌음을 알 수 있었다.

"이것 보십시오. 분명 함정입니다. 그렇지 않다면 귀유가 왜 사라졌겠습니까?"

마각은 자신의 생각을 굽히지 않으며 진현을 설득했다.

"허어, 답답하십니다. 이것이 함정이라고 칩시다. 그렇다고 뭐가 달라집니까? 이제 귀유도 없습니다. 그리고 이곳을 보십시오. 뇌옥이 분명합니다. 그리고 저기 사부님께서 계신데 함정이 두려워 가만히 있어야 한다는 것입니까? 저는 그렇게 못합니다."

진현은 마각이 답답하다는 듯 소리치며 종곡으로부터 받은 열쇠로 철문을 열었다.

매캐한 곰팡이 냄새가 진현의 코를 찔렀다.

"조심하십시오."

함정에 대한 의심을 거두지 않은 마각은 다시 한 번 진현에게 경각심을 심어주었다. 하지만 헌원당을 바로 앞에 둔 진현의 귀에는 전혀 들리지 않았다.

"사… 부님……."

떨리는 목소리로 헌원당을 부르며 진현은 천천히 다가갔다. 한 걸음 한 걸음이 너무도 더디었다.

벽에 매달린 채로 고개를 숙이고 있는 괴인은 영락없이 헌원당의 모습이었다.

그 모습을 보자 진현은 재빨리 달려가 검을 빼 들어 헌원당의 두 팔을 묶은 쇠줄을 잘랐다.

챙!

불꽃이 튀며 쇠줄이 잘리자 진현은 헌원당의 몸을 부축했다. 뒤로 젖혀진 고개를 들어보니 예전 자신에게 금왕기를 전수하던 헌원당의 얼굴을 볼 수 있었다.

그간 고문이 심하였는지 그의 얼굴은 무척이나 수척했고, 그의 상체는 고문의 흔적이 가득했다.

"사부님!"

진현은 헌원당을 꼭 껴안으며 울먹이는 목소리로 그를 불렀다. 하지만 이미 정신을 잃은 그가 대답할 리 만무했다.

진현은 헌원당의 영대혈(靈臺穴)에 장심을 대고 진기를 불어넣었다. 그의 정심한 진기가 흘러 들어가자 얼마 가지 않아 헌원당의 파리한 혈색이 선홍색으로 점차 물들어갔다.

"크으윽……."

헌원당은 신음을 토해내며 뒤척거렸다.

"아! 이제 정신이 드십니까?"

진현은 헌원당의 목을 한 손으로 떠받들며 급히 물었다. 그러나 들려오는 것은 헌원당의 신음뿐.

이에 이곳을 빨리 빠져나가야겠다고 생각한 진현은 헌원당을 등에 업었다. 옷을 찢어 헌원당과 자신을 단단하게 묶은 진현은 몇 차례 흔들어보며 이상이 없음을 확인하고 서둘러 뇌옥 밖으로 나왔다.

"마 숙부, 어서 이곳을 빠져나가야겠습니다."

"예. 한데 다른 뇌옥에 갇혀 있는 사람들은 어찌할까요?"

진현이 헌원당을 살펴보는 사이 마각은 다른 뇌옥을 살폈고, 각 뇌옥마다 한 사람씩 갇혀 있음을 알 수 있었다.

"음… 다른 뇌옥에도 사람들이 갇혀 있었나요? 음… 그럼 같이 빠져나가야죠. 이곳에 갇혀 있다는 것은 곧 무극천의 중요한 사람임을 뜻합니다. 데리고 가도록 하세요."

"하지만……."

마각 또한 진현과 같은 생각을 안 해본 것은 아니다. 하나 현재 운신이 자유로운 이는 진현뿐이었다. 모두 크고 작은 부상을 입은 터라 제 몸 하나 간수하기도 힘든 실정이었다.

마각이 진현의 명에 반박하기 위해서 자신의 생각을 꺼내려는 순간이었다.

"걱정 말게. 금제만 풀어준다면 알아서 나갈 수 있네."

뇌옥 안에서 카랑카랑한 목소리가 흘러나왔다. 그 말에 진현은 종곡으로부터 받았던 열쇠로 뇌옥을 열었다.

뇌옥 안에는 산발한 머리와 가슴까지 내려오는 수염이 인상적인 노인이 가부좌를 틀고 있었다.

"노인께선 누구시기에 이곳에 갇혀 있으십니까?"

"태을(太乙), 충문(衝門), 영도(靈道), 양곡(陽谷), 위양(委陽)……."

노인은 진현의 물음과는 상관없는 말만 계속하고 있었다.

"아!"

진현은 노인이 말하는 것이 경락의 중요 요혈임을 깨닫고는 노인의 점혈된 곳을 알 수 있었다.

"잠시만 기다리세요."

"가주, 누군지도 모르는데 어찌 성급하게……."

매사 조심성을 강조하는 마각은 이번에도 역시 빠지지 않고 진현에게 경각심을 심어주었다. 하나 이번에는 진현의 입에서 어떤 대꾸도 나오지 않았다.

파파팟!

진현은 일양지 신공을 돋우어 노인이 말한 혈도를 짚었다.

"우웩!"

진현의 손놀림이 끝나자 노인은 마치 기다렸다는 듯 피를 한 사발이나 토해냈다.

"괜찮으십니까?"

"흐흐흐, 걱정 말게나. 너무 오랜 시간 동안 기혈이 막혀 있어서 탁한 기운을 내보내는 중이었네."

노인은 소매로 입가에 묻는 피를 훔치며 능글맞은 웃음을 지었다.

"한데 노인께선 누구시기에 이곳에 갇힌 겁니까?"

진현은 다시 한 번 노인의 정체를 물었다. 하지만 이번에도 역시 노인은 대답을 피했다.

"그것보다 다른 뇌옥의 사람들도 꺼내주지 않겠나?"

"음."

"가주, 이미 다른 뇌옥을 전부 열었습니다. 다만 점혈을 당해서……."

노인의 말에 마각이 서둘러 대신 말해 주었으나 표정이 그리 밝진 않았다. 점혈한 사람의 공력이 너무도 높아 그의 능력으론 풀지 못했기 때문이다.

"알겠습니다. 제가 가겠습니다."

진현은 등에 업은 헌원당을 잠시 내려놓고 다른 사람들이 갇혀 있는 뇌옥으로 갔다.

일 다경이 흐른 뒤에야 진현은 나머지 세 사람의 점혈을 풀 수 있었다.

"캬캬캬, 자네는 누군가? 누구의 제자지? 누구이기에 어린 나이에도 이렇게 깊은 공력을 가지고 있는 것이냐?"

뇌옥에서 풀려 나온 네 노인 중 적미(赤眉)를 가진 노인이 진현을 향해 신기하다는 듯 물었다.

"저는 단지운이라 합니다."

"아! 그럼 혹시 천하제일가의 후손인가?"

"삼제(三弟), 후손인 게 뭔가? 조금 전 저놈이 말하길 가주라고 했네."

제일 먼저 혈도가 풀렸던 노인이 적미노인을 나무랐다. 그리고 진현에게 자신들을 소개했다.

"어험, 나는 손석대(孫石大)라고 하네. 이쪽은 손석이, 이 빨간 눈썹

쟁이는 석삼, 그리고 마지막으로 석사. 우리 모두 친형제지."

아무래도 이 노인들의 부모는 작명이 그리 신통치 않았나보다.

"한데 이곳엔 왜?"

자신의 견문이 좁은 탓일까? 이들의 무명을 알지 못한 진현은 그들이 이곳에 갇혀 있는 이유를 짐작하지 못했다. 마각 역시 마찬가지였다.

"웅, 그것은 한 사람을 기다리기 위해서였지. 그래서 우리 스스로 점혈당하는 것을 자청했네."

"크크크, 그거야 당연합죠. 우리 스스로 점혈당하지 않으면 누가 감히 우리를 가둘 수 있다는 말입니까?"

게걸스럽게 웃는 이들을 보며 진현은 이 노인들이 너무 오래 갇혀 있다 보니 정신이 이상해졌다고 생각했다. 하나 그들이 기다린다는 사람에 호기심이 일었다.

"그 사람이 누굽니까?"

"누구냐고? 이제(二弟), 누구라고 했지?"

손석대는 생각이 안 나는 듯 손석이에게 물어보는 시늉을 했다.

"음… 아마 단… 뭐시기라고 했는데… 아! 단지운이란 녀석입죠!"

펑!

손석이는 말과 함께 진현의 가슴에 일장을 날렸다.

"크윽!"

비록 금왕기가 끊임없이 진현의 몸에 돌고 있다곤 하지만 손석이의 심후한 장력은 아무 준비 없이 막기에는 무리가 있었다.

"가주!"

마각은 장력에 의해 구석에 처박힌 진현을 재빨리 부축했다.

"흐흐흐, 뭐가 이리 싱거워?"

손석이는 자신의 손바닥과 진현을 번갈아 쳐다보며 비웃음을 날렸다. 진현은 입가에 피를 흘리며 손석대 형제를 쳐다보았다. 그들의 진정한 의도를 알 수 없었다.

"단가 애송이야, 궁금한 모양이구나? 복잡하게 머리 굴릴 것 없다. 우리는 남궁목진(南宮沐鎭)의 부탁으로 여기서 널 기다린 것이지. 남궁선인가? 그놈이 말하길, 기다리고 있으면 네 녀석이 알아서 꺼내줄 거라 하더구나."

남궁목진이라 함은 남궁세가의 노가주를 말했다.

"크윽!"

진현은 내상이 가볍지 않은지 가슴을 쓸며 인상을 구겼다. 결국 그가 자초한 결과였다.

"남궁목진이 말하길, 너의 목만 가져오면 된다고 하더구나. 귀찮은 일이긴 하지만 우리 형제가 나서면 못할 것이 없지. 안 그러냐?"

"그렇고말고요."

"대형, 무슨 그리 당연한 말씀을."

자화자찬하던 손석대는 어느새 얼굴을 굳히더니 진현을 노려보았다.

"아이야, 난 너에게 감정이 없다만 어쩔 수 없구나. 부탁을 받았으니 너의 목을 가져가야겠다."

이미 진현의 목을 수중에 넣은 것처럼 손석대는 천천히 진현에게 다가갔다. 그들 형제가 익히고 있는 청살장(靑煞掌)에 대한 믿음이 진현을 깔보게 만들었다.

그들이 조금 전 있었던 중주삼사와 진현의 대결을 보았다면 분명 이렇게 방심하지는 않았을 것이다.

"음, 그럼 당신들도 무극천의 개들이란 말이지? 그럼 편하겠군. 명분이 섰으니 편하게 죽일 수 있겠어. 크크크."

자리에 퍼질러 앉은 채 킥킥대던 진현은 그 자세 그대로 손석대 형제에게 날아갔다. 극도의 경신법인 부영약영(浮影躍影)의 단계를 보여주고 있었다.

"허억!"

진현에게 걸어가던 손석대는 그 모습을 보고 경악하며 급히 뒤로 물러났다.

"뭐야? 대형, 이 녀석 아직 팔팔한데요?"

손석이의 말대로 진현은 손석대가 시간을 끄는 순간 단전의 금단을 이용하여 불안정하던 내기를 다스렸다. 운기조식만큼은 아니지만 급한 불을 끌 수 있었던 것이다.

하지만 아직도 손석이가 보여주었던 청살장에 대한 경계심은 사라지지 않았다. 그만큼 진현에게 위력적으로 다가온 것이다.

진현은 손석대에게 다가가던 그 자세에서 신형을 세워 준비하고 있던 일양지 공력을 쏘아냈다.

"아이쿠!"

손석대는 마치 장난하는 것처럼 비명을 지르며 호들갑을 떨었다. 하나 자세히 보면 그의 몸 동작에는 현문(玄門)의 현기가 깃들어 있었다.

"대형! 제가 도와드리겠습니다!"

손석대의 호들갑을 진짜로 여긴 것인지, 자신도 한바탕 놀아보겠다는 심산인지 손석이와 손석삼은 두 팔을 걷어붙이며 진현의 손속을 어지럽게 하였다.

무려 여덟 개의 손이 눈앞에서 어지럽게 왔다 갔다 하자 진현의 동작은 금세 흐트러졌다.

'이런, 행동과는 달리 대단한 무공을 지녔군.'

손석대 형제의 행동에 무의식 중으로 방심했던 진현은 생각을 고쳐먹고는 손끝에 공력을 집중시켰다. 다시 한 번 육맥신검을 사용하기 위해서였다.

팟!

순간 진현의 두 손에서 무형의 검기가 뻗어 나왔다. 그중 하나를 맞은 손석이의 머리카락이 귀밑 부분에서 잘려 나갔다.

"아이쿠! 그놈 성깔있구나. 아이고, 아파라. 아이고, 죽겠네."

그들의 머리에는 진지함이란 단어가 없는 것인지, 손석이는 귀를 부여잡으며 호들갑을 떨었다. 하나 진현은 그들의 모습에 방심하지 않았다.

오히려 더욱 검기를 쏘아 그들을 몰아갔다.

보이지 않는 검기라 손석대 형제들은 계속해서 낭패를 볼 수밖에 없었다.

그러나 그들에겐 그들 형제만의 합격술이 있었다.

진현의 육맥신검이 손석삼을 노리자, 어느새 한자리를 차지한 손석사가 손을 뻗어 진현에게 삼수이퇴(三手二腿)를 선사했다. 그가 자랑하는 뇌운십팔타(雷雲十八打)였다.

"윽!"

결국 손석사에게 옆구리를 얻어맞은 진현은 신음을 토해냈다. 그 틈을 노리며 손석이가 다시 한 번 청살장을 날렸다. 하나 번개같이 철판교를 펼치며 청살장을 피한 진현은 순간 팔 힘을 빌어 두 다리를 회전시켰다.

퍼퍼펙!

손석이의 가슴에 일곱 번을 발로 가격한 진현은 몸을 바로 세워 소택검(少澤劍)과 상양검(商陽劍)으로 손석대와 손석사를 노렸다.

그러자 남은 손석삼이 진현을 노리며 용금화륜수(鎔金火輪手)를 뻗었다. 그가 익힌 적룡혼원공(赤龍混元功)으로 인해 그의 눈썹이 붉게 물들었지만 위력만큼은 보장되는 듯했다.

회심의 일격인 듯 전 공력을 담아 진현에게 뻗은 그의 두 손은 말 그대로 화륜이었다.

'이런, 젠장!'

손석삼의 화륜수를 막기 위해선 손석대와 손석사를 공격하던 두 손을 거두어야 한다는 것을 안 진현은 입술을 깨물었다.

'좋다! 금왕기를 믿어보자.'

고육지책(苦肉之策)을 쓰기로 결심한 진현은 손석대와 손석사를 향한 손을 거두지 않았다.

펑!

결국 진현은 두 사람에게 육맥신검을 쓰는 대신 자신은 손석삼에 의해서 화륜수를 맞아야만 했다.

"크윽!"

진현의 입에서 순간 피가 튀어나왔다. 그리고 그 속에는 작은 내장 조각들도 보였다. 손석삼의 한 수에 의해 엄중한 내상을 입은 것이다.

하나 진현은 자신의 손해만큼의 대가를 얻을 수 있었다. 그의 육맥신검에 의해 손석대의 오른 가슴에는 마치 화살이 관통한 듯 굵은 구멍이 뚫려 끊임없이 피가 샘솟고 있었다. 하지만 손석사보단 형편이

좋았다.

최소한 그는 죽지는 않았으니 말이다.

구멍난 머리에서 흘러나온 뇌수와 피가 범벅이 되어 죽은 손석사의 모습은 참혹하기 그지없었다.

"어헝! 막내야!"

진현에게 일장을 가한 손석삼은 순간의 기쁨도 잠시, 손석사의 죽음에 괴성을 지르며 달려갔다.

진현은 손씨 형제의 합격술이 깨진 지금이 기회라 생각했다. 엄중한 내상으로 인해 가슴 부위가 찌르듯이 아파왔지만 아랫입술을 꼭 깨물고 다시 한 번 공력을 끌어올렸다.

금단태극선공과 금왕기가 어우러져 그의 내상을 빠른 속도로 치유해 갔지만 급히 끌어올린 공력으로 인해 또다시 상세가 악화되었다.

그러나 반 정도의 공력은 모을 수 있었다.

'이것이면 충분하다. 한 번의 기회를 노리자!'

진현은 공력 소모가 심한 육맥신검을 포기하고 대신 허리에서 검을 빼 들었다. 부족한 공력을 검의 예기(銳氣)로 대신하려 함이었다.

"이놈!"

손석대와 손석이, 손석삼은 막내의 죽음에 노해 부르짖었다. 손석대의 곤천혈장(困天血掌)과 청살장, 용금화륜수가 진현의 머리 위로 한꺼번에 쏟아졌다.

그 기세가 가히 번천지복(飜天地覆)이라 할 수 있었다.

'젠장, 이러다 압사당하겠군.'

그들의 용암같이 타오르는 기세에 진현은 잠시 검을 거두고 땅을 박차고 올랐다.

펑!

조금 전 진현이 있었던 자리는 완전 폐허가 되고 말았다. 그 위력으로 인해 건물 자체가 울리며 벽돌 틈 사이로 돌멩이와 먼지들이 뿜어져 나왔다.

진현은 떠오른 기세를 빌어 천지횡단(天地橫斷)식으로 손씨 형제들을 쓸어버리려 하였다.

이미 공력을 모은 상태라 검에는 검강이 서려 있어 그들은 감히 맞서지 못하였다.

수안상수(手眼相隨), 수도안도(手到眼到)라고 했다.

즉, 손과 눈이 서로 따르니 손이 있는 곳에 눈도 있다는 말이다.

현재 진현의 검이 그러했다.

눈[眼]은 이미 심안(心眼)에 이른 그이기에 마음[心]이 이는 곳에 검 또한 가는 경지였다.

전설상의 어검술(馭劍術)과 같은 맥락이었다.

바로 진현이 알고 있는 최고의 검법, 대라삼검의 마지막 초식 천지연(天地然)을 뜻하고 있었다. 천지, 즉 자연과 동화됨은 곧 검과 동화된다는 뜻이며 서로가 종국에는 화합(和合)된다는 것을 의미했다.

비록 진현의 경지가 아직 합(合)의 단계에까지 가진 않았지만 화(化)의 단계는 지난 상태였다.

손석대와 손석이, 손석삼은 순간 해일같이 밀려오는 검력을 보며 그들이 알고 있는 최고의 무공을 펼치려 하였다. 더 이상 피할 공간이 없었고, 설사 피한다 하더라도 그 뒤를 이을 진현의 검이 보였기 때문이다.

"혈반만리(血潘萬里)!"

"청수구천(靑手九天)!"

"천형섬환(千形閃幻)!"

각기 다른 세 가지 장력이 진현의 검과 대결했다.

엄청난 폭음이 일어날 것 같았던 기대와는 달리 무음(無音)의 공간 속에서 찰나 같은 순간에 암흑을 비추는 태초의 빛이 탄생했다.

그 속에는 진현의 검이 있었다.

"으윽!"

비명도 없이 상체와 하체가 분리된 손석이, 손석삼과 달리 손석대는 깊은 공력으로 인해 아직까지 살아 있었다. 하지만 조금의 시간이 흐른다면 그 역시 동생들 곁으로 떠날 것 같았다.

"쿨럭, 쿨럭."

진현은 연신 기침을 하며 피를 토해냈다. 내상을 입은 데다 무리하게 끌어올린 탓으로 더욱 악화되었던 것이다. 게다가 손씨 형제와의 마지막 충돌에서 전신을 뒤흔드는 충격을 받은 터라 진현의 상세는 이루 말할 수 없을 정도였다.

오히려 살아 있다는 것이 신기할 정도였다.

곁에 있던 마각은 엄청난 공방으로 인해 정신을 차리지 못하다가 진현의 기침 소리에 번뜩 깨어 그에게 달려갔다.

"가주, 괜찮으십니까?"

하지만 마각은 진현의 대답을 들을 수 없었다. 극도로 악화된 내상으로 인해 결국 정신을 잃었기 때문이다.

마각은 진현을 부축하며 품속의 내상약을 찾아보았다. 하나 찾을 수 없었다. 조금 전 탈백마령인과의 사투로 인해 옷이 찢어진 틈으로 빠져나간 것 같았다.

'하필 이럴 때에…….'

결국 내상약 찾기를 포기한 마각은 속히 이곳을 빠져나가야겠다고 생각했다.

"남은 대원들은 여기 계시는 귀인을 부축하여 나를 따르라."

아직도 정신을 차리지 못한 헌원당을 가리키며 마각은 진현을 부축하여 뇌옥을 빠져나가려 하였다.

그 역시 많은 진력을 소비한 터라 다급한 마음과는 달리 느린 속도로 빠져나갈 수밖에 없었다.

힘 빠진 다리를 이끌고 결국 이곳에 온 목적을 이룬 채 마각과 진현 일행은 그렇게 절영곡을 빠져나갔다.


"관 소협, 왜 말렸나?"

진현 일행이 절영곡을 빠져나가자 전각 앞에 세 사람의 신형이 나타났다. 그중 중간에 있는 노인이 좌측에 있는 비대한 청년을 보며 물었다.

바로 태홍왕부에서 주최하였던 비무장에 나타난 관대망이었다.

"단가 애송이가 죽인 손씨 형제들은 모두 청해문의 절정고수였습니다. 비록 하는 짓은 바보스럽지만 그들의 무공은 사부님조차 장담하지 못하죠. 그런 그들을 죽인 놈입니다. 비록 지금은 정신을 잃었다고 하나 언제 다시 그 무서운 검기를 펼칠지 모릅니다. 굳이 나서서 화를 자초할 필요는 없습니다. 어차피 그를 이곳으로 오게 한 이유는 저자를 죽이기 위해서가 아니라 헌원당, 그놈을 보내기 위해서가 아닙니까?"

진현을 이곳으로 끌어들인 이유가 헌원당을 보내기 위해서라니? 이해할 수 없는 말이었다.

"흐흐흐, 하긴 그렇지. 저놈이 실전되었다던 육맥신검을 펼칠 때는 정말 가슴이 섬뜩했네. 정말 대단한 놈이야. 아마 그 또래는 물론이고, 몇몇 사람을 제외하고는 그의 적수가 없을 거야."

노인의 우측에 서 있던 남궁선이 관대망의 말에 동의했다.

"한데 과연 잘될까? 이미 구양 상인 그놈에게 써먹은 방법이 아닌가."

남궁선은 고개를 갸웃거리며 관대망을 쳐다보았다.

"상관없습니다. 어차피 대법을 펼치기 전까지는 알아채지 못합니다. 설사 탈심고의 정체를 알았다 하더라도 그쪽엔 이미 오 노야(五老爺)가 계시지 않습니까?"

"그렇군. 그 생각을 잊었어. 허허허."

관대망의 말에 남궁선은 껄껄 웃으며 그나마 가졌던 걱정까지 씻어 버렸다.

"하지만 말이다, 나는 아무래도 지금 죽었어야 한다는 느낌이 들어."

처음 관대망에게 한 질문을 제외하고는 계속해서 침묵했던 중앙의 노인이 혼자 중얼거리듯 말했다. 지금 이 기회가 아니면 다시는 이런 기회가 오지 않을 것 같은 불길한 예감이 든 노인, 남궁목진은 영 마음이 개운치 않았다.

"가주, 걱정하지 마십시오. 이미 단심맹은 우리의 손에 놀아나고 있습니다. 단후명이 맹주로 있다고 하나 그의 명성 또한 옛날 말입니다. 그리고 구덕다리 사대문파와 애송이가 이끄는 단씨세가, 개방은 문제될 것이 없습니다. 게다가 황극천에서 이미 앙천독인이 완성되었다는 전갈이 왔습니다. 이거야말로 하늘이 우리 편에 계시다는 것을 의미하는 것입니다."

"그래, 정말 너의 말대로 됐으면 좋겠구나. 하지만 왠지 저 녀석만큼은 지금 죽였어야 했던 것 같으니……."

남궁목진의 마지막 말은 너무도 작아 아무도 들을 수 없었다.


먼지를 휘날리며 관도를 달리는 두 마차가 있었다. 그중 선두에 선 마차 안에는 두 명의 남녀만이 있었다. 그중 남자는 정신을 잃은 듯 여인의 다리 위에 머리를 얹은 채 누워 있었다.

바로 진현과 주설란이었다.

"운랑, 정신 차려보세요. 운랑… 흑흑흑."

주설란은 퉁퉁 부은 두 눈에서 끊임없이 눈물을 흘리며 애절하게 진현을 불렀다. 하지만 진현은 도저히 정신 차릴 기미를 보이지 않았다.

"운랑……. 저… 아직 멀었나요?"

진현을 부르던 주설란은 마부 쪽으로 급하게 소리쳤다.

"조금만 더 가면 숭산입니다. 조금만 기다리세요."

직접 마부를 맡은 마각은 자신 또한 주설란과 같은 심정이었기에 더욱 채찍에 힘을 실었다.

절영곡을 빠져나오자마자 며칠을 계속해서 마차를 몰았기 때문에 마각의 몸은 극도로 지친 상태였다. 하지만 진현을 위해서 초인적인 정신력으로 버티고 있었다.

그런 그에게 결국 숭산의 초입 관문인 태실관(太室關)이 나타났다. 이제 조금만 달리면 단심맹이 자리한 대석평이 보일 것이다.

"멈추시오!"

드디어 마각의 눈에 단심맹의 수문부(守門部) 무사가 나타났다.

"어느 곳에서 오신 분인지 모르겠으나 마차에서 내려 방명록을 기록하시오."

"본인은 신검부에 속한 사람이며 마차 안에는 신검부주께서 타고 계신다. 현재 중상을 입어 상세가 위중하니 어서 문을 열어라."

마각은 형식을 갖추려 하는 수문 위사에게 급히 말하며 속히 문을 열라 하였다.

"헛! 알겠습니다. 잠시만 기다리십시오."

그제야 마각을 알아본 수문 위사는 신호를 보내 정문을 열게 하였다.

이에 마각은 채찍질을 하며 한시가 급하다는 듯 단심맹 안으로 마차를 급히 몰아갔다.


"뭣이라?"

단후명의 호통이 대청 안에 쩌렁쩌렁 울렸다.

"운아가 중상을 당해? 그것도 사경을 헤맨다고?"

"그렇습니다. 마 대주의 보고를 들어보니 그의 사부인 헌원당이라는 분을 구하기 위해 뛰어들었다가 봉변을 당하셨다고 합니다."

단후명의 불같은 호령에 제갈화영은 조금 전 보고받은 내용을 설명하였다.

"사부? 헌원당? 그 사람은 또 누구요? 우리 운아에게 사부가 있었다는 말인가. 아무튼 그것이 중요한 것이 아니라, 운아의 상세는 어느 정도라는 말이오?"

"저도 아직은 확실하게 모르겠습니다. 보다 정확한 것은 성수신의가 도착해야 알 수 있겠지만…….”

“음…….”

말꼬리를 흐리는 제갈화영의 뜻을 짐작한 단후명은 힘이 빠지는 듯 의자에 털썩 앉았다.

“신검을 익힌 아이를 그 누가 그 지경까지 만들 수 있다는 말인가? 그리고 사부를 구하기 위해서라니? 그럼 누군가 함정을 팠다는 말이오?”

“아! 그렇습니다. 무극천의 소행이라 보고되었습니다. 이미 헌원당을 감금하였던 그들은 구화산에 있던 신검부주에게 소식을 전해 절영곡으로 끌어들였다 하옵니다.”

신검이라는 말에 눈빛을 발하던 제갈화영은 급히 단후명의 물음에 답변을 하였다.

“철저히 준비를 하고 있었다는 말이군. 가보십시다. 상세가 어떠한지 보고 난 다음 논의를 하십시다.”

먼저 신형을 돌려 대청을 빠져나가는 단후명을 보며 제갈화영은 슬며시 입꼬리를 올렸다.


“후우…….”

요즘 들어 청심은 앉아만 있어도 한숨이 절로 나왔다. 그도 그럴 것이, 아직도 소식을 알 길이 없는 사마추현과 곁에 있어도 다가가지 못하는 진현에 대한 그리움이 날이 갈수록 늘어만 갔기 때문이다.

이런 날이면 언제나 홀로 넓은 공터에서 검술을 수련했었다. 이마에서 흘러내린 땀이 검신을 타고 흐를 정도로 검을 휘두르다 보면 그 순간만큼은 모든 것을 잊을 수 있었던 것이다.

하지만 이번만큼은 그렇게 하지 못했다.

그녀의 곁에 구양 상인이 잠자듯 누워 있었기 때문이다. 이미 체내의 외상과 내상은 씻은 듯이 나아버린 구양 상인이었지만 무슨 일인지 눈을 뜨지 못했다.

"부디 사형께서 건곤이화과를 가져오셔야 하는데… 후우…….."

구양 상인의 병을 고칠 영약을 가지러 간 청운 도장을 떠올리며 그녀는 다시 한 번 밀려오는 한숨을 참지 못하고 길게 내쉬었다. 그리고 구양 상인을 내려다보며 잠시 생각에 잠겼다.

그녀의 상념을 깬 것은 방으로 들어온 시녀의 급한 전갈 때문이었다.

"혹시 그 소식 들으셨어요? 성수신의께서 이곳으로 오신대요."

시녀 역시 이곳에 부임된 그 순간부터 구양 상인을 시중들었기 때문에 성수신의의 방문을 누구보다 기뻐하는 듯했다. 상기된 얼굴로 말하는 그녀를 보며 청심도 기뻐했다.

성수신의라면 멸문한 삼보장과 더불어 이장(二莊)에 속한 성심장(聖心莊)의 장주를 말했다. 강호 제일의 신의(神醫)라고 불리는 그의 의술은 죽은 자도 살려놓는다라는 소문이 전해질 만큼 유명했다.

"아! 좋은 소식이군요. 그런데 그분이 왜 갑자기?"

시녀만큼이나 희열에 찬 그녀는 갑자기 성수신의의 출현에 의문이 들었다. 그 말에 시녀는 그 이유를 모르겠냐는 듯 대꾸했다.

"그거야 당연히 신검부주 때문에 오신 거죠. 듣기로 내상이 심해 맹에서 그분을 초빙했다고 하던데요?"

"신검부주? 단… 가주를 말하는 건가요?"

청심은 뜻밖의 소식에 놀라 부르짖었다.

"예, 이번 구화산 행에서 깊은 중상을 입으셨다고 하네요. 현재 맹에 있는 영약으로 어찌해 보려 하는데 그게 잘······."

사실 단심맹의 기둥 중 하나가 사대문파이기에 영약이라 일컬어지는 무당파의 자소단, 소림사의 소환단이 준비되어 있었다. 무림인이라면 누구나 갖고 싶어하는 영약이지만 진현의 내상 치유엔 별다른 도움이 되지 못했다.

"아······."

순간 청심은 비틀거리며 의자를 부여잡았다.

"앗! 왜 그러세요? 어디 편찮으세요?"

시녀는 당황하는 듯한 청심을 부축하였다. 한눈에 보기에도 청심의 흔들리는 눈동자는 그녀의 불안한 심사를 보여주는 듯했다.

"아··· 니에요. 잠시 어지러워서요. 한데 성수신의까지 올 정도면 상세가 매우 중한가 보죠?"

"예, 그렇다고 합니다. 정신을 잃은 지 며칠이나 지났다고 하네요. 지나가는 무사들의 이야기를 들어보니 주화입마가 아닌가 하더군요."

쿵!

청심은 순간 가슴이 내려앉는 느낌을 받았다.

"주화입마?"

"예, 하지만 그건 무사들의 이야기지 확실한 것은 아니에요. 그리고 저희 같은 것들이 뭘 알겠어요."

말하는 것과 달리 그리 큰 관심이 없는 듯 시녀는 가볍게 이야기를 하며 지나쳤다.

"그나저나 성수신의께서 오신다면 구양 대협도 깨어나실 수 있을 거예요. 그렇지 않나요?"

재잘거리며 물어보는 시녀에게 청심은 대꾸하지 못했다. 그녀가 들려준 소식에 머리 속이 너무나 복잡했기 때문이다.


"운아… 제발 정신 좀 차리거라."

침상에 죽은 듯이 누워 있는 진현을 보며 단목빙은 오열을 터뜨렸다. 갑자기 전해 들은 아들의 소식에 벌써 삼 일이나 진현의 곁에서 울고만 있던 그녀였다.

"신의(神醫), 무슨 말이라도 해보시구려. 도대체 왜 깨어나지 않는다는 말이오?"

진현의 곁에서 오열하는 단목빙을 보며 단후명은 안타까운 눈으로 성수신의 선우정(鮮于頂)에게 물었다. 이에 선우정은 묘한 표정을 짓더니 진현을 진찰하며 얻은 내용을 말해 주었다.

"그것이… 사실 신검부주, 아니, 단 가주의 공력이라면 벌써 깨어나야 정상인데……."

"그게 무슨 말이오? 알기 쉽게 말해 보시구려."

미심쩍은 듯 말꼬리를 흐리는 선우정을 보며 단후명은 급히 다그쳤다.

"그게 말입니다, 사실 단 가주의 내상은 현재의 상태로 보아 치유되는 상황입니다. 외상 역시 상상을 불허할 정도의 속도로 아물어가고 있습니다."

"한데 왜? 왜 안 깨어나는 것이오?"

선우정의 말을 들으면 들을수록 답답해진 단후명은 분통을 터뜨리며 재차 물었다.

"그 이유를 저도 모르겠습니다. 조금 더 지켜봐야 알겠지만 현재의 상황으로는 도저히 알 길이 없습니다. 게다가 단 가주의 경우 내가(內家)의 수련을 특별하게 하신 것 같습니다. 혹시 선도(仙道)의 무(武)를 이어받으셨습니까?'

진현의 몸에서 금단을 느낄 수 있었던 선우정은 단후명을 통해 확인하려 하였다.

"아니오, 그런 일은 없소이다. 세가의 무공은 선(仙)이라고 보기엔 무리가 많소. 차라리 불가(佛家)에 가깝소이다."

단호하게 말하던 단후명은 불현듯 생각나는 것이 있었다.

"아! 혹시 신의의 말씀이 그것을 말하는 것이 아닌가 하오. 우리 아이는 어릴 적 기연을 만나 금강문의 무예를 얻었다고 하더이다. 하지만 그 금강문의 무예는 내공보다는 외공에 가까운 것이라……."

단후명은 진현이 귀가하였을 당시 전해 들었던 기억을 떠올리며 말했다. 하지만 그때 당시에 진현은 분명 내가가 아닌 외가(外家) 계열의 무공이라 하였기 때문에 성수신의가 말하는 것이 아니라고 판단했다.

"음."

단후명의 말에 성수신의는 잠시 생각을 정리했다.

'분명 단 가주의 내상은 치유가 되고 있다. 하지만 깨어나지 않는다. 그것은 곧 무언가 억제되고 있다는 말인데… 혹시 한계를 뛰어넘으려는 단계의 걸림돌이 아닐까? 맞아, 분명 그의 몸에는 금단이 존재하고 있다. 비록 한 번도 보지 못했지만 그 형(形)은 기서에서 읽었던 금단이었어. 하나 왠지 모르게 불안했어. 기경팔맥을 지나가며 뒤틀린 맥을 바로잡고 있지만 사실 그 경로가 일정치 않았다. 금단 스스로 대주천(大周天)의 형식을 빌어 움직이고 있었지만 조금씩 엇나가고 있는 느낌이야. 한데 그 이유를 모르겠단 말이야.'

성수신의의 경험을 비추어볼 때 이런 적은 한 번도 없었다. 선도의 무예를 이은 무인들은 가끔 있었지만 선가 무공의 완성체라는 금단을 이룬 무인은 한 번도 보지 못했다.

게다가 그는 금단을 이룬 경지라면 자생 치유력이 무척 대단한 것으로 알고 있었다. 천지의 기운을 모아 금단을 이룬 것이기에 아무리 깊은 상처라도 시간을 두면 자연스럽게 나아지는 것이다.

'여기까지는 맞아. 그의 내상이 치유되는 점이나 상상을 불허하는 속도로 아물어가는 외상, 이 모든 것이 기서에서 봤던 그대로야. 하지만 왜 그의 금단이 계속해서 비껴 가려고 하는 것일까?'

여기까지 생각이 미친 그는 그 원인을 살피기 위해 다시 진현에게 다가갔다.

"빙매, 이쪽으로 나오시구려. 신의의 진찰에 방해가 되지 말고 잠시 나갔다 오십시다."

삼 일이나 진현의 곁에서 오열하던 단목빙의 건강을 우려한 단후명은 선우정의 진찰을 핑계로 잠시 쉬었다 오기를 권유했다.

결국 단후명과 단목빙이 밖으로 나가자 선우정은 진현의 옷을 벗기더니 품속에서 금침을 꺼냈다.

그가 알고 있는 회천도인금침대법(回天導引金針大法)을 펼치기 위해서였다. 지금의 성수신의를 있게 해준 것이 바로 회천도인금침대법이다.

하지만 선우정은 대법을 펼치며 그리 큰 기대는 하지 않았다. 선우정이 금침대법을 펼치는 목적은 진현의 내상을 치유하기 위함이 아니었다. 진현의 내상이야 시간이 흐르면 자연적으로 치유가 되기 때문에 그것보다는 진현의 몸 상태를 보다 확실하게 알고 싶어함이 옳았다.

이제까지 만나왔던 환자와는 다른 양상을 보여주는 진현이라, 대법을 펼치고 나면 더욱 확실한 증상을 알게 될 것이므로 보다 적절한 대처를 마련할 수 있을 것 같았다.

사람의 몸은 크게 임독양맥(任督兩脈)을 기점으로 해서 이십 개의 대혈을 가지고 있다. 진현이 보여주었던 육맥신검의 경로가 되는 수태양소장경, 수태음폐경, 수양명대장경, 수궐음심포경, 수소양삼초경, 수소음심경의 육맥(六脈)과 다리로 이어지는 족태양방광경(足太陽膀胱經), 족소양담경(足少陽膽經), 족태음비경(足太陰脾經), 족소음신경(足少陰腎經), 족양명위경(足陽明胃經), 족궐음간경(足厥陰肝經)의 육맥이 있다.

게다가 충맥(衝脈), 대맥(帶脈), 양교맥(陽蹻脈), 음교맥(陰蹻脈), 양유맥(陽維脈), 음유맥(陰維脈)의 육맥이 있어 서로 얽혀 있었다.

선우정은 맥을 짚어가며 대혈마다 조심스럽게 금침을 놓았다. 금침의 수가 더해갈수록 그의 이마에는 땀이 송골송골 맺혀갔다.

"헛!"

갑자기 선우정의 입에서 헛바람이 새어 나왔다.

"아니, 도대체 무슨 조화이기에 금침을 밀어낸단 말인가?"

과연 그의 말대로 진현의 몸에 박힌 금침은 두 팔을 기점으로 조금씩 빠져나오고 있었다.

"음… 괴사(怪事)로다, 괴사야."

일 다경이 채 못 되어 진현의 몸에 꽂혀 있던 금침들은 모두 빠져나왔다. 선우정은 천천히 금침을 회수하면서 진현의 맥을 다시 한 번 짚어갔다.

"앗!"

그 순간 선우정은 진현의 몸에서 불같이 뜨거운 양화(陽火)의 기운과 만년빙굴의 음한지기(陰寒之氣)를 동시에 느낄 수 있었다.

"갑자기 이게 무슨 조화 속이란 말인가? 조금 전만 하더라도 아무 이상이 없었거늘."

선우정은 같은 말을 반복하며 진현의 변화를 지켜보았다.


"정말 알 수 없는 일이군."

진현을 제쳐 두고 잠시 구양 상인의 병세를 보러 온 선우정은 어제 있었던 진현의 변화를 생각하며 중얼거렸다.

"알 수 없다니요? 그럼 가망이 없다는 말입니까?"

선우정의 말을 들은 청심은 급히 반문하였다.

"아! 아니오. 구양 대협을 말하는 것이 아니라 신검부주의 병세를 말하는 것이오."

"아……."

청심은 선우정의 답변에 잠시 안도하는 듯했으나 그 뜻을 새기고는 더욱 가슴이 가빠왔다.

"그럼 신검부주의 병세는 신의께서도 어쩔 수 없다는 말씀이신가요?"

청심은 자신이 자칫 선우정의 명예를 건드릴 수도 있는 발언을 한지도 모른 채 그의 대답을 기다렸다.

"흠, 그것은 잘 모르겠소. 하나 지켜보면 원인을 알 것도 같소이다."

청심의 말에 심기가 불편한 선우정은 자신의 명예를 지키기 위해서인지 진현의 상태에 대하여 자세하게 설명해 주었다. 마치 상황이 이러하니 신의라 불리는 나뿐만 아니라 그 누가 와도 어쩔 수 없을 것이다라고 말하는 것 같았다.

"아……."

선우정의 긴 설명을 본의 아니게 듣게 된 청심은 자신도 모르게 탄식하고 말았다. 이에 선우정은 청심의 반응이 이상하게 여겨졌지만 대수롭지 않게 넘어갔다.

"그건 그렇고, 정말 건곤이화과를 가져온다고 하였소?"

선우정은 이미 구양 상인의 병세가 탈심고에 의한 것이라는 것을 알고 있었다. 다만 골수에 뿌리를 박은 탈심고라서 제거하지 못하는 것이다.

하나 건곤이화과라면 또 다른 가능성이 있을지도 모른다고 생각했다.

"예, 사형께서 그것이 있는 곳을 아신다며 떠나셨습니다."

"오호, 그럼 구양 대협의 병은 걱정하지 않아도 되겠군. 그럼 다시 오겠소이다."

이미 청심의 발언으로 심기가 뒤틀린 그는 퉁명스럽게 말하며 밖으로 나가 버렸다. 사라져 버린 방문을 지켜보던 청심의 눈에서 한줄기 눈물이 흘러내렸다.

"운랑……."


지난 오 년 전 어느 날 밤이었다.

그때도 사마화련은 지금처럼 울고 있었다. 슬픔의 원인도 비슷했다. 지금 그녀를 슬픔에 잠기게 만든 것이 진현의 중상이라면, 오 년 전 그녀를 슬픔에 잠기게 만든 원인은 진현과의 이별이었다.

세간에 전해진 가문의 소문!

소식을 알 길 없는 그녀의 정혼자!

오해와 음해로 인해 불거진 소문임에도 불구하고 결국 그녀에게 찾아온 파혼(破婚)!

소녀에 불과했던 사마화련에게는 갑자기 찾아온 아픔이었다. 더구나 진현을 한 번도 보지 못하고 일방적인 파혼 선고를 받은 터라 가슴이 찢어져 미칠 지경이었다.

그리고 그 아픔이 채 가시기도 전에 찾아온 복마대(伏魔隊)의 급습.

왜곡된 소문을 믿고 찾아온 그들은 한 시진이 가기도 전에 사마세가를 피로 물들였다. 그녀의 눈앞에서 자신을 시중들던 시녀가 죽어갔고, 그녀를 아껴주던 사마추현 역시 쓰러졌다.

그리고 그녀를 바라보던 복마대의 광기 어린 혈안(血眼).

그들은 그녀의 몸을 원하고 있었다. 무림사화를 꺾어보고 싶은 욕망이 그들을 협의지사(俠義志士)에서 삼류파락호로 만들어 버렸다.

사마화련의 옷이 갈기갈기 찢어지고, 그녀의 아직 피어보지도 못한 몸에 거친 남성의 손길이 닿으려 했다. 비참한 현실에 사마화련의 눈이 감기고, 그녀가 슬며시 혀를 물려는 순간이었다.

외마디 호통과 함께 하늘을 뒤덮는 검기가 뿌려지고 사마화련을 범하려던 수많은 손길들이 사라졌다. 조금 후 사마화련이 눈을 떴을 때, 그녀의 앞에는 세가의 가신들과 어우러져 처참하게 죽어 있는 복마대의 시신들이 있었다.

망연자실한 그녀는 결국 실신하고 말았고, 그녀가 정신을 차렸을 때 고풍스러운 방 안에 누워 있는 자신을 발견할 수 있었다.

그리고 그녀 앞에 나타난 일노일소(一老一少).

노인은 자신을 구양 상인이라 소개했고, 옆에 있던 청년을 가리키며 그녀의 사형이 될 청운이라 말했다.

"아무것도 생각하지 말아라. 넌 이제 무당의 사람이다."

그 뒤로 그녀는 청운의 사매, 현학 도장의 제자라는 신분으로 무당산에서 기거했다. 틈나면 찾아오는 구양 상인의 가르침과 그가 가져다준 오행결 중 수(水)의 무공은 어느새 그녀를 신진고수 중 수위(首位)에 올려놓았다.

가슴이 아리도록 그리운 진현과 생사를 확인할 길 없는 사마추현. 이 모든 것을 잊기 위해서 미친 듯이 수련에 몰두한 그녀였기에 당연한 결과였다.

하지만 악양대집회가 끝나고 잠시 머무른 동춘객잔에서 진현을 보게 되었다. 그리고 그녀는 아직도 진현을 잊지 못하는, 아니, 가슴이 타 들어갈 것 같은 사랑을 느꼈다.

사실 처음 그녀가 진현을 봤을 때, 그녀는 사랑이란 단어가 어색한 나이였다. 더구나 정략적인 면이 많았던 결합인지라 진현을 우습게 봤다고 해야 옳을 것이다.

호부(虎父)엔 견자(犬子)가 없다고 하더니, 우습게 보이던 진현은 주화입마를 극복하려 무진 애를 썼다. 내공의 상실로 인해 범인보다 힘이 없을 그는 하루의 삼 분지 이 이상을 외공(外功)에 투자했고, 방 안으로 들어오면 쓰러지기 바빴다.

사마화련은 이런 진현을 보며 처음에는 코웃음을 쳤다. 천하제일가의 후손이라는 배경을 등에 업고 곱게 자란 아이의 마지막 발악같이 보였기 때문이다.

그러나 시간이 갈수록 그녀의 작은 가슴에 파문이 일었다. 파문의 중심에는 어느새 진현이 자리하고 있었다.

노복들과 어울려 함박웃음을 짓는 그의 모습에서 따스한 마음을 느낄 수 있었고, 고통을 딛고 일어서는 그의 모습에서 확고한 의지를 볼 수 있었다.

이 모든 것이 그녀에게 진현에 대한 진한 호감을 불러일으켰고, 정혼이라는 틀과 함께 뒤섞여 마침내 사랑이라는 처음 가져보는 감정을 낳았다.

그녀의 첫사랑은 점점 커져만 갔고, 결국 그녀의 모든 것을 지배했다. 진현의 조그만 행동에도 웃음이 절로 터졌고, 눈물이 새어 나왔다.

이제 그녀 옆에는 진현이 있었다. 비록 예전같이 지낼 순 없지만 오랜 시간을 지나 돌고 돌아서 그녀는 진현의 옆에 있게 되었다. 예전처럼 진현에게 다가가 옷깃을 만져 줄 수도, 다정한 말 한마디 해줄 수도 없지만 그녀는 지금 이대로 만족했다.

진현의 옆에는 눈이 부실 정도의 미인이 있고, 진현은 무림을 구할 구성(求星)으로 떠오르고 있었다. 이제 자신이 나선다면 그건 욕심에 불과하다고 생각했다.

한데 갑자기 들려온 비보(悲報)가 그녀의 가슴을 떨리게 했다.

'운랑… 제발……'

청심, 아니, 사마화련은 자신의 은인인 구양 상인의 손을 꼭 잡으며 기도했다.

'뭔가 방법이 있을 거야. 운랑을 구해줄 방도가 분명히 있을 거야!'

그녀의 눈에서 흘러내린 눈물이 사라지고 어느새 결연한 의지가 떠오르고 있었다.

'맞아! 그거야!'

사마화련은 까마득히 오래전 일이라 기억 한구석에 처박혀 있던 기서(奇書)의 이름을 떠올렸다.

'환희천교심술지서(歡喜天敎心術之書)! 바로 그거야. 주화입마도 고칠 수 있다고 하던 대법이었어. 분명 운랑을 구해줄 수 있을 거야!'

사마화련은 심 의원이 자신에게 준 기서를 말하고 있었다. 그 당시 대법을 펼치기도 전 진현이 깨어나는 바람에 시술도 하지 못한 채 어리둥절한 상황에서 넘어갔었다.

그러나 이번은 그런 기적이 일어나지 않을 것 같았다. 사마화련은 생각을 굳혔다. 이미 주었어야 할 자신의 순결을 진현에게 바치기로. 그리고 그 대가로 진현에게 새로운 생명을 준다면 그것으로 족하다고 생각했다.

"우선 맹주님께 모든 것을 밝혀야 해!"

벌떡 일어선 그녀의 눈동자는 단후명이 기거하는 곳을 향하고 있었다.


사마화련은 조용히 진현의 얼굴을 쓰다듬었다.

이미 그녀는 단후명과 단목빙에게 자신의 상황을 설명하였다. 이에 단후명과 단목빙은 그녀의 손을 붙잡으며 만감이 교차했다. 그리고 한쪽에서 이들을 지켜보던 주설란 역시 사마화련에게 다가가 살며시 손을 잡아주었다.

모든 것을 맡긴다는 듯.

주설란은 사마화련의 지난 이야기를 들으며 같은 여자의 입장에서 그녀를 이해했고, 양보를 한 것이다.

스르륵.

사마화련은 진현 앞에서 두 번째로 옷을 벗었다. 눈이 부실 정도로 아름다운 나신이 그 모습을 드러냈다. 어느새 그녀의 몸에서 최종적으로 고의마저 떨어져 나가고, 그녀는 천천히 진현이 누워 있는 침상으로 올라갔다.

열네 살 소녀가 훌쩍 커버려 너무도 아름답게 성숙한 사마화련의 모습을 아무도 보지 못한다는 것이 안타까울 정도였다.

진현은 대법을 위해서 이미 알몸인 채로 누워 있었다. 그 역시 어린 소년이 아니라 건장한 체격의 청년이었다. 그 모습을 본 사마화련은 얼굴에 홍조를 띠었다.

처녀인 그녀로선 감당하기 힘든 풍경이었기 때문이다.

"아!"

성수신의가 금침을 이용하여 점혈한 곳을 짚어가던 사마화련은 외마디 탄성을 자아냈다. 마른 듯하지만 탄탄한 몸매를 가진 진현의 피부는 그녀에게 묘한 흥분을 불러일으킨 것이다.

게다가 벅차오르는 그리움과 드디어 그의 곁에 있게 되었다는 희열감이 교차하면서 그녀의 얼굴에 떠오른 홍조는 더욱 붉어졌다.

기서의 내용을 떠올리며 진현의 경락을 짚어가던 그녀의 눈에 드디어 진현의 남성 부분이 들어왔다.

"아……."

온몸을 자극하는 부끄러움과 왠지 모를 두려움이 가득한 상태로 사마화련은 천천히 진현의 몸 위로 올라타려 했다. 그러자 자연히 그녀의 피부와 진현의 피부가 부딪히며 탄성을 자아내게 만들었다.

'아! 정신 차리자. 나에게 운랑의 미래가 달려 있다. 음욕을 품어선

안 돼! 정신 차려라, 화련아.'

사마화련은 자신을 채찍질하며 서서히 대법을 시행할 준비를 하였다.

회천도인심술(回天導引心術).

남녀의 성합으로 부처를 이룬다는 사교(邪教) 환희밀교의 대법(大法) 중 하나다. 세상의 모든 진리가 성합에서 비롯된다고 믿는 그들은 결국 하나의 대법을 만들어냈으니, 음양 조화의 이치에 따라 체내의 진기를 극대화시킨다는 회천도인심술이 바로 그것이다.

본래 구음지체(九陰之體)였던 사마화련은 마음가짐을 새롭게 하며 자신과 진현이 가진 음양이기(陰陽二氣)를 조화시키려 하였다.

구음지체란 음기가 유달리 강해 십이정경(十二正經) 중 구맥(九脈)이 음기로 가득 차면서 서서히 굳어지는 것을 말했다. 사마화련의 경우 오히려 그 음기를 이용하여 극음지공(極陰之功)을 이루었기 때문에 아직도 살 수 있었던 것이다.

사마화련은 천천히 자신의 비소로 진현의 남성을 이끌었다.

"아!"

탄성을 뱉던 그녀는 다시 한 번 자신을 질책하며 대법을 떠올렸다.

먼저 자신의 순음진기로 한차례 운공(運功)하여 체내의 상태를 살폈다. 그 후 서서히 대법을 따라 시행했다.

'윽!'

순간 불같이 찾아든 파과의 고통에 무의식적으로 비명을 지르려 하였으나 초인 같은 정신력으로 입을 꾹 다물었다.

'정신 차려야 해……'

사마화련은 회천도인대법의 구결을 외며 천천히 상하로 움직였다. 그러자 더욱 엄청난 고통이 그녀를 휘몰아갔다. 그리고 그와 동시에 임맥(任脈)을 타고 흐른 그녀의 순음진기가 회음혈(會陰穴)을 통해 진현의 몸 안으로 삽입되었다.

"크윽!"

순간 진현의 입에서 신음이 터져 나왔다. 그 역시 엄청난 고통이 그의 몸을 지배하는 것 같았다.

본래 진현의 내상은 성수신의의 생각대로 오래전에 나아 있었다. 문제는 다른 곳에 있었다. 불균형한 음양이기가 서로를 반목하며 으르렁거리고 있었던 것이다.

그의 몸을 괴롭히던 것은 완전하게 균형이 잡힌 것 같았던 음양이기의 충돌이었다. 손씨 형제의 강력한 경력이 진현의 몸을 흔들어놓았고, 그것이 음양의 균형을 깨어버린 것이다.

게다가 음양이기의 균형이 깨어버리자 이제까지 숨죽이고 있던 오화지음쌍환이 대번에 날뛰어 제어하기 힘들었다. 하지만 그것도 잠시, 예전 진현이 복용하였던 한소지양화리(寒沼至陽火鯉) 내단의 기운이 음기를 제압하려 들었다.

성수신의가 금침대법을 시술하지 못한 이유도 바로 그 때문이다. 강력한 양기가 날뛰고 있어 타 기운을 용납하지 못한 것이다.

본래 진현이 수련한 금단태극선공의 효능은 이런 사항까지 모두 제어할 수 있었다. 하지만 그것은 진정한 합(合)의 단계에 이르렀을 때만이 가능한 것이었다.

아직 그 경지에 이르지 못한 진현으로서는 한 번은 겪어야 할 당연한 수순일지도 몰랐다.

등천무동을 나온 뒤로 단 한 번도 전 공력을 쓸 일이 없어 이런 상황까지 도래된 적이 없었지만, 전 공력을 모두 운용해야 하는 불가피한 상황이 온다면 지금과 같이 음양이기의 불안했던 균형은 깨져야만 했던 것이다.

내단의 양강지력(陽剛之力)이 진현의 몸을 모두 지배하려는 찰나 사마화련의 구음지기가 들어왔다. 이에 그동안 억눌려 있던 음기들이 구음지기를 선두로 내단의 양강지력에 맞서갔고, 그것이 진현으로 하여금 신음을 토해내게 할 만큼 고통을 준 것이다.

그것을 모르는 사마화련은 속으로 진현의 고통을 안쓰러워하며 계속해서 대법을 시행해 갔다. 그녀의 구음지기가 진현의 몸속으로 들어가고, 진현의 양강지력이 담긴 선천지기가 그녀의 몸으로 들어왔다.

대법이 시행되는 동안 그 순환은 계속되었다. 마치 임독양맥을 돌며 자연의 기운을 쌓아가는 대주천의 묘리(妙理)와 같아 보였다.

이제 이 격정의 밤이 지나 아침이 밝으면 모든 대법이 끝날 것이다. 그리고 그 결과는 하늘만이 알고 있을 것이다.

제42장

# 또 다른 목표

 또 다른 목표

 

모두가 숙면을 취하고 있을 깊은 밤이다. 그것을 증명이라도 하듯 전각 안의 모든 불은 꺼져 있었고, 주위의 횃불만이 외롭게 타오르고 있었다.

비영각(秘影閣).

호천사정맹 시절 맹 내 최고정보기관이었다. 대륙안이라는 명칭으로 활동하던 그들은 다시 한 번 천기수사 제갈화영의 명령 아래 단심맹의 정보기관으로 활동하고 있었다.

야심한 밤, 비영각 내부의 비처(秘處) 중 아직까지 등을 밝히고 있는 곳이 있었다. 창문 틈 사이로 불어온 미풍에 등의 촛불이 살랑거리자 의자에 앉아 있는 제갈화영의 모습이 나타났다.

"그럼 이것으로 단가 애송이는 물 건너 가버린 건가? 아쉽군 그래,

좋은 기회였는데. 하지만 더욱 좋은 선물을 주지."

제갈화영은 좌수에 들린 작은 상자를 주시했다. 붉은 테두리가 인상적인 상자 안에는 그가 매우 아끼는 보물이 들어 있었다.

"최혼음마의 탈심고라… 현무자, 구양 상인에 이어 세 번째 희생물이 되겠군. *크크크.*"

진현과 함께 맹으로 복귀한 헌원당을 떠올리며 제갈화영은 다시 음흉한 웃음을 지었다.

"그나저나 그 아이가 사마세가의 여식이었다니 정말 놀라운 일이군.

무당의 청심의 실체가 사마화련이란 소식에 제갈화영은 전혀 예상하지 못한 듯 놀람을 감출 수 없었다.

"그래, 그럼 그 아이를 구해갔다던 고인이 무당의 말코도사였군. 뜻밖이군. 하는 거라곤 쓸데없는 걱정밖에 없는 줄 알았더니 그런 일에 끼어들 줄도 알고 말이야."

제갈화영은 아직 구양 상인이 사마화련의 은인이라는 것을 모르고 있었다.

"아무튼 이로써 황극천에 잡혀 있는 사마추현도 할 일이 생겼군. 아마 볼 만하겠어. *크크크.*"

킥킥 웃던 그는 서둘러 탁자 위에 놓인 전서를 쓰기 위해 붓을 들었다.

그 시각, 제갈화영이 전서를 보낼 황극천의 뇌옥에 심상치 않은 움직임이 일고 있었다. 그 중심에는 일남일녀가 존재했다.

바로 사도나영과 독고자인이었다.

"소저, 이곳으로 오시오."

독고자인은 서둘러 벽에 몸을 붙이며 사도나영에게 자신과 같이 행동할 것을 권했다.

"꼭 이렇게 해야 하나요?"

"그렇소. 당신에게 가기 전 이곳에 갇혀 있었기에 잘 알고 있소."

나직한 목소리로 대답하던 독고자인의 머리 속엔 이미 뇌옥 안 경비 무사들의 교대 시간이 입력되어 있었다.

"조금 후면 축시(丑時)라 저들은 교대를 할 것이오. 그때를 틈타 이곳을 빠져나가야 하오."

"하지만… 저들에게 발각된다면 내 입장이 어떻게 되죠? 그리고 뭐라고 변명을 해요?"

계속해서 강요하듯 말하는 독고자인에게 사도나영은 자신의 입장을 피력했다.

"허어, 이보시오. 그럼 천마사천회의 대공녀가 야심한 밤에 뇌옥을 살피러 왔다고 하면 누가 믿겠소?"

"음."

과연 듣고 보니 독고자인의 말이 옳은 것 같았다. 하지만 그녀는 계속해서 불만스러운 표정을 지었다.

사도운을 찾기 위하여 고민 중이던 사도나영의 속마음을 알게 된 독고자인이 생각한 방법 중 하나가 바로 뇌옥에 갇혀 있는 한 사람을 찾아보자는 것이었다.

이렇게 하여 아닌 밤중에 홍두깨처럼 무작정 끌려 나온 그녀의 입은 당연히 퉁퉁 부어 있었던 것이다.

"자, 이제 저들이 교대했소. 어서 빨리 움직입시다."

과연 그의 말대로 뇌옥을 울리는 청명한 종소리가 들려왔다.

"잘 들으시오. 실수없이 지금 교대되어 나오는 경비 무사의 수혈(睡穴)을 짚어야 하는 것이오."

"알겠어요."

사도나영은 벽에 자신의 몸을 숨기고 있다 기척이 들리자 번개같이 신형을 공중으로 띄웠다. 그리고 한 바퀴 공중제비를 돌아 그들의 미룡혈(尾龍穴)을 동시에 점혈하였다. 그러자 이번엔 독고자인이 뛰쳐나와 쓰러지는 그들을 부축하였다.

완벽한 호흡이었다.

그들은 수혈 짚힌 무사들을 자신들이 숨어 있던 곳으로 끌고 갔다.

"크하하하, 그럼 너도 앵앵이를 품었다는 말이냐?"

간수들이 있는 방에는 연신 음담패설이 흘러나오며 이런저런 이야기가 오고 있었다.

"으이그, 남자들이란……."

잠시 간수들의 대화를 듣고 있던 사도나영은 미간을 찡그리며 독고자인을 쳐다보았다. 이에 독고자인은 손사래를 치며 강하게 부정했다.

"아니오, 난 절대 저렇지 않소이다. 믿어주시구려."

호들갑을 떨며 너스레를 치는 독고자인을 보던 사도나영은 고개를 돌리며 슬며시 미소 지었다. 그때, 다시 독고자인의 나직한 목소리가 들려왔다.

"자, 바로 지금이오. 저기 보이는 삼십칠호 방에 있소."

신형을 낮추며 독고자인이 선두에 섰다. 그리고 조금씩 앞으로 전진해 갔다.

이를 보던 사도나영은 독고자인의 모습이 우스꽝스러웠는지 잠시 입을 가리며 킥킥거렸으나 이내 자신 역시 독고자인과 같은 자세로 움직였다.

이때 그들의 귀에 전혀 상상치 못했던 이야기가 들려왔다.

"허어, 그 말코도사야 여자를 모르는 고자지. 그런 놈이 우리와 같겠나?"

"그럼, 그렇고말고. 우리 같은 사람들이야말로 여자를 진정으로 즐겁게 하는 방법을 알고 있지."

"푸하하하!"

"한데 그 말코도사가 그렇게 무공이 강하다면서?"

"그럼, 구대신성 중 하나라고 하던데?"

순간 사도나영과 독고자인의 눈이 마주쳤다. 그녀의 눈은 '당신과 같은 구대신성이 이곳에 갇혀 있어요?' 하고 묻는 것 같았다. 하나 독고자인은 대답하지 않고 그들의 대화에 귀를 기울였다.

"이 사람아, 자네는 무당파의 청운 도장도 모르나?"

"아! 그럼 이번 뇌옥에 수감된 자가 바로 청운 도장이었나? 전혀 몰랐군. 한데 그렇게 강한 자가 어떻게 여기에 끌려왔나?"

"흐흐흐, 그거야 전부 우리 회(會)의 수완이 뛰어나기 때문이 아닌가. 듣기로는 겁도 없이 십만대산에 올라왔다고 하더군."

"아니! 정말 미친 것이 분명하군 그래. 감히 본 회가 있는 곳으로 오다니 말이야. 혹시 정신이 어떻게 된 것은 아닌가?"

"그런 것도 같네. 계속해서 실실 웃는 그 모습이 영락없는 미친놈이었어."

"안됐군 그래. 고자에다 미친놈이라니… 쯧쯧."

"푸하하하, 정말 그 말이 맞군. 고자에다 미친 놈. 푸하하하!"

간수들은 모두 자지러질 듯 웃다가 다시 그들만의 음담패설로 화제를 옮겼다.

독고자인은 더 이상 자신이 들어야 할 말이 나오지 않자 다시 서둘러 몸을 움직였다. 그 뒤를 사도나영이 의혹 가득한 눈으로 뒤따랐다.

일 다경(一茶頃)이 채 되지 못해 그들은 삼십칠호 방 앞에 올 수 있었다.

"바로 이곳이오."

독고자인은 미리 준비한 긴 천 끝에 돌멩이를 매달아 철문 틈으로 던졌다. 그러자 과연 뇌옥 안에서 반응이 나타났다.

"누구요? 독고 형이오?"

"그렇소이다. 혁(赫) 형은 그동안 무사하셨소?"

그렇다. 뇌옥에 갇혀 있는 자는 바로 탈명마환(奪命魔環) 혁요광(赫曜光)이었다. 지난날 독응(毒鷹)에게 끌려간 그가 지금 독고자인 앞에 나타난 것이다.

"어찌 된 것이오? 다시 이곳으로 돌아온 것이오?"

철문 틈으로 독고자인의 모습을 볼 수 없던 혁요광은 독고자인이 다시 자신의 맞은편 뇌옥에 돌아온 것으로 착각하고 있었다.

"아니오, 지금 내 옆에 있는 사도 소저를 따라온 것이오."

"소저? 사도 소저? 흑화?"

혼자서 중얼거리던 혁요광은 깜짝 놀라 외쳤다.

"헛! 조용하시오. 간수들이 나올지도 모르오."

혁요광의 실수를 질책하던 독고자인은 간수들이 있는 방에서 계속해서 웃음소리가 들려오자 그제야 가슴을 쓸어 내렸다.

"여기 옆에 계신 사도 소저는 아버지의 행방을 찾기 위해 이곳으로 온 것이오."

"음, 사도운 그자… 아니, 사도 회주를 말하는 것이오? 회주를 찾는데 왜 나를?"

사도나영이 옆에 있음을 알고 말을 더듬던 그는 독고자인의 의도를 물었다.

"아, 혁 형이 여기 처음 오실 때 현재 천마사천회에서 많은 수의 독인과 실혼인을 제조 중이라고 말씀하시지 않았소?"

"했소이다. 그거하고 사도 회주하고 무슨 연관이?"

이에 독고자인은 아직도 어리둥절한 표정을 짓는 사도나영을 쳐다보며 말했다.

"사도 소저, 여기 계신 혁 형은 태흥왕부의 비무에 참가하시다 이곳으로 납치되셨소이다. 본래 납치되었던 사람들과 같이 독인이나 실혼인이 됐어야 했으나 혁 형께서 스스로 두 다리를 자르시는 바람에 이곳에 갇혀 계신 것이오."

과연 혁요광의 두 다리는 허벅지 아래부터 잘려 나가고 없었다. 실혼인이나 독인으로 살아간다는 것이 자신의 명예를 더럽히는 일이었기에 잠시 대법이 멈춘 틈을 타 자신의 다리를 절단한 것이다.

독고자인은 다시 혁요광에게 물어보았다.

"혁 형, 그 당시 분명 비동(秘洞)에 관한 이야기를 들으셨다고 하지 않았소?"

"음, 그때 듣기야 들었지만… 아! 그렇군, 그랬소이다. 비록 혼미한 정신이었지만 그들의 말을 기억하고 있소. 분명 그들은 비동에 갇힌 존야(尊爺)가 어쩌고, 어르신이 어쩌고 했소이다. 아! 그들이 말하던 어르신이 그럼 사도 회주란 말이오?"

"아……."

혁요광의 추측에 사도나영은 순간 힘이 빠진 듯 비틀거렸다. 그러자 독고자인이 그녀의 어깨를 잡아 지탱시키며 급히 혁요광에게 다시 물었다.

"혹시 그 비동이 있는 곳을 아시오?"

"아… 그것이 혼미한 가운데 귀로 들리던 것이라……."

"기억해 보시구려. 그곳이 어디였소?"

"아! 생각났소! 청벽봉(靑碧峯)이라 하였소. 그렇소이다. 푸르고 푸른 옥돌이라며 하던 것이 기억나오."

한참이 지나자 혁요광은 순간 땅바닥을 치며 외쳤다. 그와 동시에 독고자인과 사도나영은 서로를 마주 보았다. 그들이 이곳에 온 목적을 이룬 것이다.


주설란의 눈은 자신과 그리 멀지 않은 곳을 쳐다보고 있었다. 그곳에는 그녀처럼 슬픈 표정을 짓는 백의미녀가 서 있었다.

사마화련이 진현에게 회천도인심술을 펼친 지도 벌써 이틀이 지나고 있었다. 하지만 진현은 아직 깨어날 기미를 보이지 않았다. 온몸을 휘어잡던 오화지음쌍환으로 인한 열기는 씻은 듯이 사라졌지만, 아니, 오히려 충실한 움직임을 보이고 있었지만 정작 진현은 깨어나지 않고 있었다.

사마화련의 슬픔은 바로 여기에 있었다.

자신의 희생이, 자신이 할 수 있는 모든 것을 다했건만 진현에게 도움이 되지 못했다고 생각하자 그녀의 가슴 한쪽이 아려오는 것이다.

그녀를 보는 주설란 역시 마찬가지였다. 처음 사마화련으로부터 회천도인심술을 들었을 땐 자신이 하겠다고 나섰었다. 그러나 사마화련이 구음지체라는 것을 알고 양보한 것이다.

물론 그녀 역시 결코 쉽지 않은 선택이었다.

상대방이 아무리 사마화련이라 하더라도 좁은 그녀의 소견으로는 진현의 옆에 자신이 있어야 한다는 공식이 성립되어 버린 후였기 때문이다.

하지만 그녀는 사마화련의 눈에서 동질감을 느껴야만 했다. 아픔과 그리움, 애증이 서려 있는 그녀의 눈동자는 간절히 애원하고 있었다.

자신이 진현에게 무엇이라도 도움이 되기를.

바로 그때 주설란은 진심으로 사마화련을 받아들였다. 진현의 앞에서 했던 말처럼 그녀는 사마화련과 함께 진현을 섬기기로 결심한 것이다.

하지만 생각처럼 쉽지 않았다.

지금처럼 단둘이 남게 되었을 땐 어색하기 이를 데 없었다. 서로의 마음을, 서로의 변화를 무의식적으로 느끼고 있었지만 정작 몸으로는 표현되지 못했다.

두 사람 모두 시간이 해결해 줄 것이라 생각하며 서둘지 않았다.

하지만 그녀들을 이렇게 한데 묶을 수 있도록 만들어준 진현이 깨어나지 않으니 그들의 근심은 날이 갈수록 깊어질 수밖에 없었다.

주설란은 계속해서 진현의 방 앞을 서성이는 사마화련을 불렀다.

"화련 동생, 우리 조금만 쉬다 와요."

"아! 아니에요, 그냥 여기에 있을게요."

"그러지 말고 좀 쉬어. 정말 병이라도 나면 어쩌려고 그래."

대법을 펼치고 제대로 쉬지도 않은 사마화련이다. 주설란의 눈에 사마화련이 무리하는 것은 아닌가 걱정이 날 만도 했다.

주설란의 권유에도 불구하고 사마화련은 자신의 입장을 고집했다. 이에 주설란 역시 더 이상 권하지 않았다. 그녀의 심정이나 자신의 심정이나 마찬가지라는 것을 안 주설란이기 때문이다.

그때였다.

"단 가주! 정신이 드시오?"

방 안에서 들뜬 선우정의 목소리가 흘러나왔다. 사마화련과 주설란은 누가 먼저랄 것도 없이 방 안으로 뛰쳐 들어갔다.

"운랑!"

역시 두 사람은 동시에 진현을 불렀다.

"으음……."

진현은 서서히 손가락을 꿈틀거리며 눈꺼풀을 움직이고 있었다. 손가락의 작은 떨림은 어느새 팔 전체로 번져 나가고 있었다. 느린 움직임으로 가슴 부위에 팔을 얹은 진현은 미간을 찌푸리고 있었다.

"운랑, 이제 정신이 드세요?"

사마화련은 급히 진현에게 다가가 그의 떨리는 손을 부여잡았다. 그러자 손 안 가득 진현의 따스함이 전해졌다.

주르륵.

사마화련의 눈에서 흘러나온 눈물은 뺨을 타고 그녀의 옷깃을 적셨다. 하지만 그녀는 그것조차 의식하지 못했다. 오직 진현의 눈만 바라보고 있었다. 어서 빨리 그의 눈이 떠졌으면 했다.

그것은 주설란 역시 마찬가지였다. 그녀 역시 눈물을 글썽거리며 진현을 안타깝게 쳐다보았다.

그러는 사이 전갈을 받은 단후명과 단목빙이 방 안으로 급히 들어왔다.

"운아가 정신을 차렸다고? 어디 한번 보자. 운아야."

단목빙의 말에 사마화련은 급히 진현의 손을 놓고 주설란과 한쪽으로 물러섰다. 하지만 흐르는 눈물은 멈추지 않았다.

"으음, 아……."

몇 번이고 눈꺼풀을 깜빡거리던 진현의 검은 눈동자가 드디어 세상의 빛에 선을 보였다. 진현은 공허한 두 눈동자로 잠시 주위를 살피듯 움직이다 자신을 쳐다보는 사람들을 발견하곤 정신을 차렸다.

"아! 아버님, 어머님……."

진현은 자신을 내려다보는 단후명과 단목빙을 보며 슬며시 미소 지었다. 하지만 그 미소는 너무도 힘이 없어 보는 이로 하여금 애가 타게 만들었다.

"얘야, 이제 정신이 드니? 어디 아픈 곳은 없고?"

진현 앞에선 언제나 평범한 어머니의 입장이 되고 마는 단목빙은 기쁨과 안타까움이 교차했다. 진현의 무사함에 대한 기쁨과 무인으로서 겪을 수밖에 없는 이 상황에 대한 안타까움이었다.

"예… 괜찮습니다."

"아! 무리하지 말거라. 그냥 그렇게 편히 누워 있으렴."

대답하며 자리에서 일어나려는 진현을 보고는 단목빙은 서둘러 제지하였다. 그러자 진현은 희미하게 웃어 보이곤 자리에 다시 누우려 하였다.

"앗!"

진현은 몸속에서 느껴진 무한한 힘의 존재에 깜짝 놀랐다. 조금 전까지 단후명과 단목빙에 신경을 쓰느라고 알 수 없었지만 조금이나마 힘을 쓸 때가 오자 그의 감각에 포착된 것이다.

진현은 이게 무슨 조화인가 싶을 정도로 신체의 변화에 신기해했다.

"아니, 왜 그러느냐? 혹시 어디 아픈 곳이 있느냐?"

"아픈 것이 아니라……."

진현은 자신의 변화에 대해서 말해 주었다. 그리고 가뿐해진 몸을 증명이라도 하듯 두 팔을 들어 허공에 휘둘러 보았다.

그러다 단후명과 단목빙 뒤에 서 있는 그리운 존재를 볼 수 있었다.

"헛!"

익숙하지만 낯선 존재에 대하여 처음에는 멍하게 바라보고만 있다가 그 속에서 그렇게도 그리워하고 찾아 헤맸던 사마화련의 모습을 보자 깜짝 놀라지 않을 수 없었다.

"그… 대는… 련… 누이?"

혹시 하는 마음에 확인을 하려 하였지만 그럴 필요가 없었다.

꿈속이라 하여도, 누구와 이야기를 하고 있다 하여도, 너무도 그리워 술을 마시는 그 순간에도 잊지 못하고 마음 한편에 간직하였던 사마화련의 모습을 진현이 왜 모르겠는가.

봄날의 싱그러운 햇살이 이러할까?

무더운 여름 계곡의 차가운 물이 이렇게 시원할까?

진현은 벅차오르는 행복감에 몸을 부르르 떨며 천천히 자리에서 일어났다. 빨리 달려가 사마화련을 껴안고 영원히 놓지 않고 싶었지만 그렇게 하면 신기루처럼 사라질 것 같았다.

한 발 한 발, 마치 유사(流砂) 위를 걷듯 조심스럽게 다가갔다. 진현과 사마화련의 사정을 아는 단후명과 단목빙, 주설란은 한쪽으로 비켜나 있었다.

그중 주설란의 마음은 단후명이나 단목빙과 달리 쓰라리기 짝이 없었다. 진현이 눈을 떠 정신을 차리면 자신을 찾아주리라 기대했기 때문이었다. 그것이 안 된다면 한 번이라도 쳐다봐 줄 수는 있었다고 생각하니 가슴이 아파오는 것을 막을 수 없었다.

하지만 이런 주설란의 마음을 알 리 없는 진현의 두 눈은 오직 사마화련만을 찾고 있었다.

가슴속 깊은 어딘가에서 끓어오르는 정념의 깊은 한이 그의 두 눈을 뿌연 수막으로 가리웠지만 사마화련의 모습만은 선명하게 그의 눈 속으로 들어왔다.

진현은 사마화련의 두 손을 덥석 잡았다. 손 안 가득 느껴지는 따스함은 조금 전 사마화련이 진현의 손에서 느꼈던 감정과 비슷한 것이었다.

"련 누이."

진현의 입술이 스스로 조그맣게 움직이며 그리운 이름을 부르고 있었다.

"흑흑흑."

하지만 사마화련은 그렇게도 그리던 정인 앞에서 아무런 말도 하지 못하고 계속해서 눈물만 흘릴 뿐이었다.

"련 누이."

조금 전과 달리 이번에는 진현의 의지로 사마화련을 불렀다. 그러나 이번에도 역시 사마화련은 울고만 있었다. 진현의 부름에 입을 열어 대답해 버리면 꿈 같은 상황이 날아가 버릴 것 같았기 때문이다.

이 상황이, 모든 것이 꿈만 같은 두 사람은 누가 먼저랄 것도 없이 서로를 품에 안았다.

예전 소년 소녀 때가 아닌, 이제는 성인의 몸으로 포옹하는 것이었지만 누구도 음란하다 하지 않았다. 눈물을 흘리며 서로를 확인하려 더듬는 두 사람의 모습은 마치 한 폭의 그림처럼 아름다웠기 때문이다.

주설란 역시 이것만은 인정하지 않을 수 없었다.

"후우."

그것을 알기에 주설란은 그저 고개를 숙이며 가늘게나마 한숨을 쉴 수밖에 없었다.

어느덧 둘만의 긴 포옹이 끝나고 다른 사람들의 시선을 의식한 진현 과 사마화련은 고개를 숙이며 부끄러워했다. 하지만 머리를 숙인 채로 서로의 발끝을 바라보자 또다시 행복에 몸을 떨어야만 했다.

이때 사마화련은 정말 죽어도 좋다고 생각했다. 진현과 파혼한 뒤, 그리고 가문의 혈겁이 일어난 뒤 얼마나 가슴을 부여잡으며 슬퍼했던 가.

웃는다 하여도 속마음은 전혀 그렇지 않았고, 즐겁다 하여도 그녀의 눈빛은 너무도 어두워야만 했다.

그녀는 지금 이 순간 자신의 사형인 청운 도장이 그리워졌다.

자신과 진현의 관계를 알고 얼마나 안타까워했던가!

남녀 애정사에 문외한이던 도사가 자신을 위해서 얼마나 애를 썼던 가!

이 모든 것을 생각하니 불현듯 그가 그리워지고, 고마워졌다. 자신 에게 용기를 불어넣어 주려고 어색한 말까지 서슴지 않던 자신의 사형 에 대하여 감사한 마음이 인 그녀는 한시라도 빨리 청운 도장이 복귀 하여 그에게 이 소식을 전해주었으면 좋겠다고 생각했다.

그녀의 얼굴에 행복에 겨운 웃음꽃이 피어나자 그녀의 별호인 해어 화(解語花)처럼 사방이 환해졌다.

그 빛은 진현의 얼굴에 다가가 전이를 시켰다. 자연스럽게 번지는 행복의 편린들이 진현의 입가에 미소를 만들어주고 그의 두 눈을 따스하게 만들었다.

그리고 그의 눈에 그제야 주설란의 모습이 들어왔다.

"아! 란매(蘭妹)……."

진현은 주설란의 풀이 죽어 있는 모습을 보자 미안하기 짝이 없었다. 그동안 진현의 동작 하나하나에 촉각을 곤두세우며 두 사람의 행동을 모두 지켜본 그녀다. 두 사람의 얼굴에 미소가 번질수록 그녀의 가슴은 쓰라려 왔다.

하지만 그 모든 것이 진현의 부름에 다 사그라들었다.

"운랑!"

마치 진현의 부름을 기다리기라도 했다는 듯 성큼 다가가 진현의 품에 안겨 버렸다. 졸지에 주설란을 품에 안은 진현은 주설란의 머리 뒤로 보이는 단후명과 단목빙의 모습에 어색한 웃음을 지었다.

그러자 단후명과 단목빙은 눈치를 주며 밖으로 슬며시 나가 버렸다. 물론 선우정 역시 마찬가지였다.

"운랑… 흑흑흑. 운랑이 죽는 줄만 알고 너무 두려웠어요."

진현의 품에 안겨 어리광을 부리는 주설란의 모습은 너무도 귀여웠다. 그 모습에 사마화련마저 소매로 입을 가리며 킥킥거렸다.

하지만 주설란은 그저 진현에게 투정을 부릴 뿐이다. 왜 자신을 찾지 않았냐는 듯, 서러워 미치는 줄 알았다는 듯 그렇게 영원히 진현의 품에 안겨 떼를 쓸 것 같았다.

진현은 자신의 품에 안겨 도리질하는 주설란을 살짝 떼어놓았다. 그리고 그녀의 두 눈에 맺힌 눈물을 닦아주며 장난스러운 목소리로 그녀의 귀에 속삭였다.

"련매, 이제 그만 우시구려. 너무 울다 이쁜 얼굴 못생겨지겠소."

"칫!"

진현의 장난에 금세 토라져 버린 듯한 그녀의 모습에서 그간 진현의 사랑을 얻기 위해 쏟았던 그녀의 눈물들이 물거품처럼 날아가 버린 것처럼 느껴졌다.

"련 누이도 여기 와서 앉으시오."

어느덧 진현을 중앙에 두고 두 여인은 양 옆에 수줍음을 띠며 앉았다. 그리고 진현이 정신을 잃은 동안의 이야기를 들려주었다.

"아!"

이야기를 들으며 살며시 미소를 짓던 진현은 사마화련이 펼친 회천도인심술 이야기가 나오자 깜짝 놀라며 탄성을 내질렀다. 그와 동시에 사마화련의 두 볼은 능금처럼 붉어져 갔다.

"련 누이……."

진현은 고개를 돌려 휘둥그레 놀란 두 눈으로 사마화련을 바라보았다.

"련 누이, 그렇게까지……."

아마 진현이 하지 못한 뒷말은 왜 그렇게까지 하며 희생을 했느냐일 것이다. 충분히 그것을 짐작한 사마화련은 진현을 흘겨보며 퉁명스러운 목소리로 말했나.

"그걸 몰라서 묻는 거예요? 다 알면서 묻다니 너무 짓궂어요!"

"하하하, 이런 들켰군 그래."

호탕하게 웃던 진현은 금세 표정을 굳히더니 그녀를 정면으로 쳐다보았다.

"련 누이, 그동안 어디에 있었던 것이오? 어째서 내 앞에 나타나지 않은 것이지?"

사마화련이 자신이 위독한 것을 알고 나타난 것을 보면 분명 자신의 곁에 숨어 있었다고 짐작한 진현이 그녀를 추궁했다.

"운랑, 화련 동생을 너무 몰아세우지 말아요. 동생 역시 그만한 사정이 있었어요."

진현의 추궁에 고개를 숙인 사마화련을 대신하여 주설란이 나섰다. 그리고 그간 사마화련의 지난 세월을 간략하게 설명해 주었다.

그녀의 설명은 간략하게 끝이 났지만 진현의 여운은 너무도 길었다. 자신 못지않게 고생하며 그리워한 사마화련의 애절한 사연을 들어보니 너무도 가슴이 아팠다.

"련 누이, 이제 더 이상 아파하지 않아도 되오. 이제 내가 영원히 그대를 지켜주겠소. 더 이상 그대 곁을 떠나는 일은 없을 것이오."

진현은 스스로에게 다짐하듯 단호히 말했다.

진현의 다짐을 들은 사마화련은 진현의 어깨에 살포시 고개를 기대었다. 그녀의 머릿결에서 싱그러운 내음이 퍼져 진현의 코를 간질였지만 그것마저 행복한 진현은 오히려 품에 안아 즐기고 있었다.

그러나 그의 욕심은 거기에 그치지 않고 우수를 들어 주설란의 어깨에 얹으며 살며시 그녀를 끌어안았다. 두 여인이 모두 진현의 품에 안긴 꼴이 되고 말았다.

"이제 두 사람 모두 나에게는 없어서는 안 될 사람들이오. 너무도 소중한 사람들이라는 것이오."

"운랑."

진현의 또 한 번의 다짐에 두 여인 모두 진현을 부르짖었다. 그리고 너무도 행복한 현재에 만족한 듯 미소를 지었다.

이에 진현이 두 여인을 안은 팔에 힘을 더욱 실으려고 한 순간이었다.

쾅!

"이보게! 지운! 깨어났다는 소식을 듣고 왔네. 앗! 험. 험."

고함을 지르며 문짝을 떼어내듯 들어선 언무청은 곧 방 안의 상황을 보곤 헛기침하며 재빨리 신형을 돌렸다.

"아, 날씨가 덥다 했더니만 이유가 있었군. 아무튼 미안하이. 내가 큰 결례를 했구먼. 하하하!"

멋쩍은 듯 언무청은 큰 손으로 머리를 긁적거리며 웃었다.

"무청! 문 앞에 서서 뭐 하는 거예요? 덩치나 작나."

언무청의 몸에 가려 보이지 않았던 사공혜의 찢어지는 목소리가 방 안에 울렸다.

"아, 그게 아니라… 지운 저 친구가 바쁜 것 같아서 말이지……."

서둘러 변명을 늘어놓은 언무청은 연신 사공혜의 눈치 보기에 바빴다.

'으이구, 무청 저 친구는 정말 때를 잘도 맞춰 오는군.'

언무청과 사공혜로 인하여 산통이 깨진 진현은 언무청을 원망하였지만 겉으로 드러낼 순 없었다.

"어서 오시게. 사공 소서노 오셨구려. 바쁜 시간에 이곳까지 올 필요는 없었는데……."

언무청은 진현의 원망 어린 두 눈을 보며 다시 방을 나서려 했지만 이미 사공혜의 철벽 같은 두 다리가 버티고 있었다.

'젠장, 나는 왜 되는 일이 없지?'

스스로를 한심하게 생각하며 자책하던 언무청은 얼른 사공혜에게 눈치를 주었다.

"아! 저희가 때를 못 맞추었네요. 그럼⋯ 수고하세요."

언무청의 눈치를 받은 사공혜는 뭘 수고하라는 건지 급히 인사를 하고는 꽁무니를 내뺐다. 물론 언무청과 함께.

"이런, 친구라고 있는 놈이 이렇게 도움이 안 되니⋯⋯."

진현은 언무청을 향해 혀를 차고는 다시 사마화련과 주설란 사이에 파묻혀 하던 이야기를 계속하였다.

진현은 끊임없이 대화의 장을 열려고 하는 사마화련과 주설란을 간신히 떼어놓고 언무청과 함께 한적한 소로를 걷고 있었다.

"어떤가?"

"음, 햇빛이 따사롭군. 비록 며칠이었지만 전과는 확연히 달라."

"응?"

무척이나 평화로워 보이는 진현은 나뭇가지 사이로 비춰오는 햇살에 몸을 맡기며 말했다. 하나 언무청의 반응은 시큰둥했다.

"매일 느끼는 햇빛이건만 뭐가 다르다는 거야?"

"후후. 그래, 자네 말이 맞아. 다른 건 없지. 오 년 전의 태양이나 오늘의 태양이나 다른 건 없네. 언제나 한결같은 빛으로 우릴 비추고 있지. 하지만 오늘만은 다르게 느껴진다면 이상한 것일까?"

진현은 고요한 시선으로 언무청을 응시하며 물었다. 이에 언무청은 머리를 긁적이며 답할 수 있었다. 아무리 둔감한 그일지라도 느끼는 바가 있었기 때문이다.

"음, 알겠네. 자네가 그렇게도 찾던, 목이 빠져라 기다리던 사마 소저를 드디어 곁에 둘 수 있었으니… 자네 맘을 어렴풋이나마 이해할 수 있겠네."

"하하하, 자네가 그런 말도 할 줄 아는가? 사공 소저의 도움이 크긴 큰 모양이군."

언무청의 말에 진현은 모처럼 대소를 터뜨렸다. 이에 언무청은 그만의 주특기이자 제일 큰 단점이라 할 수 있는 흰 동자(瞳子)를 선보이며 발작하려 하였다. 하지만 또다시 들려오는 진현의 말에 미수로 그쳐야만 했다.

"한데 내 마음이 왜 이렇게 허전한지 모르겠군. 공허하다고 해야 하나? 그토록 원했던 일이건만 막상 이루고 나니 무엇인지 모르지만 한 가지가 빠진 것 같은 기분이야."

"엥? 그게 무슨 말인가? 알아듣기 쉽게 설명하게."

"후후후, 아닐세. 내 입장이 아닌 자네가 어떻게 내 마음을 이해하겠나. 나 역시 자네의 속사정은 이해할 수 없을 터인데."

진현은 고개를 들어 다시 햇살 속으로 시선을 고정했다.

'자네가 어찌 알겠나. 나를 강호로 빠져들게 만든 진정한 이유를.'

천하제일가의 식솔 앞에서 다짐한 바 있던 진현이다. 자신으로 인해 진정한 의미의 천하제일가가 만들어질 것이라고. 하지만 그 속에는 진현만의 또 다른 목적이 있었다.

정확하게 말하자면 진현의 머리 속엔 협의(俠義)나 상호 제패라는 목적보다는 오로지 사마화련을 찾아야 한다는, 아니, 그보다 다시는 힘이 부족해서 소중한 사람을 뺏기지 않겠다는 생각으로 가득했다.

그래서 노력했다. 피나는 수련과 땀으로 점철진 노력에 의해 무상(無上)의 힘을 가졌다. 게다가 단심맹이라는 거대한 단체의 수장 중 하나가 되었다.

진현이 가진 목표를 이룰 수 있는 조건을 이룬 것이다.

그런 그에게 사마화련이 찾아왔다. 뜻하지 않은 일로 그가 가진 강호행의 목표를 이룬 것이다.

그러나 문제는 다른 곳에 있었다.

'이제는 무엇을 위해?'

사마화련을 찾았다는 기쁨과 흥분이 어느 정도 가시고 난 뒤 자신이 가져야 할 다음의 정체성을 찾지 못한 것이다. 즉, 또 다른 목표가 없다는 말이다.

"자네, 무슨 생각을 그리 깊이 하나?"

진현의 표정을 보며 심상치 않음을 느낀 언무청이 진현의 어깨를 두드리며 물었다. 그러나 언무청의 물음에 들려오는 답변은 없었다. 오히려 고개도 돌리지 않은 채 진현은 묻고 있었다.

"무청, 자네는 무엇을 위해서 이 험한 강호에 뛰어든 것인가?"

"갑자기 그게 무슨 말인가? 무엇을 위해서라니?"

갑작스레 묻는 진현을 보며 언무청은 어리둥절한 표정을 짓고 있었다.

"문득 궁금해서 말이야. 과연 무엇이 우리를 이곳까지 이끌었는지……"

"도통 모를 소리만 하는군. 무엇이 우리를 이곳까지 이끌었냐고? 자네는 그걸 몰라서 묻는 건가?"

진현의 말에 언무청은 어이없는 표정을 지으며 반문했다. 진현의 의도를 모르기 때문이었다.

"대업을 이루기 위해서? 아님, 협을 위해서? 다 좋아, 다 좋다는 말일세. 하지만 그런 취지 하나로 죽어가는 사람들은?"

"후후후, 왜 갑자기 자네답지 않게 약한 소리를 하는가? 이보게, 지운. 자네는 협의(俠義)를 무엇이라 생각하는가? 내가 아는 협의란 위로는 나라에 충성하고 밑으론 백성들을 위하는 것일세. 약한 자를 도와 그들에게 버팀목이 되어주는 것이 협의고, 악의 무리가 있다면 그들에 맞서 정의를 지키는 것이 협의라고 생각하네. 물론 그 이유 하나로 많은 사람들이 죽어갔네. 아까운 목숨들이지. 우리와 같이 하나뿐인 목숨을 가진 자들이 무수히 죽어갔네. 하지만 그들이 죽지 않으면 우리가 죽을 만큼 노력하지 않으면 협의를 이루기 힘들어. 그것이 이유야. 물론 수단이 목적을 가리울 순 없을 걸세. 그러나! 이게 바로 우리들의 삶일세. 이런 목적이 있기에 가슴속에 열정을 담고 앞으로 나아가는 것이 아니겠는가?"

나직한 어투로 시작했던 언무청은 죽음이란 거대한 화두를 꺼내며 격앙된 목소리를 내뱉었다. 신광(神光)이 어린 그의 모습은 마치 하늘에서 내려온 천장(天將)의 모습이었다.

"······."

"자네의 마음을 혼란스럽게 만든 것이 무엇인진 모르지만 이것 하나만 생각하게. 자네가 말한 것처럼 지금까지 무수히 많은 이들이 죽어갔네. 그러나 그들의 죽음을 헛되게 하지 않기 위해서는 그들의 뜻을 이루어야 한다는 말이네. 다시 말해서 개죽음이 되지 않노록 해야 한다는 말일세!"

언무청의 말에 진현은 계속해서 묵묵부답이었다. 간헐적으로 시선의 방향이 움직이긴 했지만 자세히 들여다보면 심정이 흔들리는 것을 감추기 위함이란 걸 알 수 있었다.

한동안 두 사람 사이에 침묵이 흘렀다. 반각이 지났을까?

퍽!

"뭘 그리 고민하고 있나? 정신 차리고 앞으로의 계획이나 세우게."

언무청은 자신의 큼지막한 손을 들어 진현의 등을 시원하게 갈겼다.

"그건 그렇고, 누가 자네를 그 꼴로 만든 건가?"

화제를 돌리기 위함인가, 진현을 부상 입힌 자들에 대한 궁금증인가. 언무청은 절영곡 내의 사정을 들으려 하였다.

"응? 아, 손씨 형제들이라 하더군. 하지만 처음 보는 무공이었어."

진현은 당시의 사정을 비교적 상세하게 설명해 주었다. 듣는 동안 언무청은 고개를 끄덕이기도 하고, 어떤 경우엔 고개를 갸우뚱거리기도 했다.

"음, 아마 처음 자네를 공격한 장법은 청살장이 아닌가 싶네."

"청살장?"

"그렇네. 손석삼이라는 노인이 펼친 용금화륜수와 함께 청해문의 절학일세."

"청해문?"

진현은 처음 들어보는 문파와 무공을 말하는 언무청의 견식에 놀라워했다.

"사실 청해문은 중원의 문파라기보다는 세외의 문파라고 해야 옳기 때문에 그 속에 사기(邪氣)가 충만하네. 특히 포달랍 궁과 연루가 되어 있어 그쪽의 영향을 많이 받았지. 그래서인지 괴이한 무공들이 많네. 자네가 봤던 용금화륜수나 청살장 역시 그것들 중 하나이네."

"음."

"한데 이상하군. 그들이 무엇이 아쉬워 사대세가의 수족이 되었다는 말인가?"

언무청은 그것이 의문이었다. 그가 아는 청해문은 그들만의 독자적인 노선을 걷고 있기 때문에 타 문파와 손잡는 것을 극히 꺼려했다. 오직 있다면 자신들의 무학에 도움을 준 포달랍 궁일 것이다.

"그런 그들을 모두 제거했다니… 정말 천하제일가의 가주답구먼."

언무청은 진현의 무공에 새삼 놀라워하며 감탄했다. 솔직히 자신의 무공으로 진현처럼 대항할 수 있을지 생각해 보니 자신도 모르게 고개가 절레절레 저어졌기 때문이다.

"하하하, 그런 말이 어디 있나? 자네 역시 천장(天掌)의 신기를 이은 몸이 아닌가? 자네야말로 대단하지."

"푸하하하!"

진현의 장난스러운 듯한 말에 언무청은 박장대소했다.

"그래, 신검과 천장을 이은 자들이라… 정말 멋지구먼. 정말 그 당시 우리가 이렇게 될 줄 상상이라도 했겠나?"

언무청은 소천성탑 시절을 떠올리며 말했다. 그와 동시에 두 사람의 눈에 아련한 슬픔이 서렸다.

그들과 함께 이곳에서 함께 웃으며 보듬어야 할 친구가 빠졌기 때문이었다.

"자인, 그 친구만 있었어도……."

"그래, 그 친구만 있었어도 우리 모두 함께 살어살 수 있을 텐네 참으로 아쉽군."

진정으로 아쉬운 듯 말하는 진현이지만 속으로 한 가닥 희망을 품고 있었다. 자신에게 절영곡에 대해서 말하던 모용자인의 괴로워하는 모습을 보았기 때문이었다.

'자인… 용기를 가지게!'

모용자인을 생각하던 진현은 다시 현실로 돌아와 조금 전 언무청이 자신에게 했던 것처럼 그의 등을 한 대 후려갈겼다.

픽!

"윽! 무슨 짓인가? 이런, 등뼈가 모두 부서졌겠군."

엄살을 피우는 듯 바닥을 구르는 언무청 역시 진현의 마음을 알고 있었다. 이것이야말로 이심전심일 것이다.

"하하하, 바로 조금 전에 대한 복수이네. 억울하면 한번 덤벼보게. 비록 천장에 못 미치는 무공이지만 자네를 상대해 주지."

익살스럽게 말하는 진현에게 언무청은 번개처럼 튀어 올랐다.

"좋아, 어디 한번 자네의 실력을 보도록 하지. 나중에 아프더라도 원망하지 말게. 참! 사마 소저와 주 소저에게 이르면 안 되네."

"흐흐흐, 자네야말로 사공 소저에게 이르지 말게나!"

"푸하하하!"

각자의 말에 두 사람 모두 한바탕 웃었다. 하지만 상대를 향한 자세는 풀지 않았다. 그들 역시 호승심이 일었던 것이다. 장난으로 시작한 비무지만 결코 장난으로 대결할 마음은 없었다.

언무청은 먼저 세가의 무공인 묵룡파황권(墨龍破荒拳)을 선보이리라 생각했다.

"이거나 막아보게."

외마디 외침과 함께 언무청의 커다란 두 손이 진현을 향해 달려들었다. 묵룡파황권 중 묵룡강세(墨龍降世)란 초식이다. 가히 하늘에서 강림한 듯한 묵룡이 진현을 덮쳤다. 개왕 노삼야와 다투던 그때와 또 다른 모습의 묵룡파황권이었다.

이에 진현은 검을 빼 들지 않고 권각을 이용하여 언무청을 상대하려 하였다. 바로 마각에게 배운 풍평장(風萍掌)이다.

부드러움의 극치를 보여주는 듯 진현의 풍평장은 언무청의 묵룡파황권을 휘감아버렸다.

게다가 간간이 풍평장 속에 금나수를 섞어 언무청을 제압하려 하였다.

"어림도 없다!"

진현의 의도를 알고 있었던 언무청은 자세를 바꾸어 묵룡파천황(墨龍破天荒)을 펼쳤다. 진현의 극유(極柔)에 극강(極强)으로 맞서려 한 것이다.

두 사람의 장세가 수차례 부딪쳤건만 단 한 번의 폭음도 들리지 않았다.

'젠장, 대단하군. 완벽히 유능제강의 묘리를 활용하고 있어! 하나 그것마저 부숴주마!'

언무청은 계속해서 강경일변을 고집했다. 그의 투박한 손은 섬세한 묘리를 요구하는 유학(柔學)의 기예를 다루지 못했기 때문이다.

한 사람은 극유의 극치를, 또 한 사람은 극강의 극치를 이용하며 보기 드문 광경을 연출하고 있었다.

언무청의 두 손에서 폭풍 같은 경기(勁氣)가 일며 진현을 쓸어갔으나 진현은 그것마저 이용하고 있었다. 두 손은 완벽한 태극을 이루며 원을 그리고 있었고, 그 속에 거대한 거력을 숨기고 있었다.

'정말 타고난 신력을 가졌군. 어지간한 사람이면 그 경기에 휘말려 바로 쓰러지겠어.'

언무청의 권에 감탄하던 진현은 풍평장 속에 일양지 공력을 섞었다.

막기만 하다간 끝이 안 보일 것 같았기 때문이다.

"흡!"

갑작스런 지력(指力)을 느낀 탓일까. 언무청은 급히 숨을 빨아들이며 신형을 틀었다. 그리곤 신형을 공중에 띄운 채로 그가 알고 있는 최고의 각법(脚法)을 펼쳤다.

"무상각(霧霜脚)!"

갑자기 진현의 주위로 황색 안개가 서리기 시작했다. 바로 언무청이 만들어낸 각풍으로 인해 주위의 먼지가 회오리처럼 휘말린 것이다.

시야가 확실하게 보이지 않는 공간 속에서 언무청의 무상각이 진현의 두 어깨를 노렸다.

"큭!"

진현은 급히 철판교를 펼치더니 곧 이어 두 팔을 이용하여 바닥을 박차고 튀어 올랐다. 그와 동시에 두 발을 꼿꼿이 세워 언무청의 가슴을 노렸다. 대단한 임기응변이었다.

언무청 역시 진현의 수법에 감탄했다. 하지만 감탄만 하고 있을 순 없었다. 회전하던 두 다리를 멈추어 한 발로 다른 발을 박차 공중에서 신형을 거꾸로 세운 후 언무청은 그 자세 그대로 천왕삼권(天王三拳) 중 천왕구소(天王九霄)를 펼쳤다. 아홉 개의 경기가 하늘로부터 쏟아져 내렸다. 가히 거대한 구름이 소나기를 뿌리는 것 같았다.

진현은 피할 공간이 없었다. 지금 와서 신형을 바꾸거나 피하기엔 너무 늦었기 때문이다.

'젠장! 완전 뼈도 못 추리겠군.'

진현은 급히 두 다리를 접으며 그 탄력을 이용해 상체를 들어 올렸다. 그와 동시에 무적의 절학! 육맥신검을 펼쳤다.

"하압!"

진현의 기합과 동시에 무형의 검기가 하늘로 쏘아져 언무청의 천왕권에 대항했다.

퍼퍼펑!

허공에서 폭음을 발하며 두 사람은 각각 퉁겨져 나갔다. 거대한 거력이 부딪친 만큼 반동도 컸던 것이다.

'크으윽!'

폭음과 함께 일어난 엄청난 공력의 충돌 속에서 진현은 입술을 깨물며 신형을 바로 세웠다. 언무청 역시 진현과 다를 바 없었다.

"후우, 그것이 신검인가? 가히 대단하군, 천왕권을 뚫어내다니……."

한숨을 내쉬던 언무청은 자신의 옷자락을 보았다. 천왕권으로 채 막지 못해 그 속을 빠져나온 진현의 육맥신검이 그의 옷자락에 구멍을 낸 것이다.

"좋아! 어디 한번 해보세. 이제는 어림도 없네. 자네가 신검을 보여주었으니 나 역시 천장의 위력을 보여주지!"

언무청은 호기롭게 외치며 서서히 몸속의 공력을 끌어올렸다. 그러자 그의 두 소매는 팽팽하게 부풀어올랐고, 그의 얼굴은 붉게 물들어갔다.

"자, 산낫!"

외마디 외침과 함께 달려오는 언무청을 보며 진현의 입가에 슬며시 미소가 지어졌다.

'고맙네. 자네 뜻대로 지금 이 순간은 아무 생각 없이 한바탕 어울려 보세!'

언무청과의 일전을 끝낸 진현은 자신의 방에서 홀로 자작(自酌)하고 있었다. 꽤 마신 듯 그의 곁에는 빈 술동이가 세워져 있었지만 그의 두 눈은 여전히 빛나고 있었다.

'정말 대단해. 이토록 공력의 손실이 없다니. 예전 같았으면 아마 지금 이 시간에 운기조식을 하며 내기를 조절하려 했을 텐데.'

진현은 절영곡 이후 상당한 변화를 일으킨 자신의 몸에 대해서 감탄을 했다.

내가고수는 그 무엇보다 단전(丹田)을 중요시한다.

그 이유는 말 그대로 자연으로부터 받은 진기를 담는 그릇이며 터전이기 때문이다. 그래서 단전의 파괴는 곧 무인으로서의 생명이 끝났다는 것을 의미한다.

이렇게 중요한 단전은 수련의 정도에 따라 그릇의 크기가 달라진다. 그릇의 크기가 크다면 그 속에 담을 수 있는 물의 양 또한 많아지는 것처럼 내가고수들은 끊임없이 수련을 하면서 자신이 담을 수 있는 진기의 양을 늘리려 하였다.

현재 진현은 단전의 크기를 느끼고 놀라지 않을 수 없었다.

전에 비해 배는 커진 듯한 단전과 그 속을 가득 채운 진기의 융합체는 그로 하여금 탄성을 지르게 만들었다.

게다가 계속해서 갖은 불화를 일으켰던 음양의 불균형은 간데없이 서로 융화되어 있었다. 비로소 진현이 추구하던 화합의 경지에 이르렀다 할 수 있었다.

양화(陽火)의 기운과 사마화련으로부터 받은 구음(九陰)의 기운이 서로를 맴돌며 마치 태극을 이루는 듯했다. 이것으로 진현은 일원(一元)

의 경지에 오른 것이며, 진정한 천인합일(天人合一)의 단계에 이른 것이라 할 수 있었다.

"아!"

이런 변화를 알게 된 진현은 끊임없이 탄성을 질렀다. 날아갈 듯 가벼운 몸은 그로 하여금 무한한 자신감을 가지게 하였고, 충만하게 전신을 채우는 기력은 새로운 도전을 가지게 하였다.

"정말 련 누이의 회천도인심술은 대단하군. 사교의 대법이라 하나 효능 하나는 극히 일품이야."

진현은 술잔을 비우며 사마화련을 떠올렸다. 자신에게 서슴지 않고 대법을 시술한 그녀의 용기에 고마워했다.

"이 정도 공력이라면 정관공(定觀公)께서 말씀하신 진정한 신검을 이룰 수 있을 것 같은데……."

정관공이라 함은 검황 단진천을 말하는 것이다.

한데 모를 소리였다. 그가 말한 신검이란 육맥신검을 뜻하는 것이며, 진현은 이미 그것을 터득했지 않은가?

한데 진정한 신검이라니?

진현은 자신이 꺼낸 신검이란 화두에 몰두했다.

'한데 이상한 것이 있다. 검을 익히면 익힐수록 검도(劍道)의 끝은 자연에 있다. 천룡삼검의 마지막 초식 천지연(天池然)이 그러하지 않은가!'

진현은 검도의 마지막을 자연에 두고 있었다. 자연과 하나 된 모습의 검은 자신의 몸과 검을 하나로 이끌 것이라 여겼다. 즉, 그가 말한 화합(和合)의 단계를 말하는 것이다.

그의 금단(金丹)이 이미 천인합일의 경지에 올라 있어 그것을 어느 정도 느끼고 있었다. 공력과 검은 같을 수가 없어 가는 길이 다르다 하지만 만류귀종(萬流歸宗)이라 하지 않는가!

모든 절학은 결국 마지막에 이르면 하나로 귀일된다는 것이었다.

그렇기 때문에 진현은 자신이 이루어야 할 검도는 자신의 몸이 검이고, 검이 곧 자신이 되는 경지를 의미하고 있었다. 그것이야말로 불가에서 말하는 색즉시공(色卽是空) 공즉시색(空卽是色)이라 생각했다.

하지만 검황 단진천은 그것에 반하는 무론(武論)을 끌어내고 있었다.

─검의 진정한 모습은 바로 검이다!
─검이란 단지 검이니, 그 무엇이 대신할 수 없다!

이 두 구절이 진현을 혼란스럽게 만들고 있었다.

"대체 이것이 무슨 뜻인가? 검은 검이라니?"

진현은 자신의 공력이 천인합일을 이루었다면 자신의 검 또한 신검합일(身劍合一)을 이루어야 한다고 생각했다.

"검의 최종은 심검(心劍)이라 하지 않는가? 검이 있든 없든 아무런 제지를 받지 않을 뿐 아니라 자연으로부터 검을 이끌어낼 수 있는 것! 그것이야말로 진정한 검도일진대 정관공께선 왜 그런 말씀을 하셨을까?"

사실 이 논제는 어제오늘 시작된 것이 아니었다.

등천무동에서 수련할 당시에도 언제나 이런 의문을 가지고 있었고, 세가로 복귀하고 나서도 시간이 날 때 두고두고 생각했던 논제였다.

하지만 답은 나오지 않았다.

언제나 생각의 끝에는 그의 머리 속에 물음표만이 남아 있었다.

"하아, 정말 모르겠군. 하긴 어떻게 선조의 유학을 단시간에 깨달을 수 있겠는가. 난 아직 부족한 점이 많다. 아직도 가야 할 길이 많다. 앞으로 시간은 많으니 천천히 생각해 보자."

진현은 또다시 술잔에 담긴 술을 마시며 갈증을 해소했다.

제43장

**십만대산으로**

## 십만대산으로

"뭐라고?"

진현은 자신을 찾아온 언무청으로부터 놀라운 소식을 들을 수 있었다.

"틀림없는 소식이네. 청운 도장은 분명 천마사천회에 잡혀갔네."

언무청으로부터 재차 확인받는 진현이지만 도저히 믿을 수가 없었다.

"어떻게 그런 일이… 그럴 리가 없네. 자네가 뭔가 잘못 알고 있는 것은 아닌가? 청운 그 친구는 분명 구양 대협의 상세를 위해서 건곤이화과를 찾아간 것이네. 그런 그가 천마사천회에? 게다가 그의 무위라면 어떤 경우라도 분명 자신의 몸 하나는 빠져나올 수 있단 말일세."

진현은 절대 그럴 리 없다는 듯 외쳤다. 이에 언무청은 고개를 절레절레 흔들었다.

"모를 일이네. 강호의 일이 어디 무력만으로 되는가? 음계에 빠진 것일지도 모르지 않나. 청운 도장 정도면 천마사천회에서도 요주의 인물일 테니 말일세."

"음."

"게다가 듣기로는 천마사천회의 무인들에게 먼저 시비를 일으켰다고 하네. 그리고 순순히 제압당했다고 하더군. 천마사천회의 뇌옥에 잠입한 세작으로부터 받은 확실한 정보일세."

진현 역시 개방의 정보는 의심할 수 없었다. 비영각과 함께 단심맹의 정보를 담당하는 그들이다. 어찌 확실하지 않는 정보를 알려주겠는가.

"후우, 어떻게 그런 일이⋯⋯."

진현은 같은 말만 반복하고 있었다. 그로서는 이해는커녕 생각지도 못했던 일이기 때문이다.

"이 사실을 또 누가 알고 있는가?"

진현은 청운 도장의 사매인 사마화련을 염두에 두고 물었다. 분명 그녀가 알고 있다면 망연자실할 것은 물론 당장 천마사천회로 뛰어가려 할 것임을 알고 있기 때문이다.

"아직 맹주와 수뇌부만이 알고 있는 사실이네. 이런 정보는 많은 사람들이 알수록 불리하지. 맹 내의 사기도 생각해야 하니까."

탕!

"젠장!"

진현은 탁자를 치며 불편함 심기를 드러냈다. 앞서 말한 것처럼 사마화련에게 청운 도장의 존재는 많은 비중을 차지하고 있었다. 이 소식을 전해 들은 사마화련의 슬픔을 짐작해 보자 진현의 미간은 절로 찌푸려졌다.

"한데 말이야, 그 소식과 함께 또 다른 정보도 들어왔네."

진현의 행동을 지켜보던 언무청은 진현이 어느 정도 진정을 하자 새로운 소식에 대해서 설명하였다.

"절영곡에서 탈백마령인을 보았다고 했나? 현재 천마사천회에서 그것보다 배는 두려운 앙천독인과 수라마인을 제조한다는 정보가 들어왔네."

"음."

진현의 이마에 새겨진 주름은 더욱 깊은 골을 만들어갔다. 앙천독인, 수라마인, 이 두 단어가 가지고 있는 무서움을 실감하고 있기 때문이었다. 바로 탈백마령인이라는 존재로 인하여.

"독왕의 앙천독인은 금성의 앙천지독을 골수까지 빨아들인 괴물일세. 가히 독중지왕(毒中之王)이라 할 수 있지. 그들의 몸에서 뿜어져 나오는 앙천지독은 모든 것을 소멸시킨다 하더군. 다른 건 제쳐 두고라도 앙천지독 하나만으로 무적을 이루는 것일세."

"앙천지독!"

진현 역시 앙천지독의 무서움을 알고 있었다. 이십 년 전 반정지란 당시 앙천지독에 당한 고수들이 아직도 그 후유증으로 폐관을 하며 고생하고 있지 않은가!

"수라마인은 또 어떤가? 절세의 고수들이 실혼인이 되어 탄생한 수라마인의 무공은 생전의 무위를 배 이상 끌어올린 것일세. 게다가 그들만의 혈기(血氣)는 보통 사람이라면 마시는 것만으로도 죽음에 이르게 한다네. 엄청나지 않은가?"

"크으……"

언무청의 말을 들으면 들을수록 진현의 마음은 무거워져만 갔다. 결국 청운 도장을 구하기 위해선 그들을 제거해야 한다는 말이다. 하나 언무청의 말에 의하면 죽음을 각오하고 덤벼야 했다.

하지만 언무청의 다음 말은 진현에게 한 가닥 희망을 주었다.

"다만 한 가지 다행이라면, 앙천독인과 수라마인은 아직 완성되지 않았다고 하더군. 하지만 구 할 이상 제조된 이상 완성을 목전에 두었다고 할 수 있지."

"음……."

구 할 정도 완성된 앙천독인과 수라마인!

그뿐만이 아니다. 천마부(天魔部)에 속한 천마교의 수많은 마인들! 사천부(邪天部)는 또 어떤가! 비록 편왕 순우평이 죽었다고 하지만 독왕 사득천은 건재하다.

게다가 이 모두를 이끌 천마사천회의 회주.

사황(邪皇) 사천광마(邪天狂魔) 사도운(司徒雲)!

천마사천회가 자리 잡고 있는 십만대산의 끝을 알 수 없는 거대한 산맥과 같은 힘이다.

"젠장할!"

진현의 입에선 연신 욕지기가 터져 나왔다.

"무극천의 힘조차 버거울 지경인데 황극천에다 아직 제 모습도 드러내지 않은 태극천이라니……."

생각할수록 산 넘어 산이었다.

스르륵.

"얘야, 걱정하지 말거라. 우리가 너의 힘이 되어주마."

방문이 열리며 밖에서 비춰오는 햇살 틈 사이로 세 사람이 그림자를 길게 늘어뜨리며 나타났다.

"조 노사! 하후 노사!"

세 사람, 아니, 세 노인의 정체는 곤군 조진환과 탄군(彈君) 하후단(夏候單), 오왕 중 일 인인 창왕(槍王) 양청수(楊清壽)였다.

"오랜만이구나. 몸은 어떠냐?"

자상하게 물어보는 이는 진현과 관계가 특별한 조진환이었다.

"예, 괜찮습니다. 그간 어떻게 지내셨는지요?"

단심맹 창설식을 제외하곤 자신의 일이 바빠 안부조차 챙기지 못했던 진현은 서둘러 포권을 하며 안부를 물었다. 그리고 그 속엔 이곳에 온 용건을 묻고 있었다.

"흐흐, 우리 같은 늙은이야 이렇다 저렇다 해도 잘 지내지. 한데 저 아이가 아직 말을 안 했나보구나."

하후단은 언무청을 가리키며 말했다. 이에 언무청은 진현을 바라보며 하후단이 말한 것을 설명했다.

"지운, 지금까지의 모든 정보를 알려준 분이 바로 조 노사의 제자인 만상곤(萬象棍) 전부기(田副奇) 대협일세."

"아!"

"몇 년 전부터 중원 각지에서 많은 고수들이 실종되는 일이 벌어졌네. 그것을 조사하던 전 대협께서도 지난 태흥왕부 비무대회가 끝난 이후 실종되셨지. 그리고 최근에 소식을 주셨네."

언무청이 들려준 말은 이랬다.

태흥왕부 비무대회가 끝난 뒤 비무대회에 참석한 고수들의 실종 사건이 벌어지자 전부기는 더욱 끈질기게 추격했으나 결국 꼬리를 밟히고 말았다. 그래서 그 역시 실종된 고수들과 마찬가지로 납치를 당한 것이다. 한데 이상한 것이, 이제까지 수많은 고수들을 납치하던 암중의 괴인들이 전부기를 끌고 간 곳은 천마사천회였다.

납치한 고수들을 앙천독인과 수라마인으로 만들 것임을 안 그는 탈명마환 혁요광처럼 스스로 두 다리를 절단해 버렸고, 뇌옥에 갇히게 되었다. 시일이 흘러 어느 정도 몸을 추스른 그는 곧 천마사천회에 잠입한 개방의 세작에게 이 같은 정보를 흘려준 것이다.

"음."

전부기가 스스로 두 다리를 절단했다는 부분에서 진현과 조진환의 입에선 동시에 신음이 흘러나왔다. 그중 조진환의 경우 이미 알고 있는 사실이건만 들을 때마다 가슴이 미어지는 것 같았다.

진현은 전부기의 의협을 위한 자기 희생에 탄복과 경의를 표하면서 동시에 안타까워했다.

'과연 무엇이! 이들을 이토록 미치게 하는가!'

진현은 자신의 다리를 잘라야 하는 상황까지 스스로 가야 한다는 것은 미치지 않고선 도저히 할 수 없는 일이라 생각했다.

진현의 심정을 모르는 언무청은 계속해서 앞으로의 계획까지 설명했다.

"현재 이 문제에 대한 맹의 대안은 하나일세. 칠성동이 열리기까지 앞으로 한 달! 그전에 이 문제를 해결해야 하네. 만약 그렇지 않으면 칠성의 신공을 이은 기재 중 반 이상이 누구천의 사람인 이상 너욱 문제가 복잡해질 테니 말일세."

"음."

언무청의 말처럼 쉬운 일이 아니다.

그의 말대로 칠성동이 열리기 한 달 안에 모든 문제가 마무리된다면 편안히 칠성동에 대하여 대처를 마련할 테지만, 그렇지 않는다면 단심맹의 악재(惡材)는 더욱 심각하게 될 것이기 때문이다.

"해서 맹주께선 이번 기회에 앙천독인과 수라마인을 제거할 뿐 아니라 천마사천회마저 붕괴하자는 의견을 내놓으셨네."

"아버님이?"

반문하는 진현이지만 또 한편으론 자신의 아버지 단후명이라면 충분히 그런 말을 할 수 있다고 생각했다. 평소에는 새벽에 안개로 둘러싸인 거대한 산처럼 진중하지만 한 번 시작한 일은 끝을 봐야 하는 그였다. 마치 모든 것을 불 싸질러 재로 만드는 것처럼.

"그렇네, 맹주께선 이 참에 삼원천 중 황극천의 존재를 없애 버리기로 결정하셨다네."

"음… 군사께서도 동의하셨는가?"

진현은 매사에 철저한 제갈화영의 성품으로 미루어보아 쉽게 동의하지 않았으리라 짐작했다.

"그렇네. 군사께서도 일언지하에 수락하셨다네."

"호오, 그런가? 그럼 이미 천마사천회에 대한 계획은 짜여 있겠군."

언무청의 말에 의외라고 생각하던 진현이었으나 그것에 대한 의문은 일단 접고 황극천을 제거하기 위한 계획을 들어보려 하였다.

"우선 말일세……."

그렇게 진현과 언무청, 그리고 세 노인은 어느새 해가 지고 밤을 지배하는 월륜(月輪)이 그들을 비추고 있음을 자각하지 못한 채 황극천에 대한 논의를 벌였다.


그 시각 비영각의 내부에선 제갈화영이 홀로 남아 상념에 잠겨 있었다. 그의 미간에는 내 천(川) 자가 길게 새겨져 있었다.

"태존(太尊)의 의도는 무엇인가? 혹시 황극천의 괴멸이라도 바라고 계신 건 아닌가? 게다가 단가 애송이를 죽일 수 있는 기회를 놓쳐야 한다니."

그는 손바닥 위에 올려진 두 장의 지급 문서를 보며 중얼거렸다. 손바닥에 들어올 만큼 작은 종이에는 오밀조밀한 글씨가 쓰여 있었다.

─지급(至急). 오호(五號). 단심(丹心)의 삼호(三號) 대안 방치(放置). 일단 보류. 태극(太極).

─지급(至急). 오호. 현원당 탈심고(奪心蠱) 불가(不可). 태극(太極).

오호라 함은 자신을 가리키는 것임을 알고 있는 제갈화영이다. 그리고 삼호는 천마사천회의 새로운 주인으로 일어선 황극천주 사도천벽(司徒天霹)을 가리키는 말이다.

즉, 제갈화영이 말하는 태존은 단심맹이 황극천을 습격한다 하더라도 사도천벽에게 알리지 말 것을 종용하고 있었다.

그것이 제갈화영의 의문이었다.

본래 제갈화영이 속한 삼원천은 오 인(五人)에 의해서 이루어져 있었다. 각각 일호, 이호, 삼호 등 다섯 번호를 두어 부르고 있는데 이호와 삼호는 각각 무극천과 황극천의 전수식을 맡고 나서서 사호, 오호는 태존의 지휘 아래 태극천에 속해 있었다.

하지만 이호와 삼호의 정체만이 드러났을 뿐 태존을 제외한 나머지 사 인은 서로의 진면목을 모르고 있었다. 오 인 모두 한자리에 모일 때에도 복면을 쓰고 만났기 때문에 그동안 서로의 정체를 알 수 없었던 것이다.

"도무지 이해할 수 없는 명령이다. 황극천은 제쳐 두고라도 어째서 탈심고를 사용하지 말라는 것인가? 구양 상인마저 물러나게 만든 탈심고다! 지금이야말로 시기 적절할 터인데……."

제갈화영의 머리 속은 복잡해져만 갔다. 모든 것이 의문점투성이였고, 그로서는 이해 불가의 명령이었다.

"하나 태존의 속은 아무도 모른다. 그의 기묘(奇妙)한 계책은 나조차 감당하지 못할 정도니……."

대륙제일계부터 번천지계까지 모든 것을 계획한 이가 바로 태존임을 떠올린 제갈화영은 이번 역시 태존을 믿어보기로 했다.

하지만 눈앞의 먹이를 놓친 맹수처럼 전신을 감도는 아쉬움은 어쩔 수 없었다.

"어차피 천마사천회의 힘이면 양패구상은 아니더라도 단심맹의 칠할 정도의 힘은 소멸시킬 수 있다! 그 즉시 무극천과 태극천의 힘으로 쓸어버린다면 모든 것은 끝난다."


삼 일 후, 단심맹의 철통같이 굳게 닫혀 있던 철문이 활짝 열리고 오십 기(騎)의 승(僧), 도(道), 속(俗) 무리들이 빠져나갔다. 하나같이 비장한 각오와 결연한 의지를 보여주듯 신광(神光)을 번뜩이며 말을 재촉하고 있었다.

흙먼지를 뿌리며 달려가는 이들의 머리 위로 개방 전용의 비합전서구가 사방을 향해 날아갔다.

천마사천회를 중원에서 몰아내기 위한 본격적인 움직임을 보여주듯 달려가는 한 필의 말에도 힘이 넘쳐흘렀고, 상공을 나는 전서구 역시 힘찬 날갯짓이 느껴졌다.


"운랑."

사마화련은 전장에 나서려 하는 진현을 나직이 불렀다. 이에 진현은 그윽한 눈으로 그녀를 바라보며 두 뺨을 쓰다듬었다. 따스한 온기가 손 안 가득 퍼져 진현의 가슴까지 전해졌다.

"다녀오겠소. 란매가 없으니 그동안 무료하겠구려."

정이 듬뿍 담긴 진현의 말을 들으며 사마화련은 빙긋 웃었다. 하나 그것도 잠시, 뽀로통한 입술을 내밀며 뾰족하게 대꾸했다.

"그래요, 설란 언니는 왕부로 갔고 운랑조차 없으니 나 혼자 심심해서 죽을 거예요!"

그녀의 말대로 주설란은 태흥왕부로 돌아갔다. 진현의 힘이 되어주기 위해서였다. 예전 무림사화의 수좌에 올라 여인 중에서 둘째가라면 서러워할 그녀였으나 지금은 사마화련은 고사하고 사공혜조차 따라잡지 못할 실력이었다.

게다가 절영곡의 일은 그녀에게 충격으로 다가왔다. 자신의 힘이 고작 이 정도밖에 되지 못했나라는 실망감이 들자 결국 결심을 한 것이다. 태흥왕부로 돌아가 사문인 아미파의 정수(精髓)와 무명기서(無名奇書)를 익히기 위해.

그 사정을 아는 진현이기에 흔쾌히 주설란을 왕부로 놀려보냈다. 하지만 그것으로 인해 마음에 걸리는 것이 있었다. 바로 사마화련이다.

어렵게 찾은 사랑이기에 무작정 곁에 두고 싶지만 이번 출도행은 그럴 수 없음을 잘 알고 있는 진현이다. 천마사천회에 납치된 청운 도장의 소식을 듣는 날엔 그녀의 단아한 이마에 근심 어린 주름이 잡힐 것이 뻔하기 때문이었다.

짐짓 토라진 것처럼 행세하던 사마화련은 다시 부드러운 눈빛으로 돌아와 진현을 올려다보았다.

"운랑, 부디 조심하셔야 해요. 만약 이번에도 운랑에게 무슨 일이 생긴다면 전 못 견딜 거예요."

"하하하, 련 누이의 금과옥조와 같은 말 명심하겠소이다."

"자꾸 장난치실 거예욧!"

진현의 장난기 가득한 말에 사마화련은 화가 난 듯 소리를 빽 질렀지만 실은 그렇지 않았다. 그녀 역시 진현의 마음 씀을 알고 있기 때문이었다.

사지(死地)일지 모르는 천마사천회를 가야 하는 진현이나 그를 보아야 하는 사마화련. 두 사람 모두 서로에 대한 걱정이 앞선 것이다. 그래서 진현은 오히려 더욱 장난기 어린 말을 내뱉었다.

하지만 그 다음 이어지는 진현의 말은 조금 전과는 다르게 진중했다.

"련 누이, 멀고 험한 길을 돌아 이렇게 만난 이상 절대 당신을 아프게 하는 일은 없을 거야. 다짐이라고 해도 좋고, 맹세라고 해도 좋아. 난 절대 련 누이를 다시는 잃지 않을 거야."

"운랑……."

진현의 말에 가슴이 뜨거워진 사마화련은 자석에 끌리듯 진현의 품에 스르르 안겼다.


숭산의 세 첨봉(尖峰) 중 준극봉(峻極峰)의 능선을 타고 쏜살같이 내려가는 두 인영이 있었다.

진현과 언무청이었다. 그들은 무슨 일인지 편한 관도를 두고 태실봉을 넘어 준극봉을 가로지르고 있었다. 하지만 그들의 경공은 험준한 산세에 구애받지 않았다. 바람을 가르며 나뭇가지를 밟아 앞으로 나아가는 그들의 경공술은 마치 전설상의 부풍유운비(浮風流雲飛)를 보는 듯했다.

일 다경이 흘렀을까.

어느새 숭산을 빠져나온 그들이 향한 곳은 장강이었다. 미리 준비된 말을 타고 관도를 달리는 그들의 얼굴은 아무도 알아보지 못할 정도로 변장이 되어 있었다.

그중 길게 콧수염을 기른 얼굴로 변장한 이가 말문을 열었다.

"지운, 이대로 달리면 장강(長江)일세. 그중 한수(漢水)를 지나 악양으로 가야 하네."

언무청은 진현도 이미 알고 있는 계획을 일부러 상기시켜 주었다. 그만큼 이번 일은 신중을 기해야 한다는 것을 의미했다. 그렇지 않다면 준극봉을 넘으며 변장할 이유가 없었다.

"음, 그 뒤로는… 탑(塔)인가?"

"그렇군. 악양을 지나면 바로 십만대산의 입구인 형산이 있지. 그리고 그곳에는 소천성탑(小天成塔)이 있네."

언무청은 진현의 마음을 짐작한다는 듯 스쳐 가는 바람 속에 던지듯 중얼거렸다. 그러자 가슴속에서 뜨거운 무언가가 올라오는 것을 느낄 수 있었다.

"크크크, 아직도 수양이 부족한가 보군. 그때의 기억을 떠올리며 이토록 흥분을 하니……."

"무청, 자네 아직도 잊지 못했나 보군."

"그래, 잊었다고 생각했는데 아직 잊혀지지 않았나 보군. 후후후. 언젠가 말이야, 내 이름 석 자 앞에 묵룡천왕이란 별호가 붙고 난 뒤에 문인혜, 시철영 두 연놈을 본 적이 있었네."

"아!"

진현 역시 기억하고 있었다. 그들에 의해 탑에서 쫓겨난 것인데 어찌 잊겠는가!

"시철영 그놈은 아예 기억을 못하더군. 그런 하찮은 일 따위는 기억하지도 않는다 이거겠지. 그나마 문인혜 그년은 괜찮은 편이었어. 그래도 양심은 있었나봐. 나를 보자마자 사과를 하더군."

"음, 그랬었나?"

"후후후. 하지만 난 말이야, 그것이 더욱 증오스러웠어. 그년의 말은 자신의 과오를 알면서도 덮어두었다는 말이니."

슬며시 입꼬리를 올리는 그의 모습은 마치 분노에 찬 화신(火神)의 모습을 연상시켰다.

히이이잉—

그의 격앙된 마음을 알았을까. 그가 타고 있던 말이 별안간 긴 울음을 토해내며 더욱 빠르게 움직였다.

'무청……'

"전에 지운, 자네가 물은 적이 있었지? 왜 이토록 험한 강호에 나왔는지 말이야. 지금 대답해 주겠네. 바로 그런 폐단을 없애기 위해서네. 말로만 정의(正義)가 무엇인지, 의협(義俠)이 무엇인지 하며 떠드는 위군자(僞君子)를 모두 처단하고 진정한 정의를 내세우고 싶어서네. 난 붓 공부가 얇아 어려운 말은 모르네. 하지만 정의라는 것과 의협이란 것은 말이지, 적어도 힘없는 자는 보살펴 주고 악(惡)에 맞서 정(正)을 지키는 것! 나라를 위해 이 한목숨 다 바칠 수 있는 것! 옳은 일을 행하고 사도(邪道)로 인해 그르치지 않는 것! 이런 것이라는 건 알고 있네."

언무청은 폐부에 차 오르는 호연지기를 마시며 근엄한 목소리로 말했다. 그의 얼굴에 평소 자주 볼 수 있었던 장난기는 전혀 보이지 않았다.

이에 진현은 아무 말도 못했다. 있다 하더라도 하지 않았다. 여기선 어떤 말을 하더라도 언무청의 결심에 빛 바랜 누가 될 것이라 생각했기 때문이다.

진현의 침묵을 느꼈을까. 언무청의 굳은 안색이 풀어지며 본래의 모습으로 돌아왔다.

"후후후, 전혀 나답지 않은 말을 했군. 젠장, 헛소리는 그만 하고 어서 가세나. 으랴! 어서 가자, 이놈아!"

언무청은 싱긋 웃어 보이며 말을 재촉했다.

'무청, 자네가 나보다 낫네.'

"무청, 같이 가세나!"

진현 또한 언무청을 뒤따르며 흙먼지를 휘날렸다.


십만대산(十萬大山).

중원의 남부를 횡으로 가로지르는 거대한 산맥이다. 동정호로 흘러들어가는 원강(沅江)과 상강(湘江)의 시발점이 되는 곳이며 남만인(南蠻人)들로부터 신성한 성지(聖地)로 추앙받는 곳이기도 했다.

험준한 봉우리가 십만 개에 이른다 하여 그 이름도 십만대산인 거대한 산맥은 또 하나의 사실로 인해 더욱 유명했다. 바로 천마사천회의 본산(本山)이라는 것이다.

본래 천마교의 성지였던 이곳은 사천사도세가와 힘을 합하면서 자연스레 천마사천회의 총타로 자리한 것이었다. 그것은 매우 적절한 선택이었다.

기묘하고도 험준한 산세는 그야말로 천연의 요새를 만들어준 것이기 때문이다. 해서 예전 천마교를 없애기 위해 달려들었던 중원의 세력들은 십만대산의 육중한 힘과 흉흉한 마도(魔道)들에 의해 발길을 돌려야 했었다.

십만대산의 끝없이 펼쳐진 봉우리 중 험준하기가 제일이라는 묘인봉(猫人峯)!

그 중턱에 천마사천회가 자리하고 있었다. 그 주위로 깎아지른 듯한 절애(絶崖)가 펼쳐져 있어 그야말로 방어하기엔 최적의 장소였다.

그 안으로는 수많은 전각들과 크고 작은 연무장이 있었고, 제일 안쪽에는 거대한 크기의 전각이 떡하니 버티고 있어 마치 주위의 전각들의 중심을 이루고 있는 것 같았다.

사천전(邪天殿)!

바로 황극천의 천주이자 천마사천회의 새로운 주인인 사도천벽의 거처였다.

"그게 무슨 말이오! 어찌 단심맹 따위가 본 천을 향해 칼을 뽑을 수 있단 말이오!"

갑작스레 전해 들은 전갈에 의해 사도천벽은 노성을 터뜨렸다. 그 앞에는 그의 심복이라 할 수 있는 뇌마(腦魔)가 부복하고 있었다.

"그것이… 저도 황급히 보고 받은 것이라……."

"그럼 뇌마조차도 그들의 움직임을 눈치 채지 못했단 말이오?"

"……."

사도천벽의 불같은 호통에 뇌마의 고개는 더욱 숙여졌다.

"저들의 정확한 수는 얼마나 되오?"

"대략 삼백이 넘어간다고 하더이다. 우선 단심맹의 무사들과 노기인들이 오십, 개방의 고수들이 백 명, 각지에서 모인 정도의 무사들이 백오십 명 정도입니다."

"음… 삼백이라… 그리 많은 수는 아니로군. 하나 양이 문제가 아니지. 질이 문제야. 단심맹의 호법전 늙은이들이 보통이어야 말이지."

사도천벽은 머리에 손을 얹으며 탄식을 했다.

"천주, 호법전도 호법전이지만 사대문파의 숨죽이고 있던 노고수들도 문제입니다. 소림의 무(無) 자 항렬과 무당의 현(玄) 자 항렬의 중과 도사들은 그 저력이 가히 엄청나옵니다."

듣기에 따라서 남의 일을 말하는 것처럼 들리는 뇌마의 설명은 현 상황의 정확한 보고였다.

"제길! 어째서 오호(五號)의 전서가 없었냐는 말이다! 흥! 오호의 정체를 아직도 모르는 줄 아는가! 이미 그대의 정체는 파악된 지 오래다! 천기수사 제갈화영! 단심맹의 군사인 그대가 이번 단심맹의 습격을 모를 리 없을 터!"

사도천벽은 허공에 대고 외쳤다. 그의 노성(怒聲)에 전각이 흔들릴 정도였다.

"천주시여, 우선 턱밑까지 몰려온 저들을 처리하심이 옳은 듯하오니다."

뇌마는 머리를 바닥에 찧으며 소리쳤다. 이에 사도천벽의 극도로 흥분된 심기는 차츰 가라앉았다. 이것이야말로 그의 가장 무서운 점이었다.

언제, 어느 순간이든 자신의 생각대로 감정이 조절된다는 점! 한순간 돌아오는 냉철한 이성이 오늘날의 그를 만든 것이기에.

"뇌마, 그대의 말이 옳다. 잠시 경솔함을 보인 것 같구나. 차후의 일은 그때 가서 다시 논의하도록 하자."

"존명!"

"그대가 생각하기엔 저들의 의도가 무엇이라 생각하는가?"

사도천벽의 차가운 두 눈이 뇌마의 얼굴에 꽂혔다. 뇌마는 언제나 보는 사도천벽의 눈빛이지만 볼수록 한기(寒氣)를 느끼게 한다고 생각했다.

"예, 저들의 목적은 앙천독인과 수라마인에 있다고 봅니다. 어떻게 냄새를 맡은지는 확실치 않으나 저들의 발걸음이 묘인봉에 있지 않고 혈천마동(血天魔洞)으로 향하는 것을 보아 확실하다고 사료되옵니다."

"음, 앙천독인과 수라마인이라… 그래, 본 천의 정체가 밝혀진 이상 언제까지 숨길 수 있는 것은 아니지. 하나! 완성 단계에 이른 이때에 하필 저들이 오다니……. 뇌마, 앙천독인과 수라마인이 완성되려면 며칠 정도나 남았나?"

"예, 독왕의 보고에 의하면 삼 일 정도 더 소요해야 한다고 했습니다. 연신(練身)의 단계를 지나 연혼(練魂)의 단계에 이르렀기에 좀 더 시간이 필요하다고 했습니다."

뇌마의 주름진 얼굴에 땀방울이 새어 나오며 그는 떨리는 목소리로 대답을 이어 나갔다. 그만큼 사도천벽에 대한 경외심과 두려움이 큰 것이다.

"음, 연혼이라… 좋다, 우선 혈천마동을 폐동(閉洞)하라. 그리고 그곳으로 천마부의 팔대호법과 백마(白魔)를 보내도록 하라. 또, 혹시 모르니 사대빈객, 칠웅(七雄)을 불러들여 회(會) 내부를 수비하라 일러라."

"존명!"

"어차피 천마부의 늙은이들은 본 천의 행사에 항상 부정적인 모습을 보였다. 이 참에 그들로 하여금 단심맹의 떨거지를 상대하게 한다면 늙은이와 단심맹은 양패구상을 하겠지. 흐흐흐, 이거야말로 일석이조로군."

"그렇습니다. 그리고 단심맹의 곤군과 탄군, 소천성탑의 검군은 천마부의 천지쌍마를 붙여주면 될 것이옵니다. 무상령부(無上令符)의 명이라면 그들로 어쩔 수 없을 것입니다."

"그렇지! 그래, 이 참에 그들마저 제거한다면 일석이조가 아니라 일석삼조겠군!"

사도천벽이 무릎을 치며 외쳤다. 사도천벽의 두 눈은 이미 승리를 장담하고 있는 듯했다. 하나 뇌마는 아직 더 할 말이 남은 것 같았다.

"천주시여, 한 가지가 더 있사옵니다."

"무엇인가?"

"현재 뇌옥에는 단심맹의 많은 요인들이 갇혀 있습니다. 게다가 최근엔 태극운검 청운까지 갇힌 실정이지요."

"그거야 이미 보고받은 것이 아닌가?"

사도천벽은 알고 있는 부분에 대해서 다시 언급하는 뇌마의 의도를 물었다.

"한데 만약 단심맹의 무리들이 두 편으로 나누어 혈천마동을 습격하면서 또 다른 한편으론 뇌옥 안의 적도를 구하려 든다면 그야말로 큰일이지 않습니까?"

"그렇군. 그래서 사대빈객과 칠웅을 시켜 회 내부를 지키라 하지 않았는가?"

뇌마의 말에 고개를 끄덕이던 사도천벽은 대수롭지 않은 듯 대꾸했다. 하지만 뇌마는 그것으로는 부족하다 생각했다.

"아닙니다, 그들만으로는 안 됩니다. 절영곡을 잊으셨습니까? 단가 애송이 하나 때문에 절영곡이 무너져 내렸습니다."

"음……."

사도천벽 또한 뇌마가 말한 절영곡이란 단어가 주는 무게를 모를 리 없었다.

"듣기로 구마(九魔) 중 노호(怒虎)의 폐관이 끝났다고 하더이다. 이번 기회에 그를 시켜봄이 어떻겠습니까?"

"음, 상관천이라… 그것도 좋지. 이번 기회에 그의 지존마령수(至尊魔靈手)를 보는 것도 좋겠지. 그렇게 하게."

뇌마의 의견이 마음에 들었는지 사도천벽은 흔쾌히 허락했다.

"그럼 어서 혈천마동으로 가세나. 과연 단심맹의 힘이 어떤지 벌써부터 궁금하구먼."

사도천벽은 더욱 차가워진 눈빛을 발하며 혈천마동이 있는 곳을 응시했다.


묘인봉 특유의 깎아지른 듯한 절애. 표면은 거칠기 짝이 없었으나 멀리서 바라본다면 마치 두부를 썰어놓은 것같이 깨끗한 단면을 연상시킨다.

삼 경(三更)이 지난 시각.

누군가 절애를 기어오르는 인영들이 있었다. 쇄벽조(碎壁爪)를 연성한 듯한 그들의 벽호공(壁虎功)은 거침이 없었다. 아무런 소음도 없이 벽에 파고드는 그들의 손가락. 한 번의 도약에 일이 장은 거뜬히 뛰어오른다.

"지운, 이제부터 시작일세. 오십 장만 더 오르면 바로 천마사천회의 내부가 보일 걸세. 세작에 의하면 반각을 주기로 순찰을 한다고 하더군. 그 틈을 이용하는 거네."

진현은 언무청의 전음에 고개를 끄덕이며 손가락에 더욱 힘을 주었다.

그 뒤로 그들 사이엔 또다시 침묵이 흘렀고, 더욱 각별히 조심하며 절벽을 탔다. 그리고 반각이 채 되지 못하여 절벽의 가장자리에 오를 수 있었다.

진현은 오감(五感)을 최대로 활용해서 공기의 흐름을 느끼려 하였다. 주위의 상황을 살피기 위함이었다. 그러자 곧 그의 피부로 공기의 파동이 느껴졌다. 동시에 그의 두 귀로 미약한 발자국 소리가 들려왔다.

진현은 절벽에 매달린 채로 언무청을 쳐다보았다. 그러자 언무청 역시 진현과 같은 것을 느꼈는지 고개를 끄덕였다.

"지금일세!"

언무청의 신호로 두 사람은 곧 절벽 위로 뛰어올랐다. 그리고 영민한 움직임으로 어둠 속에 신형을 감추었다. 실로 눈 깜짝할 사이에 벌어진 일이었다.

그 뒤로는 일사천리나 마찬가지였다.

어느 정도 시간이 흐르자 다시 발자국 소리가 들려왔고, 가슴에 '사천(邪天)'이라는 핏빛 수실로 써놓은 흑의무사들이 다가왔다.

"역시 사천부의 힘이 천마부를 누른다고 하더니 그 말이 맞구만. 공공연하게 사천사도세가의 명호를 붙이고 다니는군. 아무튼 저들의 옷이 필요하네."

진현에게 전음을 보내던 언무청은 바닥의 작은 돌멩이를 조금 쥐더니 흑의무사들에게 던지려 하였다. 그 찰나 진현의 전음이 언무청의 귀에 흘러갔다.

"이건 내가 하지."

진현은 두 손을 펴고 열 개의 손가락에 모두 지력(指力)을 발휘했다. 동시에 일양지의 유(柔)와 폭(爆) 자, 두 구결을 동시에 사용했다.

파파파팟!

무형의 기공(氣功)이 진현의 손가락에서 빠져나와 흑의무사들의 대혈들을 일제히 점했다. 진현이 손속에 사정을 두어 수혈을 점혈했기 때문에 그들은 바닥에 쓰러져 잠들고 말았다.

곧 이어 언무청이 번개같이 뛰쳐나와 쓰러진 흑의무사를 어둠 속으로 끌고 갔다.

"이런, 왜 이렇게 작은 거야? 이놈들은 밥도 안 먹고 컸나."

미약한 소리로 불만을 토로하는 언무청을 보며 진현은 빙긋 웃었다.

어느새 흑의무복으로 갈아입은 언무청은 원래 자신이 입었던 옷 속에서 소지품을 꺼내 자신의 품속에 넣었다. 그러나 그중 작은 약병은 손에 들고 마개를 열었다.

"이것은 화골산(化骨散)일세. 흔적을 지우는 것만큼은 따라갈 것이 없지. 미안하지만 그대들은 죽어줘야겠다. 부디 극락왕생하기를……."

언무청은 진현이 뭐라 할 틈도 없이 본래 입었던 자신의 옷가지와 알몸이 된 순찰 무사들의 위에 화골산을 부었다.

지지직—

잠시 푸른 연기가 피어오르더니 옷과 순찰 무사들은 순식간에 녹아 버렸고, 곧 이어 흔적도 없이 땅속으로 스며들었다.

"아!"

그 모습을 보던 진현의 입에서 신음이 흘러나왔다. 하나 예전처럼 생명과 죽음에 대해서 따지지는 않았다. 진현도 무림의 비정함에 어느 정도 익숙해진 것이다.

"자, 어서 가세나. 갈 길이 바쁘네."

언무청 역시 시신이 녹는 모습을 멍하니 바라보다 금세 정신을 차리고 진현을 재촉했다.


이미 세작으로부터 천마사천회의 내부를 상세히 보고 받은 언무청인지라 손쉽게 뇌옥에 다다를 수 있었다. 뇌옥의 철문 위에는 '천마금뢰(天魔禁牢)' 라는 용사비등(龍蛇飛騰)한 글씨가 석벽에 음각으로 파여 있었다.

단심맹으로 인한 침입 경보 탓일까? 뇌옥을 지키는 경비 무사의 두 눈은 맹수의 눈빛처럼 주위를 살피고 있었고, 손에 쥔 귀두도(鬼頭刀)의 칼날은 한층 빛을 발하고 있었다.

"만만치 않군. 우선 저들부터 처리해야겠어."

전음을 마친 진현은 좀 전처럼 손속에 사정을 두지 않고 점(點) 자 구결을 사용하여 일양지를 돋우었다.

파팟!

응축된 진현의 일양지 기공은 두 개의 점이 되어 경비 무사의 미간을 뚫었다. 하나 진현조차 생각지 못한 실수가 벌어졌다. 신음 소리 한 번 내지 못한 경비 무사들이 픽 쓰러지면서 곁에 있던 화로(火爐)를 뒤엎은 것이다.

"빌어먹을!"

적지 않은 소음을 내며 굴러가는 화로를 보며 진현의 입에선 저절로 욕지기가 나왔다.

"웬 놈이냐!"

요란한 화로의 소음에 뇌옥 안에서 대기하던 무사들이 밖으로 튀어 나왔고, 진현과 언무청은 일이 틀어졌다는 것을 알 수 있었다.

"젠장, 이렇게 되면 저놈들과 같이 흑의(黑衣)를 입은 보람이 없잖아. 너희들 말이야, 실수했어. 그냥 조용히 있었으면 살 수나 있을 것을. 이것이 너희들의 운명인가 보다."

긴 연설을 토한 언무청은 불만스러운 표정으로 장내를 쓸어갔다. 그의 두 육장(肉掌)에서 강력한 경력이 쏟아져 나오며 일수일살(一手一殺)을 펼치고 있었다.

진현 또한 가만히 있지 않고 연신 손가락을 놀리며 흑의무사들의 사혈(死穴)을 점했다.

순식간에 장내의 소란은 진압이 되었다. 하나 진현과 언무청은 숨돌릴 틈도 없었다. 허공에서 들려온 괴이한 목소리 때문이었다.

"일양지를 보니 둘 중 하나는 단가의 자손이로구나."

목소리와 함께 엄청난 위용의 경력이 진현에게로 쏟아졌다. 진현은 급히 약운보(掠雲步)를 펼쳐 자리를 비켜났다.

퍼퍼펑!

폭음과 함께 경력이 쏟아진 자리에 반 장 깊이의 구덩이가 생겨났다.

"누구냐!"

진현은 목소리의 주인이 있는 곳을 향해 소리쳤다.

"홍! 용기가 가상하군. 겁도 없이 단둘이 기어들어 왔다는 말인가?"

이번에는 말과 함께 주인이 그 모습을 드러냈다. 한데 한둘이 아니었다. 무려 열한 명이나 되는 암중의 괴인들이 나타나 진현과 언무청을 둘러싼 것이다.

'젠장! 이번에도 몸 성히 빠져나가기는 글렀군.'

속으로 생각한 진현은 속전속결을 위해 검을 빼 들었다. 더 이상 사람들이 모여들면 중과부적일지 모른다고 생각했기 때문이다. 언무청역시 그리 생각하고 처음부터 강공을 펼치기로 마음을 먹었다.

"네놈들은 단심맹의 떨거지들이냐?"

사대빈객 중 팔비신통(八臂神通) 막부민(莫富民)이 소리쳤다.

"떨거지? 너희들을 잡으러 온 저승사자다!"

막부민의 말에 어이가 없던 언무청은 기습적으로 권을 휘둘렀다. 지난번 진현에게 보여주었던 천왕삼장 중 천왕구소였다. 그러자 아홉 개의 경력이 차례로 사대빈객과 칠웅에게 흘러갔다.

"아니! 혹시 넌! 묵룡천왕?"

막부민은 언무청의 무공과 생김새를 살펴보다 깜짝 놀라며 부르짖었다. 하나 그럴 사이도 없었다. 그의 코앞으로 언무청의 경력이 밀려들어 왔기 때문이다.

막부민과 나머지 사대빈객은 재빨리 신형을 피했다. 그러자 장내의 상황이 묘하게 변해갔다. 사대빈객은 진현에게, 칠웅은 언무청에게 몰려간 꼴이 되고 만 것이다.

"이런, 내 쪽이 더 수가 많은걸? 지운, 우리 바꾸는 것이 어떻겠나?"

빙그레 웃으며 말하는 언무청의 모습은 여유가 넘쳤다. 그리고 흘러

넘치는 여유와 자신감을 실제로 증명해 보였다.

"천왕강림(天王降臨)!"

천장(天將)의 모습을 그대로 재현하는 듯한 언무청의 장세는 엄청난 위압감으로 칠웅을 몰아갔다. 하나 칠웅 역시 호락호락한 무인들이 아니었다. 그중 대형이나 마찬가지인 분뢰수(奔雷手) 장막(張漠)의 신호에 의해서 그들의 연수합격이 시작되었다.

장막을 중심으로 혈마수(血魔手) 탁효(卓梟), 섬전수(閃電手) 초전(草顚), 흑천수(黑天手) 육방(陸方)이 언무청의 좌측을, 나머지 구유검(九幽劍) 율염(栗念), 마창(魔槍) 옥수랑(玉秀郞), 귀혼검랑(鬼魂劍郞) 석장(石長)은 우측을 둘러쌌다.

칠절마환진(七絶魔環陣)이다. 칠절이라는 말이 의미하는 것처럼 일곱의 각기 다른 절예가 한데 모여 한 번에 수십 배의 효과를 보기 위해 만들어진 진이었다.

얼마 가지 않아 언무청 역시 몸으로 실감할 수 있었다. 처음의 여유만만했던 모습은 간데없고 신중한 표정으로 장법을 펼쳤다.

칠웅 중 장막을 비롯한 탁효, 초전, 육방은 본래 신강사살(新疆四殺)이라 불리며 천산 일대를 횡행하던 흉마들이었다. 그래서인지 그들의 연수합격은 그야말로 손발이 척척 맞아떨어졌다.

먼저 탁효의 역혈잔심쇄혼수(逆血殘心碎魂手)가 십자로 교차되며 언무청의 가슴과 아랫배를 노렸다. 그 뒤를 이어 육방과 초전이 각각 삼장(三掌)을 내질러 언무청의 육방(六方)을 점했다. 그야말로 완벽한 연수(聯手)였다.

"젠장, 기어코 벌주를 마시겠다는 말이군."

언무청은 소리를 빽 지르며 묵룡파황권 중 묵룡강세(墨龍降世), 묵룡

출동(墨龍出洞), 묵룡난무(墨龍亂舞) 세 초식을 연이어 내질렀다.

금세 묵빛 강기가 주위에 소용돌이치며 탁효뿐 아니라 초전과 육방을 쓸어갔다. 하나 언무청은 여기서 안심할 수 없었다. 그의 우측에서 호시탐탐 기회를 노리는 율염과 석장, 옥수랑이 버티고 있기 때문이었다.

파파파파파파팟!

언무청의 발끝에서 실전되었다고 알려진 천영팔황각(千影八荒脚)이 터져나왔다. 허공을 뒤덮는 그의 각영들이 율염과 석장의 가슴을 노렸다.

"크윽!"

순간 장막은 옥수랑의 신음을 들으며 자신의 성명절기인 분뢰마장(奔雷魔掌)을 펼쳤다.

폭음이라도 터져 나올 것 같던 분위기는 간데없고 장막의 두 손바닥은 번개가 무색할 정도의 빠른 속도로 언무청을 노려갔다.

장막의 공격에 탄력을 받은 육방과 초전은 금세 자세를 바로 하고는 그들의 절기 중 최고를 자랑하는 파천마불장(破天魔佛掌)과 흑살장(黑殺掌)을 뻗어 언무청의 양쪽을 공격했다.

그뿐이 아니었다. 이때가 기회라는 듯 구유검 율염이 삼검(三劍)을 그어냈고, 언무청의 각법에 가슴을 부여잡고 있던 옥수랑마저 마창을 찔러 언무청의 십팔 개 대혈을 노렸다. 가히 섬전과도 같은 솜씨였다.

건곤일척(乾坤一擲)의 상황!

'할 수 없군!'

언무청은 자신을 진재절학을 꺼내야 한다고 결심하지 않을 수 없었다.

그는 한 모금의 진기를 머금어 심맥을 보호하는 한편 최대한의 공력을 끌어올려 사방을 향해 폭풍 같은 장세를 펼쳐 보였다. 바로 신장(神掌)이라 불리는 강룡십팔장(降龍十八掌) 중 육룡회선(六龍廻旋)이라는 초식이었다.

퍼퍼펑!

태풍의 눈이 이러할까? 언무청의 주위만이 멀쩡하고 사방이 흙먼지로 뒤덮였다.

"쿨럭!"

옥수랑은 끓어오르는 기혈(氣血)을 참지 못하고 울컥 한 사발의 피를 토해냈다. 그뿐만 아니라 칠웅 모두 안색이 백지장처럼 창백해졌다. 한 번의 공방에서 적지 않은 타격을 입은 것이다.

하나 모두 석장보다는 나은 편이었다. 최소한 그처럼 피곤죽이 되어 석벽에 박혀 버리진 않았으니.

이제까지 단 한 번도 깨진 적이 없다던 칠절마환진이 지금 이 자리에서 패배를 맞이한 것이다.

"이래도 더 하겠소?"

마치 아무런 일도 없었다는 듯 언무청은 조용한 어조로 장막을 향해 물었다.

그 순간 언무청에게 다가오는 이가 있었다.

손에 든 검날에서 흐른 핏물이 바닥을 적시며 나타난 이는 바로 진현이었다. 어느새 사대빈객과의 접전을 끝냈는지 편안한 기색으로 다가온 그는 언무청을 위해 검을 검집에 넣고 기다리기로 했다.

장막은 진현을 보곤 급히 사대빈객을 찾아 시선을 돌렸다.

치열한 격전이 있었던 듯 폐허가 되어버린 그곳에는 이미 고혼(孤魂)

이 되어버린 사대빈객의 시체가 눈에 들어왔다.

'크윽! 도저히 우리의 힘으로는 막을 수 없겠구나.'

속으로 신음을 삼킨 장막은 급히 살아남은 칠웅의 무리에게 전음을 날렸다. 그리고 무거운 입을 열어 언무청에게 말했다.

"청산(靑山)이 변하지 않는 한 이 수모는 꼭 갚으리라."

이 한마디만 남겨두고 장막을 비롯한 나머지 오웅은 자리를 떠났다.

"어이, 꼭 갚으시길 빌겠소."

저 멀리 신형을 감추는 칠웅에게 언무청은 장난기 어린 말로 소리쳤다. 하지만 곧 신중한 낯빛으로 진현에게 고개를 돌렸다.

"지운, 아무래도 일이 심상치 않게 돌아갈 것 같네. 어서 빨리 일을 마무리 지어야겠어."

"그렇군."

언무청의 말에 진현은 고개를 끄덕이며 동조했다. 그들이 칠웅을 살려 보낸 것은 이미 이곳의 소란으로 인해 천마사천회의 수뇌부에게 모든 것이 전해졌으리라 생각했기 때문이다. 그 말은 곧 이어 더욱 강한 고수가 자신들 앞에 나타난다는 것을 의미한다고 생각했다.


언무청과 진현은 이제 대놓고 뇌옥 안으로 들어갔다. 이미 자신들의 움직임이 간파되었다는 것을 알기 때문이다. 성큼성큼 걸음을 옮기는 그들의 행보는 거침이 없었다. 모퉁이를 돌 때마다 나타나는 뇌옥의 무사들을 일수에 잠들게 하면서 빠르게 전진했다.

하지만 얼마 가지 않아 이들의 발걸음은 한곳에 머무르게 되었다. 진현은 앞서가던 언무청이 멈춰 서자 자연스레 그를 쳐다보았다.

"젠장, 천하의 천마금뢰가 어쩐지 손쉽게 뚫린다 했어."

"무청, 그게 무슨 말인가?"

진현은 언무청의 불만스러운 중얼거림을 듣고 반문했다. 하나 그에게 들려오는 것은 의외의 말이었다.

"자네, 혹시 진법(陣法)에 대해서 알고 있나?"

"진법? 음, 그쪽은 문외한이라……."

"그렇군. 그럼 어쩌지……."

스스로의 무식을 드러낸 것 같아 얼굴을 붉히던 진현에게 언무청은 난감한 빛을 나타냈다. 그리고 그에 대한 이유를 설명하였다.

"다름이 아니라, 지금 우리 앞에 심마요환진(心魔妖幻陣)이 펼쳐져 있네."

"이런, 골치 아프게 생겼군."

언무청이 불만을 가지게 된 이유를 안 진현은 그 또한 언무청과 같은 심정이 되었다.

심마요환진.

환술(幻術)의 극치를 보여주듯 피시전자에게 갖은 환상과 고통을 주며 피를 말리게 하는 사진(邪陣)이다. 생문(生門)을 모른다면 그야말로 죽을 때까지 환상에 빠져 있을 수밖에 없는 것이다. 게다가 더욱 중요한 것은 피시전자에게 다가오는 환상은 생전 제일 고통스러운 순간이나 기억 한구석에 처박혀 있던 환멸스러운 순간이 떠오르기 때문에 피시전자로선 꼼짝없이 당하고 마는 환술이었다.

그 순간이었다.

"걱정하지 마세요, 제가 생문을 알고 있으니까."

멀리서 영롱한 목소리가 진현과 언무청의 귀로 들려왔다. 그리고 얼마 되지 않아 목소리의 주인공을 볼 수 있었다. 한데 한 명이 아니라 두 명의 일남일녀였다.

바로 사도나영과 독고자인이었다.

이미 단심맹의 기습 경보를 받은 그들은 기회를 틈타 사도천벽의 눈을 속일 수 있는 기회를 엿보고 있었다. 바로 그때 나타난 것이 진현과 언무청이었다.

얼마 전 자신에게 투입됐던 만성독약을 모두 제거한 독고자인과 사도나영은 그 소식을 듣자마자 이때다라고 생각하며 쏜살같이 달려온 것이다.

그 사정을 듣게 된 진현과 언무청은 기이한 시선으로 독고자인을 쳐다보았다. 그와 사도나영의 관계가 궁금했기 때문이다. 게다가 사도나영의 의도를 모르는 그들로선 자신의 단체가 무너지기를 바라는 것 같은 그녀의 행동을 이해할 수 없었다.

그것을 짐작했는지 독고자인이 사도나영을 대신하여 대변해 주었다.

"사도 소저의 아버님이신 사도 회주께서 현재 행방이 묘연하다고 하시오. 그 원인에 그녀의 오라비인 사도천벽이 있다고 의심이 되오. 그래서인지 사도천벽의 감시가 너무도 심해 이제까지 앞에 나설 수 없었소."

"아하, 그러니 지금이 바로 사도 소저께서 움직일 수 있는 기회라는 것이오?"

독고자인의 말에 대충 사정을 짐작한 진현이 독고자인의 나머지 말을 이었다. 그러자 사도나영은 고개를 끄덕이며 애처로운 눈빛을 보냈다.

"음… 한데 지금 우리가 하는 일은 천마사천회에 반하는 일이오. 그래도 괜찮겠소?"

"……."

"거 보시오. 그대와 우리는 적을 달리 두고 있는 입장이오. 아무래도 지금의 제안은 없던 것으로 하는 것이 좋겠소이다."

사실 언무청의 말이 옳았다. 그의 말대로 사도나영과 언무청은 속한 단체가 다를 뿐 아니라 대립의 관계에 있기 때문에 서로의 행동에 방해가 될지도 몰랐다.

이에 사도나영은 잠시 생각을 하더니 곧 입을 열었다.

"상관없어요. 언 소협께서 하시는 일에 방해가 되지 않겠어요. 어차피 지금의 회(會)는 예전의 회와 다른 점이 너무나 많아요. 오라버니께서 회를 맡으신 이후로 모든 것이 달라졌어요. 정확히 설명하기는 어렵지만 왠지 피를 갈구하는 듯한 느낌이 강해요. 게다가 지금 저에게 중요한 것은 아버님을 찾는 거예요. 그것만 도와주신다면 아마 방해가 되지 않고 오히려 소협에게 도움이 될 거예요. 제가 아는 것이 적지 않거든요."

자신이 속한 단체를 배신하겠다는 말을 내뱉는 사도나영의 얼굴에 결연한 의지가 엿보였다. 이번 기회가 지나면 다시는 이런 기회가 오지 않을 것 같은 예감이 들었던 그녀이기에 사정이 다급했던 것이다.

"저를 따라오세요."

그녀는 언무청과 진현의 대답과는 상관없이 심마요환진의 생문을 밟고 있었다. 이에 언무청은 진현에게 어깨를 한 번 으쓱거리더니 그녀를 따라갔다.

"바로 여기예요."

잠시의 시간을 소비한 후 심마요환진을 빠져나온 그들에게 좌우로

배치되어 있는 뇌옥의 방들이 나타났다.

"누구냐!"

사도나영의 말을 들어서인지 간수 몇몇이 뛰쳐나왔다. 하나 곧바로 진현이 날린 지력에 의하여 바닥에 쓰러졌다. 그것을 본 사도나영은 진현에게 감사의 뜻을 표했다.

"고마워요, 저들을 살려주셔서."

그녀는 진현이 간수들을 죽이지 않고 마혈을 점했다는 것을 안 것이다. 아무리 그녀가 천마사천회를 배신할 마음을 가졌다고는 하나, 자신의 수하나 마찬가지인 간수들의 죽음을 원치 않았기에 진현에게 고마움을 표한 것이다.

이에 진현이 사도나영에게 답례의 말을 하려던 그 순간이었다.

"공녀께서 언제부터 단심맹의 앞잡이가 되셨소?"

순간 진현 일행의 앞뒤로 구 인의 그림자가 나타났다. 그중 만화원에서 보았던 풍록 사도설아와 비합(飛蛤)과 그 옛날 운귀고원에서 진현과 만난 적이 있었던 광우(狂牛)와 혈마(血馬), 이제까지 폐관한 것으로 알려진 노호 상관천의 모습도 보였다.

그리고 나머지 구마 중 사 인은 마치 뱀 머리와 닮아 보이는 외모를 가진 적사(赤蛇), 한쪽 팔이 없는 독응(毒鷹), 짤막한 키에 비대한 몸을 가진 흑귀(黑龜), 마지막으로 얼굴까지 흰 천으로 가린 무영룡(無影龍)이었다.

사도천벽이 말한 구마의 존재가 이곳에서 진현 일행을 기다리고 있었던 것이다.

조금 전 사도나영에게 말을 건 광우는 다시 한 번 그녀를 향하여 물음을 던졌다.

"공녀께서 지금 같은 비상 시기에 옳은 행동을 보인다고 생각하시오?"

"흥! 내 행동이 옳든 그르든 그것은 내가 판단해요."

이미 마음을 굳힌 사도나영이라 자연히 내뱉는 말투가 매서웠다.

"오호, 그러면 천주께 문책당할 이유는 없겠군. 천의 율법에는 분명 배신자의 결말은 죽음이라 명시되어 있으니까."

광우는 사도나영을 비아냥거리며 음침한 웃음을 지었다. 그 모습이 마치 피에 굶주린 악귀와 같았다.

진현은 좁은 통로를 살펴보며 이번 일전을 피할 수 없다는 걸 깨달았다. 그의 우수는 살며시 검병(劍柄)을 잡아갔다. 그러다 문득 기이한 것을 발견할 수 있었다.

'아니, 저 여인은 누구이기에 아까부터 계속 나를 쳐다보고 있는 것이지?'

진현의 시야에 사도설아가 들어왔다. 이곳에 나타난 그 순간부터 진현을 향해 시선을 고정시킨 그녀의 두 눈은 끊임없이 흔들리고 있었다. 기뻐하는 것인지 슬퍼하는 것인지 분간이 가지 않는 그녀의 기이한 표정은 진현에게 혼란을 주기에 충분했다.

'아… 단 공자……'

사도설아는 그녀의 눈이 끊임없이 흔들리는 것처럼 속으로 진현의 이름을 계속해서 부르짖었다. 하나 그것을 겉으로 표출할 순 없었다. 아무것도 두려워하지 않는 그녀이지만, 모든 것을 포기할 수 있는 그녀이지만 곁에 있는 상관천을 생각하면 그럴 수 없기 때문이다.

그녀의 상념이 계속되는 순간에도 진현과 구마 사이엔 치열한 신경전이 벌어지고 있었다. 모두들 상대방의 기선을 제압하기 위해 애를 썼다.

"오호, 그러고 보니 네가 바로 운귀고원에서 본 그 아이로구나."

"이제야 기억을 하는군. 오늘이야말로 그 빚을 갚아드려야 하지 않겠소?"

혈마의 놀람에 진현은 차가운 눈빛을 발하며 조용한 기색으로 대꾸했다. 그만큼 그의 살심이 굳어진 것이다. 그때 진현의 귀로 언무청의 퉁명스러운 말이 들려왔다.

"언제까지 이렇게 말싸움이나 하며 노닥거릴 것이오? 우리 말로 이럴 것이 아니라 좋은 주먹으로 한바탕 어울려 보는 것이 어떻겠소? 괜히 말하느라 힘 빼지 말고 화끈하게 말이오."

그와 동시에 언무청은 구마를 향해 쏜살같이 달려나갔다. 어차피 치러야 할 일전이라면 한시라도 빨리 해야 함이 옳기 때문이었다.

구마의 기도가 방금 전 상대했던 칠웅과는 비교도 안 됨을 안 언무청은 처음부터 강룡십팔장을 펼쳤다.

"신룡패미(神龍敗尾)."

언무청의 두 손이 허공에서 기이하게 구부러지며 구마 중 가장 강한 기세를 보이던 상관천을 향해 나아갔다. 상관천 역시 물러서지 않고 언무청의 장력에 맞서갔다. 언무청이 펼치고 있는 것이 신장이라 불리는 강룡십팔장이라는 것을 아는지 모르는지 무심한 그의 얼굴에는 단 한 번의 변화도 보이지 않았다.

더욱 기이한 것은 그것을 지켜보는 구마의 얼굴에도 태평함이 묻어 있다는 것이다.

펑!

엄청난 폭음과 함께 장력의 충돌이 만든 소용돌이가 주위의 석벽을 파괴시켰다. 그러자 돌 파편들이 사방 천지로 휘날렸다.

장세를 거둔 언무청은 놀라지 않을 수 없었다. 현 무림에서 강룡십팔장을 상대할 장법은 없는 것으로 알고 있던 그로선 충격이 아닐 수 없었다.

그것은 상관천 역시 마찬가지였다. 상대의 장법이 심상치 않음을 알고 처음부터 지존마령수를 펼친 것인데 동수(同手)를 이루다니… 그로선 상상도 못한 일이었다.

상관천, 그가 폐관을 마쳤을 당시 몇몇을 제외하곤 자신의 상대가 없으리라 생각했다. 한데 뜻하지 않은 곳에서 자신의 지존마령수에 당당히 맞서는 자를 보니 의외인 듯 새삼스럽게 언무청을 쳐다보았다.

"허어, 천마사천회에 이런 고수가 있었다니… 정말 놀랍군. 그럼 이건 어떤지 평가해 보시구려."

언무청은 다시 한 번 장력을 날렸다. 조금 전 펼친 신룡패미와 함께 강룡십팔장 중에서도 강력한 장세(掌勢)를 자랑하는 광룡재야(狂龍在野)였다.

순식간에 암도를 무너뜨릴 듯한 장력이 상관천에게 휘몰아쳐 갔다. 그걸 보는 팔마의 얼굴은 대번에 안색이 변했다. 그들의 얼굴에 부딪친 장력의 여파만으로도 언무청이 펼친 장법의 무서움을 알 수 있었기 때문이다.

언무청의 장력에 휘날리는 머리칼을 느끼며 상관천은 다시 한 번 지존마령수를 펼쳤다. 그러자 그의 손에서 빠져나온 묵빛 강기가 언무청의 장력에 부딪쳐 갔다.

"장강(掌罡)!"

그것을 본 독고자인이 놀라 부르짖었다. 상관천이 펼쳐 낸 묵빛 강기의 정체가 장강임을 안 그는 이들의 가공할 공방에 혀를 내둘렀다.

'정말 우물 안 개구리였구나. 구대신성 중 제일이라 생각했거늘, 이제 보니 저들의 발끝도 따라가지 못하겠군.'

쫘르릉!

조금 전의 충돌과는 비교도 안 될 폭음이 암도를 울렸다. 순간 진현은 급히 독고자인과 사도나영을 품에 안고 오 장 뒤로 물러났다. 그와 동시에 혹시 모를 충돌의 여파를 생각하여 급히 호신강기를 끌어올렸다.

"대단하군."

충돌의 후유증인가? 암도를 꽉 채우는 먼지가 걷히고 서로를 노려보는 언무청과 상관천의 모습을 본 진현이 감탄을 했다. 그것은 팔마 역시 마찬가지였다.

"대형의 지존마령수는 정말 대단하군, 아직도 얼굴이 따끔거리니."

"지존마령수!"

독웅의 감탄 어린 말에 진현과 언무청은 그제야 상관천이 펼친 장법의 이름을 알 수 있었다.

"사마통합사대신공……."

지존마령수의 연원을 알고 있는 언무청이 나직이 중얼거렸다. 천마교의 삼대호교신공인 지존마령수는 이제까지 익힌 자가 없다고 전해져 왔다. 언무청 역시 그리 알고 있었다.

하나 소문과 진실은 다른 법!

그가 실전되었다고 알려진 강룡십팔장을 익힌 것처럼 지존마령수를 익힌 자가 나타난 것이다.

신장(神掌)과 마장(魔掌)!

강룡십팔장과 지존마령수!

이 엄청난 대결에 중인들은 숨을 죽이고 지켜봤다.

"그럼 서로의 무공이 어느 정도인지 맛을 봤으니 본격적으로 시작해 봅시다."

신중한 기색이 된 언무청은 강룡십팔장 중 최고의 장세인 항룡유회(降龍有悔)를 펼치기로 마음먹었다.

고수의 대결은 한 수에 판가름이 난다고 하니 이런저런 탐색전이 끝난 이상 머뭇거릴 것이 없었다. 그것을 짐작한 상관천 역시 지존마령수 중에서도 최고의 장법인 신마광세출(神魔狂世出)을 펼치기로 마음을 먹었다.

이제 남은 것은 그들의 두 거대한 장력이 충돌하고 난 다음의 결과이다. 그러나 어떤 결과가 나든 분명한 것은 두 사람 모두 피해를 입는다는 것이었다.

# 제44장

# 미친 듯 휘몰아치는 바람 속에 혈우는 쏟아지고[狂風血雨]

## 미친 듯 휘몰아치는 바람 속에 혈우는 쏟아지고[狂風血雨]

소림파의 무(無) 자 항렬 중 무원대사는 소림의 칠십이절예 중 미공 십팔류(彌空十八流)를 펼치며 자신의 앞을 가로막는 마인(魔人)을 쓰러뜨렸다.

"아미타불."

살생을 한 것에 대한 자책일까. 무원대산의 입에선 연신 불호가 흘러나왔다. 하나 그것도 잠시, 자신에게 다가오던 칼을 피하며 다시 한 번 손끝에 공력을 주입시켰다.

"마도의 성세가 이토록 강대하니 큰일이구려."

자신에게 칼을 들이밀던 마인을 제거한 무원 대사는 곁에 있던 무당파의 장문인 현학자(玄鶴子)에게 탄식하듯 말했다.

"도우(道友)의 말이 옳소이다. 지금 저들을 보시구려. 저들 중 그 누구도 마기(魔氣)가 약한 이가 없소. 무영개의 말에 의하면 천마부의 백마(白魔)와 팔대호법이라 하더이다. 저들의 무위가 이토록 강한데 수장인 사도운이나 천지쌍마의 무위는 또 어떨지……."

현학자는 아직 사도운의 소식에 대해서 모르고 있었다.

"내 비록 지옥의 유황불에 뛰어들어야 한다 하더라도 오늘만은 크게 살계를 열어야겠소."

말을 마친 무원 대사는 소매를 흔들며 백마에 맞서갔다. 그의 두 손에서 삽시간에 소림의 무상절학들이 뿜어져 나왔다.

흙먼지를 일으키며 허공을 뒤덮는 것은 항마연환신퇴(降魔連環神腿)였으며, 소매를 칼같이 날 세워 사방을 휩쓰는 그의 공부는 반선수(盤禪袖)였다.

그뿐이랴.

간간이 허공을 퉁기듯 찌르는 그의 손가락은 일선지(一禪指)의 지력을 보여주고 있었다.

"땡중이 어디서 감히 설치는 것이냐!"

무원 대사 앞에 홀연히 나타난 이가 있었다. 십자 흉터가 인상적인 외모를 가진 그는 한 자루 거대한 도(刀)를 가지고 있었다.

"시주는 누구시오?"

"흥! 본인으로 말할 것 같으면 천마교의 팔대호법 중 하나인 도마(刀魔) 냉풍(冷風) 어르신이다."

'이자가 바로 냉풍이로구나.'

냉풍에 관해선 무원 대사 역시 익히 들어 알고 있었다.

본래 천마교의 팔대호법은 한 가지 재주가 능통해 그 방면엔 가히 일인자라는 칭호를 받고 있었다. 그중 냉풍은 천마교 내에서 도에 관한 한 제일이었다.

"크크크. 땡중은 절에서 염불이나 외고 있을 것이지, 여기가 어디라고 시주하러 왔느냐!"

냉풍은 음침한 웃음소리를 내며 무원 대사를 자극했다. 하나 무원 대사의 수양이 이런 도발에 넘어갈 만큼 얕진 않았다. 하나 이미 살계를 열기로 결심한 몸, 망설일 것이 없었다.

"이거나 받으시오."

고오오—

무원 대사의 평범한 일권에 대기가 진동하였다.

"이크! 백보신권(百步神拳)이로구나!"

냉풍은 눈앞의 땡중을 얕잡아 봐선 안 되겠다고 생각하며 도기를 뿌렸다. 일단 그의 도가 움직이기 시작하자 사방이 마기로 가득 찼다.

바로 오늘날의 냉풍을 있게 만든 수라구류도(修羅九流刀)였다.

"혈해수라(血海修羅)!"

냉풍은 외마디 외침과 함께 무원 대사의 가슴을 향하여 수십 개의 도기(刀氣)를 만들어갔다. 무원 대사는 그 모습에서 도망(刀網)을 볼 수 있었다.

"반선수!"

무원 대사 역시 결코 물러서지 않았다. 냉풍의 수라구류도에 대항하여 소매를 흔들어 맞서갔다.

꽝!

소매와 칼이 부딪치자 마치 쇠와 쇠가 부딪친 것처럼 엄청난 마찰음을 내더니 무원 대사의 소매 조각들이 허공에 너풀거렸다.

이 한 수로 모든 것이 증명되었다.

무원 대사의 반선수가 냉풍의 수라구류도에 미치지 못한 것이다. 하나 그는 이대로 포기할 수 없었다. 평소라면 껄껄 웃으며 내가 졌소라고 하겠지만 지금은 마도와의 결전이다.

무원 대사는 입을 꽉 다물며 그가 알고 있는 최고의 절학을 떠올렸다.

"대자대비천엽수(大慈大悲千葉手)!"

무상반야선공(無相般若禪功)을 극성으로 끌어올리며 대자대비천엽수를 펼쳤다. 순간 그의 전신에서 기이한 서기(瑞氣)가 뻗어져 나오더니 냉풍을 쓸어갔다.

'심상치 않다!'

허공을 메우는 무원 대사의 수많은 손바닥을 보며 냉풍 역시 수라구류도 중 최고의 절기를 펼쳤다.

"아수라강세(阿修羅降世)!"

말이 끝나기 무섭게 그의 도끝에서 한 자 길이의 도강(刀罡)이 뻗어나왔다. 그리고 그 기세를 몰아 무원 대사의 대자대비천엽수를 쪼개려 하였다.

사방을 뒤덮던 무원 대사의 수많은 손바닥들이 하나둘씩 사라지며 최후엔 두 개의 손바닥이 남아 냉풍의 칼과 충돌했다.

꽈광!

어찌 한낱 육장(肉掌)과 쇠가 부딪쳤는데 폭음이 이는 것일까?

무원 대사의 두 손은 온통 피투성이로 변해 있었다. 육상으로 갈에 맞선 대가였다. 하나 냉풍보단 형편이 좋은 편이었다.

폭포수처럼 피를 토하며 바닥에 쓰러진 냉풍을 보던 무원 대사는 무심히 손을 들어 냉풍의 백회혈을 내려쳤다.

고통없이 보내주려 함이다.

그러자 냉풍의 뇌수가 사방으로 튀었고, 무원 대사의 미간은 내 천(川)자를 그리고 있었다.

"우웩!"

갑자기 무원 대사는 울컥하며 피를 한 사발 토해냈다. 그 역시 냉풍과의 대결로 인해 기혈이 들끓은 것이다. 그 순간 무원 대사의 귀에 음흉한 목소리가 들려왔다.

"냉가 녀석이 방심했군, 늙어 빠진 땡중에게 당하다니."

무원 대사 앞에 나타난 이는 검마(劍魔) 모립(茅立)이었다. 그 역시 천마교 내에서 제일검(第一劍)의 위치에 있었다.

'보아하니 내상을 입은 것 같군.'

무원 대사의 행색을 본 모립은 금세 그의 처지를 알아챌 수 있었다. 슬며시 득의의 웃음을 짓던 그는 수중의 검을 뻗어 무원 대사의 목을 노렸다.

그의 진신절학인 칠절마검(七絶魔劍) 중 사실환허(似實還虛)라는 초식이었다. 실초(實招)인 듯 허초(虛招)인 듯 구별이 가지 않는 그의 검은 금방이라도 무원 대사의 목을 잘라놓을 것 같았다.

하나 결국 그의 검은 허초로 끝나고 말았다. 그것이 모립의 본심이 아니었다 하더라도 소용없었다. 무원 대사의 몸이 그 자세 그대로 뒤로 밀려났기 때문이다. 바로 금강부동신법(金剛不動身法)이었다.

"젠장!"

아까운 기회를 놓친 듯 욕지기를 내뱉던 모립은 계속해서 무원 대사를 몰아쳤다.

"구살분금(九殺噴金)!"

아홉 개의 검기가 무원 대사의 사지를 노렸다. 그리고 그중 하나는 다른 여덟 개의 검기에 숨어 무원 대사의 심맥을 노리고 있었다.

이에 무원 대사는 다시 한 번 무상반야선공을 끌어올리며 대자대비 천엽수를 펼치려 하였다.

"으윽!"

내상을 입은 몸으로 성급하게 공력을 끌어올린 탓일까. 미처 공력을 다 발휘하지 못하고 가슴 부위를 부여잡고 말았다. 그 틈을 모립이 놓칠 리 없었다. 쏘아가던 검기를 한층 더 강화시키던 그는 결국 소기의 목적을 이룰 수 있었다.

"크으윽!"

모립의 검기에 우수가 잘리고 좌수와 두 다리에 큼지막한 상처를 입은 무원 대사의 입에서 비명 소리가 흘러나왔다. 그나마 무상반야선공의 효능으로 심맥은 보호할 수 있었지만 이번의 부상은 그로 하여금 반신불수가 되도록 만들기에 충분했다.

모립은 마지막 검을 날릴 준비를 하였다. 조금 전 무원 대사가 냉풍을 죽일 때처럼 모립 역시 무원 대사를 같은 무인이라는 점에서 더 이상 모욕을 주기보다는 존중을 하려고 했다.

하나 그의 앞을 가로막는 자로 인하여 그의 계획은 무산되고 말았다.

"무원 대사! 괜찮으십니까? 모립! 감히 너 같은 마도의 주구가 대사를 해지려 하다니, 가만히 있을 수 없구나!"

무원 대사를 살피던 검군 육정방은 노해 부르짖었다. 부르르 떨리는 그의 주먹이 그의 심경을 대변해 주고 있었다.

"크크크, 이런 땡중 하나 죽는다고 해서 무슨 큰일이라고. 육가야, 넌 너의 손가락 아픈 것은 괴로우면서 남의 목숨이 왔다 갔다 하는 것은 괜찮은가 보구나?"

모립은 천마교의 교인들은 무참히 죽이면서 자신의 동료 목숨은 소중히 하는 육정방의 행동에 비아냥거렸다. 그 뜻을 모를 육정방이 아니다.

"흥! 그건 너 역시 마찬가지가 아니더냐! 어차피 처지가 다르면 생각도 다른 법! 나의 검이 야속하다 원망이나 하지 말거라."

말을 하는 동시에 품속에서 성수신의가 만들어준 약왕단(藥王丹)을 꺼내 무원 대사의 입에 넣어주던 육정방은 곧 자신의 절기인 태허구검(太虛九劍)을 펼칠 준비를 하였다.

육정방과 모립이 한바탕 격전을 벌이려고 하는 그 순간, 그리 멀지 않은 곳에서 무당파의 현학자의 검이 빛을 발하고 있었다.

그리고 얼마 가지 않아 거대한 덩치를 자랑하는 장마(掌魔) 음범료(陰梵了)의 가슴에 검을 쑤셔 박은 그는 도호를 외치며 탄식했다.

"무량수불, 얼마나 더 많은 사람들이 죽어야 한단 말인가!"

이미 그의 태극도의(太極道衣)는 험란한 격전을 말해 주듯 여기저기가 뜯어져 있었으며 그 틈 사이로 가느다란 혈흔이 비치고 있었다.

하나 잠시도 쉴 틈이 없었다. 음범료의 죽음을 보고 달려오는 또 다른 마인이 있었기 때문이다.

이런 고충은 현학자만이 겪는 것이 아니었고, 동료의 죽음에 분개하는 이는 마인들뿐만이 아니었다. 자신의 친우(親友), 사형제, 제자, 혹은 사부. 자신과 관련된 사람이 아니더라도 같은 뜻을 품은 동료가 쓰러지면 그 자리를 메우며 검을 날렸다.

그야말로 혈천마동 입구는 아수라장이었고, 곳곳마다 시산혈해를 이루고 있었다.

이런 상황도 시간이 흐르면서 승기는 단심맹 쪽으로 흐르는 듯했다. 이미 태반이 죽어버린 팔대호법과 반 이상 운신조차 하지 못하는 백마의 사기는 땅에 떨어져 있었다.

하지만 단 두 사람의 등장으로 인해 상황은 반전되었다.

바로 천지쌍마(天地雙魔)의 등장이었다.

천마교의 교주이자 천마부의 수장(首長). 천마사천회의 이인자로 밝혀진 천마(天魔) 방조휘(方照揮)와 그의 영원한 동반자 지마(地魔) 야율무(耶律霧)!

실로 오랜만에 모습을 드러낸 그들의 존재 하나만으로도 백마의 사기는 충천해 있었고, 천마교도들의 검은 한층 힘있는 칼부림을 그려내고 있었다.

단심맹의 수뇌부는 이 같은 현상에 적잖게 당황하지 않을 수 없었다. 아무리 그들에게 사대문파의 수장이 함께하고, 천하십오대고수 중 사 인이 함께한다고 하지만 천지쌍마의 위명은 그것을 능가하고 있었기 때문이다.

"젠장, 저들이 아직도 살아 있을 줄은 몰랐네."

"할 수 없군. 우리가 저들을 막을 수밖에."

육정방은 천지쌍마를 상대로 연수할 것을 제의했다. 네 명이 두 명을 상대하는 것은 그들의 자존심이 허락지 않는 일이지만 때가 때인만큼 체면불사하고 합공을 해야 한다고 생각했기 때문이나.

육정방의 말에 창왕 양청수나 곤군 조진환, 탄군 하후단 역시 동의했다. 그와 동시에 그들은 천지쌍마를 향하여 신형을 날렸다.


"그대가 보기엔 어떻게 될 것 같은가?"

사도천벽은 혈천마동과 그리 멀지 않은 곳에서 이제까지의 격전을 바라보며 곁에 시립하고 있는 뇌마에게 물었다. 하나 사도천벽의 의도를 알 수 없는 뇌마의 입은 좀처럼 열리지 않았다.

이런 뇌마의 마음을 짐작하고 있었을까.

"후후후, 그대는 확실치 않은 대답은 하지 않는 편이었지."

"예, 송구스럽습니다만 저의 생각으론 상황이 어떻게 전개될지 확실히 모르겠습니다."

이런 말을 하는 자신이 죄송한 듯 고개를 숙인 뇌마를 보며 사도천벽은 고소를 금치 못했다.

"허어, 그거야 당연하지 않은가? 제아무리 천지쌍마라 하더라도 사군 중 삼군과 창왕의 합공이네. 그 결과는 아무도 장담하지 못하지. 게다가 저들은 모두 폐물들이 아닌가. 크하하하!"

사도천벽의 입에서 광오한 웃음이 흘러나왔다. 그것도 잠시, 그의 두 눈이 빛을 발하며 무섭도록 차가운 기운이 흘러나왔다.

"하지만 아무리 상황이 어떻게 돌아갈지 모른다 하여도 이것 한 가지만은 분명하네. 저들은 결코 이 자리에서 살아 돌아가지 못한다는 것!"

"음."

뇌마는 가끔 이런 생각을 하곤 했다. 자신이 사도천벽의 곁에 있지 않고 그와 반대되는 입장에 섰다면 어떨까 하는. 그리고 항상 생각의 끝은 생각하기도 싫은 결말이 도사리고 있었다.

무섭도록 놀라운 자제력과 냉철한 이성, 아무도 모르는 자신만이 아는 그의 마공(魔功). 어느 것 한 가지를 보더라도 그는 사도천벽과 뜻을 같이함이 옳다고 생각했다.

"혈천마동의 앙천독인과 수라마인은 유동(乳洞)으로 옮겼는가?"

"예, 이미 혈천마동 안에 있는 모든 것을 그쪽으로 옮겼습니다."

"그렇군. 그럼 화약은?"

"이미 준비되어 있습니다."

"흐흐흐, 누구든 결코 이곳을 빠져나갈 수 없다. 혈천마동이야말로 저들의 무덤이 될 것이다!"

그의 웃음소리는 곧 그의 주위로 스쳐 가는 바람 속에 묻혀 버려 아무도 들을 수 없었다.


'제길, 과연 사마통합사대신공 중 하나로구나.'

개왕 노삼야의 진전을 이어받은 이후로 한 번도 이런 낭패를 보지 못한 언무청이기에 지금의 상황은 매우 당황스럽기 그지없었다.

비록 강룡십팔장과 지존마령수의 대결에선 지지 않았지만 상관천에 비해서 상대적으로 내력이 약한 언무청인지라 시간이 갈수록 자신이 불리함을 깨닫지 않을 수 없었다.

내력의 부족함으로 인해 언제부턴가 강룡십팔장 대신 천왕삼권으로 겨우 상관천을 막아내고 있었다. 이것을 눈치 챈 상관천의 얼굴엔 희미하게 웃음이 번지고 있었다.

'이런, 할 수 없다. 이대로 가다간 저자에게 무릎을 꿇을 수밖에 없다. 도박을 해야 한다!'

언무청은 자신의 몸을 담보로 도박을 하기 시작했다. 다름이 아닌, 단 한 번이라도 강룡십팔장을 펼칠 수 있는 내력을 모으는 것이었다. 그러기 위해선 시간을 벌어야 했다.

언무청은 가급적 내력 대결을 피하기 위해 계속해서 신형을 틀며 상관천의 장법을 요리조리 피하려 하였다. 하지만 말처럼 쉽지 않았다.

좁은 암도 속에서 피하기도 어려울 뿐더러 상관천이 펼쳐 낸 경력의 회오리가 너무도 컸다.

'젠장! 조금만 더 모으면 된다, 조금만 더. 그건 그렇고 저 녀석은 지치지도 않나? 도대체 언제까지 저렇게 생생할 건지… 혹시 삼왕(蔘王)이라도 삶아 먹은 거 아냐?'

채 피하지 못하고 옆구리에 가벼운 일장(一掌)을 맞은 그는 속으로 투덜거리며 더욱 빠르게 움직였다.

과연 얼마 가지 않아 언무청은 자신이 원하는 만큼의 내력을 모을 수 있었다.

'바로 지금이다! 아마 저자는 내가 내력이 부족하다는 것을 알고 방심하고 있을 것이다. 그때를 노리는 것이다!'

언무청의 짐작대로 상관천의 모습에선 처음의 진중함이 보이지 않았다. 마치 장난감을 가지고 놀듯 언무청을 희롱하는 모습만을 보여주고 있었다.

기회를 엿보던 언무청의 입에서 외마디 호통이 터져 나왔다.

"받아랏!"

그렇지 않아도 공력 소모가 큰 강룡십팔장인데, 그중에서도 가장 많은 공력을 필요로 하는 항룡유회가 펼쳐지자 금세 언무청의 얼굴이 백지장처럼 창백해졌다.

그만큼 그의 모든 공력이 이번 한 수에 쏟아져 나왔다는 것이다.

언무청의 장력이 닿기도 전에 엄청난 권풍(拳風)이 암도를 휩쓸어갔다. 그 모습을 본 상관천의 얼굴엔 다급함이 떠올랐다. 너무 방심하고 있었던 것이다.

사실 상관천으로선 자신이 직접 나서서 언무청과 상대할 필요가 없었다. 하나 조금 전부터 계속해서 어디론가 시선을 뺏긴 사도설아를 보니 가슴속에서 울화가 치밀어 오른 것이다.

본래 상관천은 황극천 소속이 아니라 무극천 소속이라 함이 옳았다. 그의 성을 보면 알 수 있듯 상관세가의 사람이었다. 하나 세가와 뜻이 맞지 않아 세가를 나온 그는 곧 구마라는 이름으로 세상에 나오게 되었다. 그렇게 된 이유 중 하나가 바로 풍록(風鹿) 사도설아였다.

언젠가는 다시 세가로 돌아가리라 했던 마음까지 접게 만든 것이 바로 그녀였다. 한데 얼마 전부터 상관천은 사도설아의 눈이 다른 곳을 향하고 있음을 눈치 챘다.

그리고 그는 그 대상을 이 자리에서 볼 수 있었다. 지난날 운귀고원에서 만났던 소년, 바로 진현이었다.

끓어오르는 노화와 질투심을 참을 수 없었던 그는 언무청을 향하여 화풀이를 시작한 것이다. 언무청의 옷이 찢어질 때마다, 그의 몸에서 피가 흐를 때마다 그의 차가운 미소는 더욱 짙어졌다.

마치 진현에게 보라는 듯.

그런 그에게 언무청의 갑작스런 역습은 생각지도 못한 공격이었다.

"이놈이!"

가지고 놀던 강아지에게 물린 기분일까?

참을 수 없는 노화가 피어오른 상관천은 급히 공력을 끌어올려 지존마령수를 펼쳤다. 그러자 그의 얼굴에서 아수라(阿修羅)의 형상이 떠오르며 그의 뒤편에는 천마(天魔)의 영상이 그려졌다.

지존마령수를 극성으로 펼칠 때 나타나는 현상이다.

신장과 마장은 이렇게 다시 한 번 충돌했다.

꽈르르릉—

엄청난 경력의 충돌에 암도는 무너질 것만 같았다. 돌 틈 사이로 먼지와 작은 돌멩이들이 빠져나와 허공을 가득 메웠다.

"크으윽!"

언무청의 입에서 한줄기의 피가 흘러나왔다. 그가 느끼기엔 오장육부에 심대한 타격을 입은 것 같았다. 하나 그의 일그러진 얼굴 속에 숨쉬고 있는 그만의 오기와 의지는 사라지지 않았다.

"절대 지지 않는다. 절대 지지 않아!"

처음에는 나지막하게 중얼거리던 그의 말이 종국에는 큰 외침이 되어 암도를 울렸다. 그리고 그와 동시에 그의 체내에 남아 있던 마지막 공력까지 모두 뽑아내어 상관천을 밀어붙였다.

"이놈!"

상관천 역시 끊임없이 공력을 주입시키며 언무청의 내력을 소진시켰다.

펑!

그들의 마지막 충돌이 끝나고 폭음이 일자 결국 상황은 끝이 나고 말았다.

"무청!"

진현은 허공을 날아 구석에 처박힌 언무청에게 급히 달려갔다. 의식을 잃은 모습이 탈진한 것 같았다.

진현은 품속을 급히 뒤지더니 약왕단을 꺼내 언무청의 입에 털어 넣었다. 그리고 순식간에 언무청의 대혈을 짚어 그의 진기가 잘 흐를 수 있도록 하였다.

언무청의 내상에 임시방편을 마련해 준 진현은 서서히 몸을 일으켜 상관천을 바라보았다.

"내가 당신과 상대하겠소."

"아!"

진현의 말에 사도설아의 입에서 탄성이 흘러나왔다. 자신도 모르게 나온 탄성이라 억제하지 못했던 사도설아는 금세 자신의 실수를 깨닫곤 고개를 숙였다.

그 모습을 본 상관천의 눈에 불길이 일었다.

"좋다! 네놈도 저놈같이 만들어주마!"

"안 됩니다, 대형. 잠시만 쉬고 계십시오. 저희들이 대신 맞서겠습니다."

피로가 역력한 상관천의 행색을 본 팔마는 자신이 나서서 대신 싸울 것임을 종용했다. 하나 상관천의 고집은 꺾이지 않았다.

"저리 비켜라! 저 아이는 내가 상대한다."

그 모습을 조용히 지켜보던 진현은 상관천이 앞으로 나서자 그 역시 상관천에게 다가갔다.

신장과 마장의 대결에서 신장이 패했지만 이번엔 신검과 마장의 대결이었다. 과연 어떤 결과를 맺을지 어떤 예측도 하지 못했다.

진현이 두 손 가득 공력을 집중시켜 육맥신검을 선보일 찰나였다. 갑자기 상관천의 뒤쪽에서 한줄기 혈광(血光)이 쏟아져 나왔다.

하나 급히 막은 진현의 장력에 의해 왔던 기세 그대로 물러났다. 혈광이 멈추자 그 자리엔 혈마(血馬)가 서 있었다.

"대형, 벌은 후일 받도록 할 테니 소제가 먼저 나서겠습니다."

혈마는 상관천의 대답도 듣지 않고 다시 진현을 향하여 덤벼들었다. 그는 구마 중 유달리 각법에 능통했다. 한때 철각(鐵脚)이라 불릴 정도로 그의 다리가 튼튼했기 때문이다.

그렇기에 혈마의 진재절학 역시 이 튼튼한 다리를 이용한 단혈철각(丹血鐵脚)이었다. 붉게 물든 두 다리를 이용한 각법이기 때문에 그의 별호가 혈마인 것이다.

파파파팟!

혈마의 현란한 각법이 허공에서 핏빛 꽃송이들을 피워냈다. 상단을 노리던 발이 돌연 진현의 하단을 쓸어갔고, 머리를 노리는가 하면 실제로는 옆구리를 차고 있었다.

실로 종잡을 수 없는 각법이었다.

이에 진현 역시 처음에는 손발이 어지러워지는 것을 막을 수 없었다. 하나 얼마 가지 않아 점차 혈마의 어지러운 발길질 속에 일정한 흐름이 있다는 것을 알게 되었다.

"크윽!"

결국 진현의 일장을 맞은 혈마의 입에서 실같이 가느다란 피가 흘러나왔다. 운귀고원 당시와 비교한다면 그들의 입장은 바뀌어져 있었던 것이다.

그런 혈마를 응원하기 위해 구마 중 흑귀(黑龜)와 비합(飛蛤)이 튀어나왔다. 둘 다 작은 체구에 비대한 몸을 가지고 있었지만 빠르기가 상상을 초월했다.

진현은 두 사람을 향하여 번개같이 이지(二指)를 퉁기어냈다. 일양지와 일음지의 각기 다른 공력을 담아 쏘아진 진현의 지력은 흑귀와 비합의 움직임을 방해했다.

"과연 절영곡의 무위가 허언이 아니었구나!"

흑귀와 비합의 응원에도 불구하고 별다른 소득이 없자 적사(赤蛇)와 광우(狂牛), 독응(毒鷹) 또한 진현에게 달려들었다.

육 대 일의 대결이었다.

개개인이 일성(一省)을 지배할 정도의 무위를 가진 육마의 합공은 순식간에 진현의 손발을 묶게 만들기에 충분했다. 하지만 진현이 그들을 어쩌지 못하는 만큼 그들 또한 진현의 옷깃조차 만질 수 없었다.

계속해서 신형을 바꾸며 매섭게 펼치는 진현의 일양지는 그들의 간담을 서늘하게 하기에 부족함이 없었다.

"언제까지 그 자리에 버티고 서 있을지 보자꾸나!"

성격이 급한 광우는 답답한 이 상황을 참지 못하고 그의 묵룡혼원강(墨龍混元罡)을 극성으로 펼쳐 진현에게 쏘아 보냈다. 그것을 시작으로 나머지 오마는 자신들의 절기 한 가지씩을 펼쳐 진현의 퇴로를 막는 한편 빈틈을 노렸다.

순간 진현의 두 눈에서 기이한 빛이 흘러나왔다. 그와 동시에 진현의 몸에서 백색 광채가 퍼져 나와 사방을 비추었다. 바로 삼양천잠공(三陽踐潛功) 중 백양(百陽)의 빛이 터져 나온 것이다.

본래 진현의 공력이 화합의 단계에 이르러 천인합일에 도달하게 되자 자연히 삼양천잠공 역시 백양에 오르게 되어 극성을 이룬 것이다.

퍼퍼퍼퍼펑!

"으악!"

"그으흑!"

동시에 여러 군데서 비명 소리가 터져 나왔다. 진현의 백양강기(百陽氣)에 부딪친 육마의 결과였다.

상관천은 더 이상 형제들의 수모를 지켜볼 수 없었다. 게다가 육마의 수고로 인해 그의 공력이 차츰 회복되어 있었다.

"풍록을 부탁한다."

그는 남아 있는 무영룡에게 전음을 보냈다. 그러자 무영룡의 고개가 미세하게 끄덕거렸다. 그것을 본 상관천은 무영룡과 사도설아에게 빙긋 웃어 보이더니 진현에게 다가갔다.

그리고 가타부타 아무런 말 없이 모든 공력을 끌어올려 지존마령수를 펼쳤다. 이번 한 수에 모든 것을 건 것이다.

그것을 안 진현 역시 육맥의 기운을 모아 손끝에 집중시켰다.

아직 출수(出手)도 하지 않았건만 진현과 상관천 사이에 기류의 폭풍이 생겨났다.

이를 지켜보던 독고자인과 사도나영, 그리고 어느새 의식을 차리고 이들의 대결의 지켜보던 언무청의 두 손에 땀이 배이기 시작했다.

"멈추어요!"

이제야 상황을 파악한 사도설아는 두 눈에 눈물을 글썽이며 소리를 질렀다. 한차례의 부딪침이 끝나고 나면 둘 중 하나는 죽음을 면치 못할 것임을 짐작했기 때문이다. 그리고 두 사람 모두 그녀에겐 소중한 사람들이었다. 어느 한 사람이라도 죽는다면 그녀의 마음에 슬픔과 한(恨)이 가득할 것이었다.

하지만 애타게 부르짖는 사도설아 역시 두 사람의 대결을 멈추게 하진 못했다. 오히려 두 사람 사이의 기류는 더욱 빠른 속도로 회전했다.

순간 상관천의 두 손이 기류 속으로 찔러갔다.

고오오―

대기의 진동이 느껴지는 순간 진현 또한 육맥의 기운을 신검이라는 형(形)을 빌어 표출하였다.

꽈르릉!

조금 전부터 불안하던 암도의 천장이 결국 무너지며 흙먼지가 사방을 덮쳐 한 치 앞도 볼 수 없게 만들었다.

"대형!"

쓰러져 있던 육마 중 겨우 살아남은 비합은 사방에 날리던 흙먼지가 가시자 우두커니 서 있는 두 사람을 볼 수 있었다. 그리고 그중 목덜미에 뚫린 큼지막한 구멍 사이로 피를 철철 흘리고 있는 상관천을 볼 수 있었다.

"대형!"

비합은 다시 한 번 상관천을 불렀다. 금세라도 그의 부름에 상관천의 무뚝뚝한 대답이 들려올 것만 같았다. 그러나 결국 그가 볼 수 있었던 것은 목에 구멍이 뚫린 채 뒤로 넘어가는 상관천이었다.

쿵!

지금까지의 광경을 본 사도설아는 결국 혼절하고 말았다.

"지운, 괜찮은가?"

언무청은 서둘러 진현에게 다가가 그의 행색을 살폈다. 흐트러진 머릿결과 여기저기 찢어진 무복, 몰골이 말이 아닌 진현을 보며 혹시라도 있을지 모를 부상을 찾아보았다.

하지만 다행스럽게도 부상은 없어 보였다. 그리고 그것을 증명이라도 하듯 진현은 천천히 앞으로 걸어나갔다.

"너 이상의 살인을 무의미할 것 같고. 저들을 데리고 가거라."

진현은 암도에 처박힌 비합과 무영룡을 향해 나직하게 말했다. 그러자 무영룡은 복면 사이로 눈빛을 빛내더니 혼절한 사도설아와 쓰러진 비합을 안고 자신이 왔던 길로 되돌아갔다.

"아니! 사마 대협께서 살아 계신다는 말인가?"

진현은 청운 도장의 말에 놀라 부르짖었다. 믿을 수 없었다. 이미 사마세가의 혈겁 당시 죽었다고 알려졌고, 사마화련 역시 그렇게 알고 있지 않은가. 뇌옥에서 구한 청운 도장은 진현에게 그야말로 천지가 놀랄 소식을 전해준 것이다.

"그렇다면 청운, 자네는 그것을 확인하기 위해… 아니, 사마 대협을 구하기 위해 일부러 천마사천회에 납치되었다는 말인가?"

그제야 청운 도장에 대한 진현의 의문이 풀렸다. 조금 전 청운 도장을 뇌옥에서 꺼낼 당시까지만 해도, 이 현실을 눈으로 확인하고도 도저히 믿어지지 않았던 그였다.

"그렇네. 그 당시 사매에게 말하기에는 어려움이 많았네. 그래서 결국 건곤이화과란 핑계를 대고 말았지."

"그랬군."

청운 도장의 심정을 진현 역시 이해할 수 있었다. 그 또한 이곳에 오기 전 사마화련에게 속인 것이 있지 않은가.

"지금 사마 대협은 어디에 계신가?"

진현에게 중요한 것은 사마추현의 행방을 어떻게 찾아냈느냐는 것이 아니다. 현재 어디에 있는가였다.

"그분은… 혈천마동에 계시네……."

"혈천마동?"

말꼬리를 흐리는 청운 도장을 보며 진현은 반문했다.

"그렇네. 바로… 수라마인을 만들기 위한 재료가 되시고 말았다네."

쿠쿵!

탄식하듯 내뱉는 청운 도장의 말에 진현의 가슴 한구석이 무너져 내리는 것 같았다. 자신이 아끼고 평생을 곁에 두어야 할 여인의 아비가 수라마인이 되다니, 충격적인 말이 아닐 수 없었다.

"이럴 수가! 어떻게 그런 일이……!"

"나 역시 처음에는 믿을 수 없었네. 사마세가의 혈겁이 있을 당시 돌아가신 줄 알았지. 하나 분명히 살아 계시다네. 수라마인이라는 괴물로 다시 태어나신 거지."

"음."

"지운, 솔직하게 말함세. 사마 대협에 관해서 사매를 속인 것처럼 자네에게도 속인 것이 있네."

청운 도장은 눈을 내리깔며 쓸쓸한 음색으로 말했다.

"사실 말일세……."

"알고 있네. 자네가 하려는 말이 무엇인지."

아직까지 진현과 사마화련의 만남을 모르고 있던 청운 도장은 고백의 내용을 알고 있었다는 진현을 보며 눈이 휘둥그레졌다. 하나 그 역시 간과하고 있던 것이 있었다.

조금 전 사마추현에 관하여 말을 할 때 분명 자신의 사매와 연관이 있던 것처럼 말하지 않았는가. 게다가 진현 역시 그것을 알고 있다는 듯 이해하고 있던 것을 청운 역시 기억하고 있었다.

"그럼 혹시?"

"그렇네. 련 누이는 지금 맹에서 자네와 나를 애타게 기나리고 있나네."

"아! 축하하네. 정말로 축하해."

진현의 말에 청운 도장은 진심으로 축하하며 기뻐했다.

하나 그의 눈 속에 자리한 한줄기 아쉬움은 무엇으로 설명할 것인가.

"고맙네. 한데 말일세, 청운. 자네에게 말하고 싶은 것이 있네."

진현은 청운 도장의 축하에 화답하는 한편 낯빛을 굳혀 청운 도장의 두 눈을 바라보았다.

"비록 자네와 오랜 시간 동안 사귀진 않았지만 누군가 우리 두 사람의 관계를 묻는다면 난 서슴없이 친구라고 말할 걸세."

"……"

"그런데 말이야, 자네는 날 그렇게 생각하지 않았나보군. 사마 대협에 대한 일 때문에 이러는 것이 아닐세. 그 누구의 일이라도 자네가 나서야 할 일이 있다면 나 역시 함께했으면 좋겠다고 생각하네. 그것이야말로 내가 생각하는 친구일세."

"지운……"

진현의 진중한 말에 청운 도장은 그의 이름을 나직이 불렀다. 그러나 진현의 말은 계속 이어졌다.

"처음에 난 자네가 여기에 갇혔다는 말을 듣고 믿을 수가 없었네. 하지만 난 그걸 믿어야만 했지. 그래서 달려왔네. 그리고 구했지. 난 무척이나 기뻤네. 내가 친구에게 도움이 되었다는 점에서 무척이나 기뻤다네. 한데 이젠 화가 나려고 하네. 자네는 어쩔 수 없이 잡혔던 것이 아니라 일부러 잡혔네. 그것도 자네와 내가 모두 함께 풀어갈 수도 있는 일인데 말이야. 하지만 이번 한 번은 용서하겠네. 다시는 이러지 말게나."

"……"

청운 도장은 진현의 진심 어린 말에 고개를 들 수 없었다. 그의 진한 우정이 청운 도장의 가슴에 파고들었기 때문이다. 그때 진현의 마지막 말이 그의 눈시울을 붉히게 만들었다.

"자네와 난 친구가 아닌가."

"지운… 그래, 우린 친구라네."

청운 도장은 진현의 어깨를 붙잡으며 진현의 말에 화답했다. 진현 역시 청운 도장의 한쪽 어깨를 부여잡았다.

이 순간 어떤 말이 더 필요하리.

두 사람의 눈빛은 어떤 말보다 그들의 심정을 잘 대변해 주고 있었다.

그때였다. 갑자기 이들의 감격스런 우정의 확인을 방해하는 일이 발생했다.

우르르릉―

엄청난 굉음과 함께 암도 전체가 떨리기 시작했고, 천장의 벽돌들이 무너지기 시작했다.

"대체 무슨 일인가?"

진현은 급히 고개를 돌려 언무청에게 물었다. 하나 언무청 또한 진현과 같이 계속해서 이곳에 있었는데 어찌 그가 알겠는가. 그저 어깨를 한 번 으쓱할 뿐이었다.

"아무래도 심상치 않은 일이 벌어진 것 같네. 밖으로 나가세나."

진현은 약왕단에 의해 원기를 회복한 고수들을 이끌고 암도를 빠져나갔다. 다리가 없는 혁요광, 전부기 등은 언무청의 커다란 팔에 안겨 뇌옥을 탈출했다.

뇌옥을 빠져나온 진현이 볼 수 있었던 것은 전각 뒤로 보이는 커다란 산맥 틈 사이로 치솟는 연기였다. 그리고 회색 연기 사이로 간간이 붉은 섬광이 빛을 발하고 있었다.

"저건 맹의 비상 신호를 알리는 폭죽일세."

뒤따라 나온 언무청이 말했다.

"아! 아무래도 사대문파와 노사님들께 무슨 변고가 있는 모양일세."

진현은 뒤돌아보며 언무청에게 다급히 말했다. 이에 언무청은 고개를 끄덕이더니 서둘러 뇌옥에서 채 빠져나오지 못한 사람들을 재촉했다. 한시라도 빨리 연기가 치솟고 있는 혈천무동으로 가야 했기 때문이다.

진현 일행이 도착한 혈천마동은 완전 폐허가 되어 있었다. 혈천마동이 있던 거대한 암벽이 무너져 엄청난 크기의 바위들이 사방을 뒤덮은 것이다.

"젠장! 폭약을 터뜨린 모양이군."

바위 틈 사이로 흘러나오는 혈천(血川)을 보며 언무청은 아찔하다는 듯 탄식했다.

"앗!"

진현이 경악하며 손가락으로 가리킨 곳에는 무당칠자(武當七子)의 시체가 있었다. 바위에 짓이겨져 상체 이후론 형체를 알아보기 힘들었다. 그곳에서 얼마 떨어지지 않은 곳에는 소림의 사대금강(四大金剛)이 죽어 있었다. 칠공에서 검은 피가 새어 나오는 그들의 시체는 처참하기 이를 데 없었다.

펑!

폭음이 들리는 곳을 바라본 진현의 눈에 미친 듯이 장력을 날리는 언무청이 들어왔다. 그가 장력을 날리는 바위 밑에는 개방의 제자가 죽어 있었다.

"어떤 놈이! 이런 미친 짓을 했단 말인가!"

진현은 그 어느 때보다 노여워하며 허공을 향해 소리쳤다. 이때 답변을 바라고 소리친 것이 아닌, 진현에겐 생전 처음 듣는 음성의 말이 들려왔다.

"폭약을 터뜨린 것은 사도천벽의 짓이다."

"방(方) 할아버지!"

진현에게 대답한 천마 방조휘에게 사도나영은 울음을 터뜨리며 달려가 그의 품에 안겼다. 자신의 품에 안겨 울음을 터뜨리는 사도나영을 토닥거리던 방조휘의 뒤로 지마 야율무와 곤군 조진환, 탄군 하후단, 검군 육정방, 창왕 양청수가 연이어 모습을 드러냈다.

"조 노사, 어떻게 된 일입니까?"

삼군의 모습을 본 진현은 재빨리 현 상황에 대하여 물었다.

"말한 대로네. 사도천벽이 폭약을 터뜨린 것이지."

"사도천벽이 폭약을 터뜨렸다고요? 왜 그런 짓을……?"

바위에 깔려 죽은 무인들 중에 천마사천회의 무인들도 있음을 안 진현은 어이가 없다는 듯 황당한 표정을 지었다.

"그건 우리가 천마부의 사람들이기 때문이지."

진현의 질문에 지마 야율무가 대답했다. 그의 얼굴에는 비통함이 잔뜩 묻어 있었다. 그의 말을 조진환이 보충 설명 했다.

본래 이들은 생사를 다투며 자신의 절기를 펼치기에 여념이 없었다. 검군과 탄군은 방조휘를, 곤군과 창왕은 야율무를 상대하며 무서운 위력을 발휘하고 있었다. 하지만 그들은 곧 장소를 옮겨야만 했다. 그들이 내뿜는 경력으로 인해 그 주위의 무인들이 상당한 부상을 입었기 때문이다.

검군을 비롯한 사 인은 단심맹의 무인을 걱정했고, 천지쌍마는 그들대로 백마와 팔대호법을 걱정했다. 결국 뜻이 맞은 그들은 장소를 옮겨 대결을 하기로 마음먹고 자리를 옮겼다.

그러던 중 갑자기 폭음이 울리며 혈천마동이 있던 암벽이 무너져 내리는 것이 아닌가.

암벽 중간의 자연적으로 생긴 분지에서 다투던 단심맹과 천마부는 졸지에 몰살을 당하고 말았다. 이 중 무공이 높고 경신법에 능통한 자들은 겨우 자리를 피할 수 있었지만 대부분의 사람들은 떨어지는 바위에 깔려 죽고야 말았다.

천지쌍마를 비롯한 육 인이 이곳에 왔을 때는 이미 상황이 종료된 후였다. 그리고 대충 상황을 짐작한 천지쌍마가 그간 있었던 일에 대한 얘기를 나머지 사 인에게 들려주었다.

사도천벽의 행동에 더 이상 그의 명령을 들을 수 없다고 결심했기 때문이다.

"천마사천회는 그간 사천부와 천마부가 함께 힘을 모아 이루어져 있는 것 같지만 실상 그렇지가 않았네. 사천부의 힘에 천마부는 억눌려 있었던 것이지. 상상을 초월하는 그들의 무력은 천마부의 모든 행동을 규제했네. 나와 야율 동생마저 마찬가지였지."

"아!"

비록 천마사천회의 대공녀라고는 하나 이런 사정을 모르고 있었던 사도나영은 방조휘의 말에 탄성을 내질렀다.

"사실 처음 회가 창설되고 사도 회주가 계실 당시에는 이렇지 않았다네. 문제는 사도 회주가 폐관을 이유로 은거하신 다음이었지. 그의 아들 사도천벽이 회를 맡고 난 후 모든 것이 바뀌기 시작했네. 자네도 알 거야. 황극천이라고. 태극천, 무극천과 함께 삼원천에 속한 황극천으로 회가 탈바꿈되었다는 소식을 들었을 땐 너무도 기가 막혔지. 그래서 천마부는 기를 쓰고 반대했네. 우리가 천마사천회를 만든 이유는 호천사정맹을 견제하기 위함이지 무림을 제패하자는 것이 아니었기 때문이네."

"음."

이제까지 몰랐던 사실을 알게 되면서 놀란 것은 사도나영뿐만이 아니었다. 이미 천지쌍마로부터 사정을 들은 사 인을 제외한 모든 사람들이 경악을 금치 못했다.

"하지만 역부족이었네. 이미 회의 모든 것을 장악한 사도천벽 앞에서 우리의 반항은 무의미했지. 오히려 나와 야율 동생을 가두기까지 했네."

"그럼 아버님은 뭐 하셨나요?"

사도나영은 급한 마음에 방조휘의 말을 자르며 입을 열었다.

"음… 회주 역시 우리와 같은 처지이시다."

"아!"

사도나영의 탄식을 뒤로하고 방조휘는 계속 말을 이었다.

"그동안 많은 것을 알게 되었네. 지금 말한 사실 역시 그때 알게 되었지. 회주 또한 사도천벽에 의해 감금당하셨다는 것을."

"이런 천벌을 받을 놈! 자신의 아버지를 어떻게!"

방조휘의 말에 오히려 언무청이 나서며 노화를 터뜨렸다. 그것은 진현 역시 같은 심정이었다.

"이미 천벽 그 아이는 모든 것을 완벽하게 준비하고 계획을 실행한 거야. 그것을 깨달은 때는 이미 늦었지."

"아버님은 어디에 계신가요?"

망연자실하던 사도나영은 어느새 정신을 차리고 절규하듯 물었다.

"유동(乳洞)에 계신다. 그리고 혈천마동이 붕괴된 지금 그 안의 모든 것들도 아마 그쪽으로 옮겨졌을 거야."

"아!"

유동이라면 그녀 역시 알고 있었다.

"그럼 어서 빨리 그쪽으로 가요. 단 공자, 언 공자, 그대들 역시 혈천마동을 부수기 위해 오신 것 아닌가요? 그럼 저와 함께 가주세요. 부탁이에요."

자리를 박차고 일어선 사도나영은 진현과 언무청을 향해 고개를 숙이며 부탁했다. 그녀의 눈으로 직접 본 이들의 무위라면 안심하고 부탁해도 괜찮을 것 같았기 때문이다.

고개를 든 그녀의 눈이 마지막으로 머무른 곳에는 독고자인이 있었다. 그리고 그녀는 독고자인의 고개가 끄덕이는 것을 볼 수 있었다.


유동(乳洞).

천마사천회가 있는 묘인봉에서 오십 리 정도 떨어진 지점에 자연적으로 생긴 계곡을 일컫는 말이다.

마치 신장(神將)의 도끼에 찍힌 듯 절벽이 쫙 갈라져 계곡의 양쪽을 둘러싸고 있었다. 그 틈으로 구절양장(九折羊腸)의 길이 있었고, 그 안에는 크고 작은 동굴들이 자연적으로 생성되어 있었다.

악마의 입구가 이러할까.

어느새 손을 잡은 진현 일행과 천지쌍마 일행은 유동의 기이한 동굴들을 보며 무거워지는 마음을 금할 길이 없었다. 음침한 동굴의 행색이 마치 그들에게 악마의 손짓을 하는 것처럼 보였기 때문이다.

"저곳이네. 저 동굴이 유동의 심장이지."

방조휘가 가리키는 곳에는 유동의 동굴 중 가장 큰 동굴이 자리하고 있었다. 그 동굴은 어둡기 짝이 없어 그 끝을 알 수 없었다.

"동굴 안으로 들어가면 조심해야 하네. 동굴 안은 미로와 같아서 길을 잃어버리면 돌아오기 힘들다네. 게다가 기관과 암기가 설치되어 있어 멋모르고 들어갔다가는 죽기 십상이지."

마치 할아버지가 손자에게 당부의 말을 전하듯 방조휘는 젊은 진현과 언무청 등을 바라보며 친절하게 설명해 주었다. 어차피 지금 이 순간은 손을 잡고 힘을 모아야 하기 때문이었다.

"알겠습니다. 그럼 들어가 볼까요?"

말은 진현이 했지만 선두는 천지쌍마가 섰다. 그들만큼 유동을 잘 아는 이도 없었기 때문이다.

"조심하거라."

방조휘는 다시 한 번 사도나영에게 말하며 그녀의 안전을 걱정했다. 그와 동시에 그녀 곁에 있는 독고자인을 기이한 눈으로 쳐다보았다.

'저 아이도 짝을 찾을 때가 온 것이구나.'

생각을 마친 방조휘는 다시 신중한 낯빛으로 조심하며 걸음을 옮겨 갔다.

"크하하하! 언제부터 천마부와 단심맹이 손을 잡았지?"

동굴 안을 울리는 광오한 웃음과 음침한 목소리가 들려왔다.

"오라버니!"

사도나영의 말대로 사도천벽의 목소리였다.

"소저, 지금 사도천벽은 구천회회전성(九天廻廻轉聲)으로 말하고 있소이다."

군이 독고자인의 말이 아니더라도 사도나영 역시 사도천벽이 구천회회전성을 사용하여 말하는 것이라는 걸 알고 있었다. 하나 이성보다 감정이 앞서는 지금 그것을 생각할 여유 따윈 없었다.

"흐흐흐. 나영, 너도 있었구나. 좋다, 모두 죽여주지."

그 말을 끝으로 사도천벽의 목소리는 더 이상 들려오지 않았다.

"어떻게… 오라버니가……."

사도나영은 사도천벽의 말에 아직 충격에서 빠져나오지 못하고 있었다. 비록 자신을 아끼는 오라비는 아니었지만 분명 그와 자신은 남매라고 생각하던 그녀였기에 더욱 충격적인 것이다.

그리고 사도천벽의 말은 방조휘가 이제까지 했던 말 모두 사실로 입증한 것임을 안 그녀는 하늘이 노래지는 것 같았다.

"진정하거라."

사도나영의 얼굴을 본 방조휘는 급기야 그녀의 수혈을 짚고 말았다. 이대로 두었다간 무슨 사단이라도 낼 것 같았기 때문이다.

"자네가 데리고 있겠나?"

축 늘어진 사도나영을 부축하던 방조휘는 곁에 있던 독고자인에게 그녀를 맡겼다. 그러면 안심하고 부탁할 수 있을 것 같았기 때문이다.

"알겠습니다."

백 마디 말보다 더욱 확신을 주는 독고자인의 말에 방조휘는 슬며시 미소 지었다. 그리고 다시 안색을 굳히며 화섭자를 꺼내 동굴을 밝혔다.

"내 뒤를 잘 따라오게."

말을 마친 그는 다시 조심스럽게 한 발 한 발 움직였다. 그러던 찰나!

피융—

짧은 파공음과 함께 그의 어깨를 스치는 암전(暗箭)이 쏘아져 왔다.

"합!"

방조휘는 기합을 날리며 암전이 튀어나온 곳을 향해 무시무시한 경력을 쏘아 보냈다.

"벌써 시작이 되었군."

기관 장치가 움직이기 시작했다는 것을 짐작한 방조휘는 탄식하듯 내뱉었다. 이제부터 힘든 길을 걸어야 한다는 것을 알고 있기 때문이었다.

"선배님, 잠시만 물러나 계시겠습니까?"

검을 빼어 든 진현이 방조휘 앞에 서며 말했다.

"수류폭!"

외마디 외침과 함께 진현의 검에서 가히 하늘을 가를 만한 강기(罡氣)가 쏘아져 나왔다. 검에서 튀어나온 강기는 자신의 앞에 있는 암도를 부수는 것도 모자라 새로운 길을 만들고 있었다.

한데 신기하게도 동굴 안은 무너지지 않았다.

바로 수류폭 안에 강(强)과 유(柔)가 조화를 이룬 것이다.

"젊은 나이에 검강을 연성하다니 정말 대단하군."

진현의 검을 본 야율무의 탄성이었다. 그리고 그 곁에 있던 검군 육정방 역시 마찬가지의 표정을 짓고 있었다.

"저 나이에 저런 경지에 이른 것은 저 아이가 최초일 것이다."

야율무와 육정방의 감탄을 들은 진현은 겸연쩍어하면서 자신의 검강이 스치고 지나간 자리를 살펴보았다.

과연 동굴의 암벽 안에는 기관 장치가 도사리고 있었다. 그것은 곧

이 동굴이 인위적으로 만든 동굴이라는 것을 의미하였고, 방조휘의 말대로 이곳이 사도천벽이 숨어 있는 곳임을 확인시켜 주는 것이었다.

"이제 한동안은 괜찮을 겁니다."

진현은 다시 방조휘에게 안내를 부탁했다.

일 다경을 걸었을까. 그들의 앞에 작은 공터가 나타났다. 그리고 공터의 맞은편에는 다섯 개의 동굴이 있었다.

"음, 분명 저 중 한곳이 생문(生門)일 텐데."

"아니네, 모두 사문(死門)이야."

분명 네 곳을 제외한 한곳이 생문일 거라 장담하던 언무청에게 방조휘는 고개를 저으며 부인하였다.

"저 동굴 모두 사문일세. 저기 보이는 틈에 무상령부를 집어넣으면 사문이었던 저 동굴들 모두가 생문이 되는 걸세."

"아!"

결국 열쇠가 있어야 문이 열린다는 이치와 같았다.

"그럼 어떻게 해야 합니까?"

"힘으로 뚫는 수밖에 없네."

진현의 물음에 방조휘는 침울한 기색으로 대답했다. 그만큼 저 중 한곳이라도 위험하지 않은 곳이 없다는 것을 의미했다.

"그럼 무엇을 망설이십니까? 어차피 해야 한다면 망설일 것도 없습니다."

호탕하게 말하는 언무청의 표정도 그리 밝지는 않았다. 하지만 그의 말이 효과가 있었는지 모두 신형을 움직여 다섯 개의 동굴 중 중앙의 동굴 앞으로 다가갔다.

"저 안에 어떤 기관이나 위험이 기다리고 있을지 모르네. 여보게, 자네는 나영이를 데리고 여기에 남도록 하게. 그게 좋겠네."

방조휘는 결국 사도나영과 함께 독고자인을 이곳에 남도록 지시했다. 구대신성 중 하나이며 후기지수 중 제일이라는 그이지만 상대적으로 다른 이들의 무공이 너무도 높은 것은 물론이고, 그만큼 동굴 안이 위험하였기에 함께 동행한다면 짐이 될 수밖에 없을 것이라 생각한 끝에 내린 결정이었다.

그것을 알고 있던 독고자인 역시 별다른 말 없이 일행에게서 물러났다.

"그럼 가보세나."

역시 방조휘가 선두를 서며 그 뒤로 팔 인이 뒤따랐다.

과연 그들이 택한 동굴 안은 위험천만했다.

예상치 못한 곳에서 튀어나오는 암기들, 갑작스레 그들을 압사하려는 듯 내려오는 천장, 그와 반대로 아래로 무너지는 바닥 틈으로 보이는 쇠창살들. 어느 것 하나 간담을 서늘하게 하지 않는 것이 없었다.

하지만 그 다음에 나타난 것에 비하면 장난 수준의 것들이었다.

취이이이익—

괴음을 내며 다가오는 벌레들과 동물들을 보며 언무청은 놀라지 않을 수 없었다.

"비천오공(飛天蜈蚣)! 인면지주(人面蜘蛛)! 앗! 저것은 청린독각대망(靑鱗獨角大蟒)!"

마치 온갖 독물(毒物)의 집합소 같았다. 어느 것 하나 절독을 가지고 있지 않은 것이 없을 정도였다.

"젠장, 남만하고 가까우니 이런 장점도 있구나."

투정하듯 내뱉는 언무청을 뒤로하고 진현은 안색을 굳히며 어찌해야 할지 고민했다. 그와 동시에 검을 들어 다가오는 독물들을 향해 찔러갔다. 하지만 끝이 보이지 않는 독물들을 보니 난감하기 그지없었다.

"아, 이럴 때 화기(火器)라도 있으면 좋을 텐데."

"앗!"

조진환의 탄식으로 진현의 뇌리를 스치고 지나가는 것이 있었다.

'독물의 극성은 불이지!'

진현은 이미 오행결 중 이화신공을 선보인 적이 있기에 수월하게 건양진력(乾陽眞力)을 모을 수 있었다. 그러자 그의 두 손은 마치 용광로를 연상시키듯 붉게 타올랐다.

사마화련과의 도움으로 인해 진정한 천인합일의 공력을 이룬 진현인지라 그 위력은 상상을 불허할 정도였다.

"합!"

진현은 이화진결과 함께 '화(火)'의 무공 중 하나인 적양열화수(赤陽熱火手)를 펼쳤다. 그러자 그의 손끝에서 나온 열화의 불꽃들이 동굴 안을 가득 메웠다.

치지직—

살 태우는 냄새와 함께 독물들은 진현의 불꽃에 타 들어갔다. 가히 장관이 아닐 수 없었다. 그 뒤로도 진현은 계속해서 적양열화수를 펼쳐 냈다. 그만큼 이 자리에 모인 독물들의 수가 많다는 것을 의미하고 있었다.

"대단하구먼."

방조휘는 진정으로 진현에게 감탄했다. 독물들만큼이나 끝을 알 수 없는 진현의 공력과 나이를 비교하면 실로 대단하다라는 말로도 부족할 지경이었다.

이렇게 동굴의 함정을 돌파한 그들의 앞에 나타난 것은 두 번째 공터였다. 하나 좀 전관 비교도 할 수 없을 정도로 거대한 공터였다. 마치 연무장을 연상시키듯 거대한 공터를 소유한 동굴은 무너지지 않는 것이 신기할 정도였다.

"흐흐흐, 용케도 이곳까지 오셨구려. 한데 너무 늦었소이다. 벌써 앙천독인과 수라마인은 완성되고 말았소."

"아!"

다시 들려온 사도천벽의 말에 진현과 언무청은 동시에 탄성을 내질렀다.

"거짓말이다. 그 괴물들이 완성되려면 아직 이틀이나 남았다. 지금 저 아이는 허장성세를 하는 것이다."

혈천마동의 속사정을 잘 알고 있던 방조휘는 진현과 언무청을 안심시켰다. 하나 또다시 들려온 사도천벽은 그것을 부정하고 있었다.

"흐흐흐, 허장성세인지 아닌지는 직접 판단하시구려."

쿠궁!

굉음과 함께 공터의 한쪽 벽이 천천히 올라갔다. 그와 함께 혈안(血眼)을 번뜩이는 괴인들이 줄지어 나타났다.

핏빛 혈안에 머리카락부터 발끝까지 시뻘건 괴인들은 멀리 있던 진현 일행의 피부를 마비시킬 듯한 사기(邪氣)를 뿜어내고 있었다.

그와 동시에 또다시 공터의 반대 편 벽이 굉음을 울리며 올라갔다. 그리고 이번엔 온통 먹으로 뒤덮은 듯한 시꺼먼 흑인들이 모습을 드러냈다.

한 발 한 발 움직일 때마다 그들이 밟은 자리는 푸른 연기를 내며 녹아내리고 있었다.

"수라마인과 앙천독인이다."

"자, 한번 상대해 보시구려. 참고로 이들은 현재 제조한 앙천독인과 수라마인 중 삼 분지 일밖에 되지 않소이다. 크하하하!"

야율무의 말에 확인이라도 해주듯 사도천벽은 앙천대소를 날리며 음침한 목소리를 이었다.

그 뒤를 이어 사기가 가득한 방울 소리와 함께 주문(呪文)이 들려왔다. 그리고 간간이 북소리도 들려왔다.

진현은 이 광경에 절영곡 내의 탈백마령인을 떠올렸다. 그리고 방울 소리와 주문 소리가 그 당시 탈심마존이 하던 그것과 비슷하다고 생각했다.

하나 그때와 다른 것이 있었다. 그 당시에는 탈심마존이 함께 있었기 때문에 그를 죽임으로써 모든 것을 막을 수 있었지만 지금은 그렇지 않았다.

결국 앙천독인과 수라마인을 없애는 수밖에 없었다.

"앗! 저들은!"

앙천독인과 수라마인을 살피던 검군과 탄군은 동시에 소리쳤다. 그들 중 익숙한 얼굴을 찾을 수 있었기 때문이다.

"저자는 태산선옹(泰山仙翁)! 그 옆에 있는 것은 관중사협(關中四俠)이다."

육정방의 탄성에 진현은 사마추현이 있는지 찾아보았다. 그러던 중 문득 떠오른 생각에 실소를 금치 못했다. 한 번도 보지 못한 사마추현을 어떻게 찾는단 말인가. 그때 그의 마음을 짐작하고 대신 말해 주는 이가 있었다.

바로 청운 도장이었다.

"지금 여기엔 없네. 아마 이곳이 아닌 다른 곳에 계신가보네."

"아."

진현은 청운 도장의 말을 듣고 다행이라 여겼다. 만약 사마추현이 이 자리에 있다면 그의 손속은 당연히 무뎌졌을 것이기 때문이다.

그러는 동안에도 방울 소리와 주문 소리는 더욱 강하게 동굴 안에 울려 퍼졌다. 앙천독인과 수라마인은 자신들을 깨우는 주문 소리가 들리자 그들의 텅 빈 동공에 기이한 빛이 떠올랐다.

그들의 몸이 서서히 움직이기 시작했다.

"아, 앙천독인과 수라마인 중 하나라도 가지고 있다면 무림을 호령한다고 하더니 진정으로 그렇구나."

하후단의 입에서 저절로 탄성이 나왔다. 그의 입에서 탄식이 나오는 순간 수라마인 중 하나가 번개같이 그에게 달려들었다.

이에 하후단은 그의 성명절기인 건곤혼연탄강(乾坤混然彈罡)을 펼쳤다.

펑!

하후단의 일장에 수라마인은 멀찌감치 날아가 처박혔다. 하나 처박히자마자 반사적으로 튕겨져 나오더니 다시 하후단을 향해 내리덮쳤다.

"아니, 뭐 이런 것이 다 있지?"

건곤혼연탄강의 무서움을 누구보다 잘 알고 있는 하후단은 아무렇지도 않은 듯 덮쳐 오는 수라마인을 보며 경악을 금치 못했다.

하후단은 급히 앞으로 튀어 나가며 덮쳐 오는 수라마인의 가슴을 향해 일장을 내질렀다. 그와 동시에 다시 앞으로 달려가 벽에 맞고 퉁겨져 나오는 수라마인의 가슴을 다시 한 번 가격했다.

쾨쾅!

하후단의 기지 어린 연속타에 수라마인 역시 일어서기가 쉽지 않나보다.

"크크크, 어디 이 어르신 앞에서 발광을 하다니. 이크!"

득의의 웃음을 짓던 하후단은 좌측에서 밀려드는 독기(毒氣)를 느끼곤 급히 신형을 틀어 뒤로 물러났다. 하지만 미처 완벽하게 피하지 못해 독기의 영향을 받은 부분의 옷이 녹아내리고 말았다.

"젠장, 그놈의 앙천지독!"

지난 반정지란 당시 세상을 공포로 몰아갔던 앙천지독이다. 어찌 그것을 잊겠는가. 한데 그것으로 뭉친 독인이 그의 앞에 있었다.

하후단의 미간의 주름은 더욱 깊은 골을 만들고 있었다.

"어서 약왕단을 물게나! 약효가 지속되는 순간에는 괜찮을 걸세."

앙천지독으로 인한 두려움을 극복하기 위해 만든 성수신의 약왕단이었기에 지난날과 같은 상황은 되풀이되지 않을 것임이 분명했다. 가히 세상에 다시없을 영단(靈丹)이었다.

하후단은 서둘러 품속에서 자기병을 꺼내 약왕당은 입에 물었다. 그러자 청량한 냄새와 함께 입 안 가득 상쾌함이 퍼졌다. 앙천지독으로 인한 악취와 지독한 마기를 몰아내듯.

그런 하후단을 보며 진현 역시 약왕단을 삼키고는 검을 빼 들었다. 그리고 곧바로 처음부터 대라삼검을 펼쳐 보였다.

어지간한 수법으로는 앙천독인이나 수라마인에게 해를 입힐 수 없음을 안 것이다.

하나 진현은 얼마 가지 않아 낭패스러운 얼굴을 하고 말았다. 그의 몸은 어떨지 몰라도 그의 평범한 검은 앙천지독에 녹아버리고 말았던 것이다.

"젠장!"

진현은 어쩔 수 없이 검을 버리고 육맥의 기운을 돋우었다. 그러자 약왕단의 기운이 체내를 돌다 육맥에 이끌려 진기와 섞여 버렸다.

"가랏!"

진현의 손가락에 무형의 검기가 쏟아져 나오며 앙천독인을 꿰뚫으려 했다.

파파파팟!

멈칫거리는 앙천독인을 본 진현은 더욱 쉴 새 없이 손가락을 놀리며 검기를 뿌렸다. 하지만 그의 뒤에서 덮쳐 오는 수라마인에 의하여 포기하지 않을 수 없었다.

칠성둔형(七星遁形)이 이럴까. 진현의 신형은 칠성의 방위를 밟으며 현묘한 움직임을 보였다. 수라마인의 공격을 한 발 차이로 피하던 진현은 다시 육맥신검 중 소충검(少衝劍)을 날려 수라마인의 목을 노렸다.

팟!

기이한 일이었다. 목이 뚫렸으면 피가 나와야 하건만 수라마인의 목에선 혈기(血氣)만이 쏟아져 나왔다. 하나 그의 표정은 괴로움을 호소하고 있었다.

"됐다! 바로 저것이다!"

진현은 결국 돌파구를 찾은 것이다.

수라마인의 약점은 바로 그들을 지탱하고 있는 혈기였다. 혈기만 소진된다면 그들의 피가 없어지는 것과 마찬가지인 것이다.

진현의 입가에 모처럼 미소가 번지며 계속해서 수라마인의 목만을 노렸다. 하나 쉽지 않았다. 생전의 무공을 기억하는 듯 신법을 펼치는 그들은 진현의 검기를 무의식 중에 피하고 있었다.

진현이 다시 한 번 소택검(少澤劍)과 상양검(商陽劍)을 펼쳐 수라마인의 목을 노린 그 순간이었다.

"크으윽!"

결국 수라마인의 일장(一掌)을 얻어맞은 조진환의 비명 소리가 동굴 안에 울려 퍼졌다.

폭포수같이 피를 토해내며 속을 게워내는 그는 자신의 내장 부스러기까지 볼 수 있었다.

'아! 결국 여기까지구나.'

조진환은 자신의 명이 다했음을 알 수 있었다. 내장 조각까지 나온 것을 보면 이미 오장육부가 망가질 대로 망가졌다는 것을 의미했기 때문이다.

'좋다! 한 놈이라도 없애고 가마!'

그는 자신의 모든 잠력(潛力)까지 끌어올리며 개산팔곤(開山八棍) 중 최후 절초인 천절파운(天絶破雲)을 떠올렸다.

"같이 죽자!"

외마디 외침과 함께 조진환의 신형은 수라마인 중 하나를 향하여 폭사했다.

"조 노사!"

조진환의 모습을 보며 그의 의도를 눈치 챈 진현의 입에서 안타까운 절규가 흘러나왔다. 그뿐만이 아니었다. 이곳까지 오며 생사를 같이

한 나머지 칠 인의 입에서 모두 탄성이 터져 나왔다.

'잘 가게, 친구. 자네 몫까지 싸우다 그 뒤를 잇겠네.'

그와 절친한 사이였던 하후단의 눈에서 눈물 한 방울이 흘러내렸다.

〈5권 끝〉

도서출판 청어람 www.chungeoram.net    우 420-011 부천시 원미구 심곡1동 350-1 남성빌딩 3F ● TEL : 032-656-4452/54 ● FAX : 032-656-4453 ● Email : eoram99@chol.com

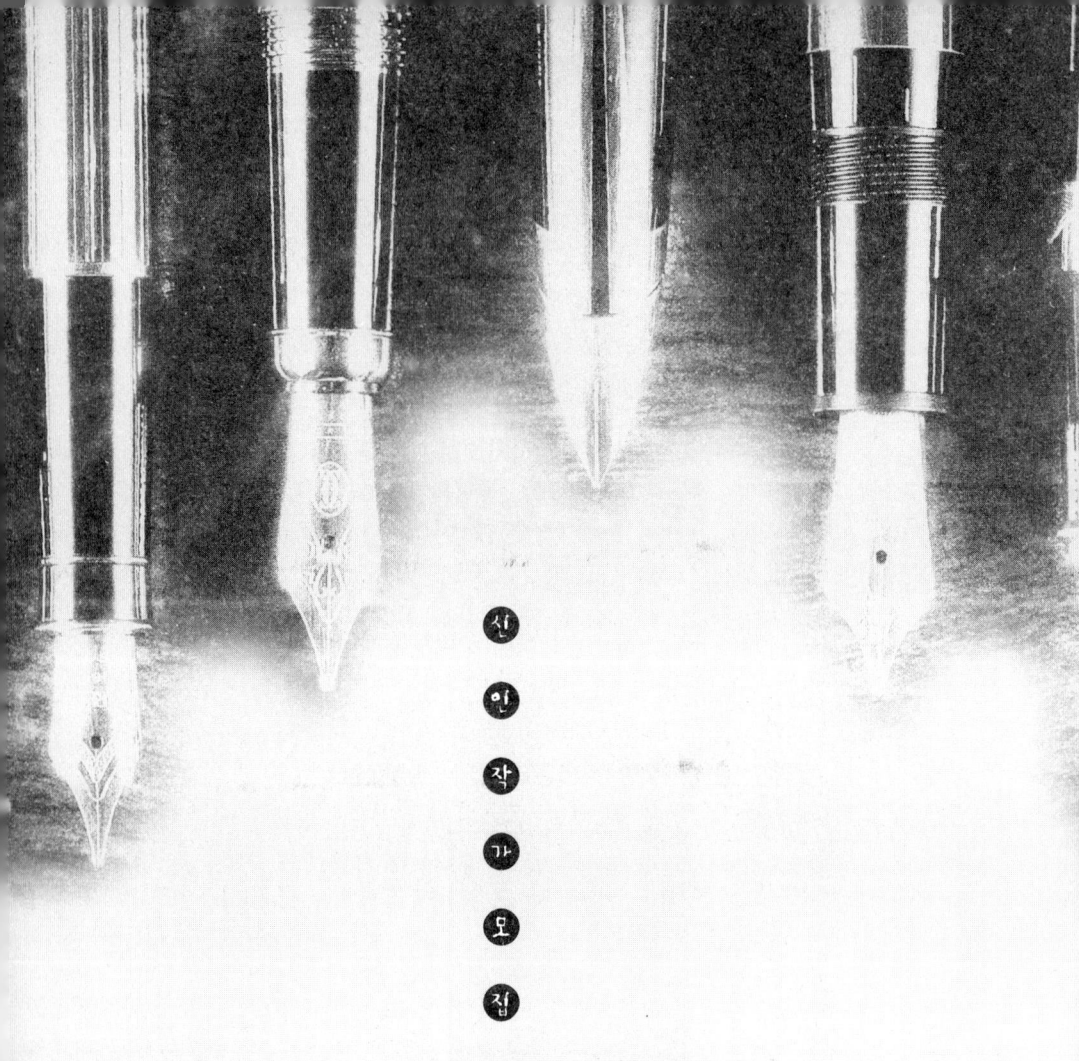

# 신인작가모집

시작이 반이라고 했습니다.
작가의 길에 대한 보이지 않는 벽을 과감히 깨뜨리십시오!
청어람은 작가 지망생 여러분들의
멋진 방향타가 되어드리겠습니다.

저희 도서출판 청어람에서는
소설 신인 작가분들을 모집합니다.
판타지와 무협을 사랑하시는 분들의 많은 참여를 바랍니다.
소정의 원고(A4용지 150매)를 메일이나 우편으로 보내주시면
검토 후 출판 여부를 알려드리겠습니다.

**주소**:경기도 부천시 원미구 심곡1동 350-1 남성B/D 3F 우편번호420-011
**TEL**:032-656-4452 · **FAX**:032-656-4453
http://www.chungeoram.com
**e-mail**:chungeoram@chungeoram.com